U0030232

陳浩基——著

推薦序

不只是黑色異想

文／台灣推理作家協會理事長、推理評論人　冬陽

每次閱讀陳浩基的作品，總會升起微妙的期待感。

我是在二〇〇六年讀了第六屆台灣推理作家協會徵文獎決選入圍作〈傑克魔豆殺人事件〉，因此對這位來自香港的投稿者印象深刻：用字適切、筆法純熟、敘事新穎，充分掌握現代短篇推理成功要素，角色情節靈巧兼具十足個人風格，雖然最後未能掄元，但我已在心底期待他隔年交出更高水準的作品參賽。一年後，浩基不但再次入圍決選，讓人驚奇的是，居然以兩篇風格截然不同的故事名列榜上：〈藍鬍子的密室〉延續前作，以童話為藍本另創解謎趣味濃厚的冒險探案；〈窺伺藍色的藍〉則帶有強烈的懸疑犯罪元素，讀來有種不安且難以擺脫的黏膩，餘韻久久不散。

類型小說讀久讀多了，大致可以掌握到獨沾一味與題材百變的寫作者各有哪些看似對立、實則互通的創作意識，並對其新作懷抱期待。就拿浩基為例，自前述出道頭兩年的成績與轉變，就可以隱約察覺他該是個不甘墨守成規、勇於嘗試創新，而且帶點黑色異想的思緒在腦子裡的小說家，這個推測在浩基於二〇一一年接連出版的《倖存者》、《氣球人》、《魔蟲人間》書中得到了驗證。今日，各位拿在手中捧讀的這本《氣球人》，是二〇二〇年由奇幻基

地推出、增補了新故事進去的全新版本。

不過，其「黑色異想」的本質仍是不變的，也是我期待一讀的重要原因。推理小說提及的「黑色」（Noir），多帶點人際之間的狡猾欺瞞、越界到犯罪那端的危險殘酷、以及衝破道德邊界的慾望橫流。《氣球人》添加了許多超脫現實、荒謬曲折的異想成分，卻又呼應著現代人瀕臨爆發但無處宣洩的壓力鍋日常，讀來有種莫名的颯爽。然而，這其中是夾雜衝突矛盾的，人們似乎為這忙碌擾攘痛並快樂著，將種種不快化作可與同溫層交際的情報談資，如同《氣球人》中的「我」該隱藏卻高調地使用異能、應設法保命求生卻忍不住藉機耍帥——這不只是個人的英雄心態作祟或黑色異想滿溢，同時適切反映了部分群體的焦慮病態，記錄下資訊量超載的狂飆世代模樣。這並非這個時空獨有的現象，十八世紀的閒適不代表空乏無趣，看看那時的小說就可以知道了。

我要說的是，或許《氣球人》需要用一些標籤輔助讀者在當下做出買不買讀不讀的決定，故事簡介的切入角度指引出一條可以如何閱讀的方便路徑，可是我想與閱讀這篇文章的你回到第一段那兩句話：「每次閱讀陳浩基的作品，總會升起微妙的期待感」。那種純粹相信作者、不設防地走進他耕耘的世界，才是身為推薦者最實用的誠懇提醒。

目次

推薦序　不只是黑色異想／冬陽 003
0．氣球人 007
1．這樣的一個麻煩 031
2．十面埋伏 065
3．傳科擺 089
4．遠在咫尺 141
5．謀情害命 183
6．Shall We Talk 215
7．最後派對 261
+1．與你常在 301
後記 346

＊本作品純屬虛構，與現實的人物、地點及團體均無關。

0

氣球人

我沒想過，我的能力會令我置身險境。

我瞄了一眼牆上的時鐘，時間是下午三點二十六分。還有三十四分鐘，我便會被自己弄出來的「氣球」波及。

而我卻無法逃離這個環境，媽的。

事情要從五年前的七月二十六號說起。

在那天，該死的老金忽然「啪」的一聲倒地，脖子扭轉了半圈，身體俯伏地上，臉孔卻朝天向著我們。他那雙充滿血絲的眼珠從眼眶掉出大半，腮幫子鼓起來，像隻牛蛙。

老金這種死法，模樣有夠滑稽的。這不正好嗎？身為派對服務統籌公司的老闆，死時也不忘為他人帶來歡笑，才稱得上是敬業樂業嘛。

辦公室裡，本來滔滔不絕地訓斥我們的老金，在眾目睽睽之下，就這樣子突然斷了氣。膽小的女同事發出殺豬般的慘叫。拜託，不過是死了隻豬狗不如的畜牲，有什麼好驚訝的？

好吧，我承認我當時也有一點訝異。不過讓我錯愕的並非老金死在我們面前這個事實，而是他的死法跟我腦袋中妄想的情景一模一樣。

老金這傢伙不是什麼好東西。他整天對女同事毛手毛腳，對我們男同事又頤指氣使，時常一邊用手指戳我們的額頭，一邊罵「蠢貨」、「白癡」、「人渣」之類的話。

在他死之前，他正因為我搞砸了前一個工作而破口大罵。我的工作是在派對上扭「氣球動物」，就是把那些長條狀的氣球扭成小狗呀、小熊呀、小兔呀，一些逗小孩子的無聊玩意兒。這工作有夠討厭，整天對著那些死小孩，給他們弄貓貓狗狗，不但沒有半句感謝，他們還嘰嘰歪歪地批評說我扭出來的動物不像真的。媽的，這是氣球，你要是能用氣球變出一隻活生生的小狗出來，我給你吞下去也行！

上次的派對中，有個七、八歲的小鬼老是在找碴。如果她是男生，我便會趁著沒人看見時K他一頓；可是對女小鬼出手，搞不好會被拉上警局。於是，我用一種幽默的方式教訓她。

我用氣球扭了一根像男性生殖器的東西給她。

她一看到，瞬間漲紅著臉，囂張的態度消失得無影無蹤，然後驚慌地跑去向她的老媽告狀。我當然打死不承認那「東西」是那話兒，辯稱說是「火箭」，是那小鬼想歪；又譏諷那個老媽的老公沒有這「火箭」那麼「偉大」，晚上不滿足，連火箭也可以想成是那個。

她們的臉色難看得讓我打從心底笑出來，可是翌日我便被老金教訓了。

「你瘋了嗎？扭這鬼東西幹啥？你知不知道這客戶有多重要？就算你這個人渣死十遍，也抵償不了公司的損失！」

老金用他那根短小肥大的食指，抵著我的額頭罵道。他每罵一句，我便幻想他變成氣球，被我扭成不同形狀的氣球動物。

——先把頭顱吹脹，然後在脖子的部分扭一下，再決定弄成烏龜、肥豬還是「火箭」吧。

我當時那樣想。

就在這時候，怪事發生了。

老金突然默不作聲，後退幾步，雙手抓著自己的脖子，露出痛苦的表情。辦公室的眾人以為他心臟病發，可是他忽然跌倒，脖子扭了一百八十度，臉孔發脹。

老金就如同我的幻想般，變成氣球似的，死了。

公司裡亂成一團。救護人員來到後，斷定老金已死，警察向我們問話，也問不出個所以然。老金在我們眼前剎那間死去，沒有人走近他，辦公室內的防盜監視器把過程完整拍下，證明沒有人碰過他。雖然法醫對老金的死狀感到疑惑，最後也只好把他當成是神經系統失調、氣管閉塞，摔倒時扭到脖子斃命。

然而，我知道老金是被我殺死的。

雖然我不明白當中的原理，但老金按照我的願望，在我眼前死去了。就像有一雙無形的手，替他的腦袋瓜充氣後，再把他的脖子「喀擦」一聲扭斷。

真痛快。

在接下來的日子裡，我進行了好些實驗，例如幻想路旁的野貓變成氣球，或是期望鄰居那頭吵鬧的吉娃娃四肢扭斷，可是牠們都沒有像老金那樣死去。

直到有天，我找到了原因。

我要直接觸摸到目標的皮膚，對方才會變成「氣球」。

只要碰一下，我便能把腦海中的意念，施加在獵物身上。那些野貓野狗紛紛變成稀奇古怪的模樣，然後死去。例如腹部脹大兩倍、尾巴拉長綁成蝴蝶結、脖子和肚子分別扭轉七百二十度和三百六十度變成三節蓮藕似的等等。

只要是有生命的東西，我也能使牠變成氣球。

老金就是用手指戳我的額頭，他才會死。真是咎由自取呀！

經過不斷的嘗試，我甚至察覺我能做出意想不到的效果。比方說，我可以控制目標的某個內臟充氣。我用這方法，使好幾隻貓兒的血管裡產生氣泡，讓牠們因為心肌梗塞而死。牠們先是悲鳴，然後後腿痙攣，脫糞後痛苦地死去，過程不用兩分鐘。

真是方便的殺人手段啊。

更神奇的是，我發覺我能讓效果延後發動。

只要在接觸目標的一瞬，想像對方變成氣球的部分和發動時間，即使我之後遠離目標，時限一到，他或她或牠的身體亦會產生變化。

擁有這種超能力，我當然辭去本來的無聊工作了。

為了告別過去，我找了個黑市醫生替我整形，換一張新的臉孔。手術完成後，那個醫生成為老金之後的第二個「人形氣球」，不過我很仁慈，只是讓他的心臟脹大一倍，沒有把他扭成小貓小狗或是火箭。

這五年裡，我以「氣球人」這個綽號，提供解決「麻煩」的服務。無論是要奪取遺產的繼承權、打擊敵對企業，或是確保選舉中獲勝，我都能讓客戶滿意。只要讓某些關鍵人物「消失」，事情便會很簡單。

當然，我的收費並不便宜。

我曾替某位富商之子幹掉他的兩名兄弟、協助一位企業家掃除董事局中的障礙，還有多次解決某官員的政敵。這些年間，我完成了大約三十多件工作，令我自豪的是，每一件工作我都能偽裝成意外事件，例如讓目標在駕車途中「心臟病發」，或是在樓梯「摔倒」，折斷頸骨而死。

幹這一行，低調一點較好。

可是，今天的工作有點棘手。

不知道為什麼，我的名號竟然傳到某位黑道大哥耳中。他要我替他解決一個姓洪的男人，因為對方玩弄了他的寶貝女兒。

這姓洪的傢伙真笨，居然敢在太歲頭上動土。

目標人物在一間銀行擔任分行經理，三十四歲，身高一米八十，五官端正，像個花花公子。據說被他玩弄過的女性有上百人。

本來這工作對我來說是小菜一碟，目標是個銀行經理，只要找機會跟他握一下手，便大功告成了。

然而委託人提出麻煩到爆炸的要求。

「我要那他媽的狗崽子粉身碎骨，死無全屍。」

他真的要對方「爆炸」而死。

我曾做過實驗，讓一隻野狗「過量」地充氣，看看有什麼後果。結局嚇了我一大跳，那條黑色的老狗像過度充氣的氣球一樣，爆炸了。老狗旁邊的磚牆被震碎倒塌，還好我站得遠，沒有受傷。

我之後到圖書館查過好些資料，才發現一個事實。「爆炸」並不是火焰或高溫造成，當中的原理在於「氣體膨脹」，只要讓氣體在一瞬間急遽膨脹，產生巨大的壓力變化，便會構成爆炸。

我不想在工作裡用這個，畢竟這樣子太高調，如果惹來警察注意、被盯上的話會很麻煩。可是我有次對仲介人說溜了嘴，說「要炸死目標也行」。那傢伙九成把這句話轉述給了這位黑道大哥知道。

「我可以用其他更痛苦的方法折磨對方，實在不建議用『炸』的。」我皺著眉頭，對面前一臉橫肉、滿頭灰髮的委託人說。

「阿魯說你可以炸死那混蛋，你做不到嗎？」委託人咬著雪茄，氣勢逼人地問道。

「不是辦不到……」

「那就這樣決定了，我給你四倍甚至五倍的報酬也沒問題。」

面對這位大哥和他身後一眾持槍的黑衣人，我想說「不」也不行。我的能力只是暗中殺人，並非刀槍不入。偶爾我會羨慕漫畫中的超級壞蛋，他們除了擁有異常能力外，還有金剛不壞之身。我這種半吊子的能力真是教人煩惱啊。

將來收到錢，再找機會幹掉這麻煩的大哥吧——我暗自想著。

我穿上藍色西裝，戴上無框眼鏡，提著黑色公事包，走進位於第八街的高展銀行分行。

這便是目標人物洪經理負責的分行。

思前想後，我決定依照委託人的要求，把目標炸散。一方面我不想得罪這個實力雄厚的黑道大人物——至少在此刻，我還沒想跟他結下梁子——另一方面，我也想再試試自己的能力，把人體炸開。

就像刺破一個脹大的氣球，即使畏於它爆掉時的巨響，我們還是對爆發的瞬間有所憧憬。

那是毀滅帶來的快感。

問題是，讓洪經理在銀行大堂內或大街上忽然爆炸，會帶來很多不必要的麻煩。我不在乎有沒有殃及無辜，我只是不想讓警方以為是恐怖襲擊，調動精英來偵查。

經過一輪打探，我找到下手的時間點。

逢星期三，洪經理在銀行關門後，會獨自檢查分行的保險庫。高展銀行第八街分行的規模不算小，保險庫保管了附近小分行的流動資金，星期三洪經理點算後，星期四早上便會有運鈔車把舊鈔運回總行。位於地下二樓的保險庫旁有往停車場的獨立通道，無論是從銀行大堂進入，還是從停車場進去，都得經過電子大閘，而這些電子閘門就只有洪經理擁有鑰匙、知道密碼。

這便是讓他炸死的最佳地點。

試想，銀行經理在密閉的保險庫中被爆得血肉模糊，一般人也會猜想是死者自導自演。

沒有人會受到牽連，委託人會滿意，警方不會重視，皆大歡喜。

「洪經理，跟您約好三點見面的司徒先生在接待處。」接待處的女職員透過內線電話通知她的上司。不一會兒，那個英俊的倒楣鬼從左邊的通道走過來。他穿著一套炭灰色的西裝、淺藍色的襯衫，配上棗紅色的領帶，給人滿瀟灑的感覺。難怪連黑道大哥的女兒也會被騙上床。

「您是司徒先生嗎？您好、您好。」甫見面，洪經理便跟我握手。

——一小時後，胃袋充氣，並在零點一秒之內膨脹一萬倍。

就在握手的一剎那，我已經完成任務了。真是輕鬆的工作。雖然我可以立即離開，但演戲還是演一整套比較好。

「您好，我是來申請借貸的。」我微笑道。

「請進來我的辦公室再談。」洪經理亮出優雅的笑容。他渾然不知道，自己只餘下一小時的壽命。

進入辦公室後，洪經理關上門，房間裡只有我們兩人。

「司徒先生從事的是建築材料的出入口貿易？」

「沒錯。」我遞上偽造的名片。「司徒先生」云云，當然是假名。

「最近資金有點問題，我帶來房契、公司資產證明文件等等，讓您評估一下我可以借多少。」我從公事包取出一個公文袋。

「對呀，最近景氣有點不好，我們銀行一定能為您提供最貼心的服務，幫助您解決問題。」洪經理亮出公關式的笑容。

我把公文袋交給洪經理，他打開一看，露出尷尬的樣子。

「司徒先生，您……是不是弄錯什麼？」

「什麼？」我裝傻地反問。

洪經理抽出公文袋裡的東西——那是一本封面誇張露骨的成人雜誌。

「哎呀，該死的！為什麼是這鬼東西！」我裝出訝異的表情，拍一下額頭，說：「一定是我的下屬跟我開玩笑，昨天是我的生日……」

我連忙把公文袋和雜誌收起，一邊翻弄公事包裡的紙張，一邊說：「很抱歉，洪經理，我似乎把文件留在公司了，我現在回去拿……」

「司徒先生的公司在附近嗎？敝行的營業時間只剩下半小時。」洪經理指了指牆上的時鐘。

「啊……真糟糕。」我裝出無奈的表情，「那我明天再來可以嗎？」

「當然沒問題。」洪經理一臉笑意，說：「下午相同時間？」

我點點頭。我們再握一下手，他送我離開辦公室。

雖然我已經沒在派對公司工作了，但我仍有一顆為他人帶來歡笑的心啊。看我在這傢伙臨終前，還不忘安排一個笑話，真是佛心來著。他到死時，仍會想起我這個冒失鬼吧。

接下來，我只要到附近找家咖啡店，待個五十分鐘，確定目標死亡便完成任務了。

只是，岔子往往在意想不到的地方冒出來。

「砰！」

四個身穿墨綠色工作服、揹著背包、頭戴古怪面具的彪形大漢，忽然撞開大門，衝進銀行。他們手執長槍和曲尺手槍，一口氣走到大堂的四個角落。

「所有人別動！」帶頭的男人大喝。他戴著阿諾・史瓦辛格的面具，雙手握著一把霰彈槍，就像《魔鬼終結者》裡的樣子，只是那身墨綠色工作服不大搭調。

「砰！」另外三人用槍射向天花板。我回頭一看，他們是向著大堂內的監視器開槍、破壞鏡頭。這班傢伙一定早有部署，知道銀行內的防盜裝置所在。

因為接近下班時間，銀行內客人不多，加上我，總共只有八個人。一個戴著席維斯・史特龍面具的男人用槍指嚇我們，又用槍打破了櫃檯旁的門，把五個出納員和接待處的小姐趕到我們身旁。

在女士們的尖叫聲中，我們被指示雙手放頭上，蹲在大堂左邊的角落。史特龍舉槍站在我們面前，阿諾則與戴著布魯斯・威利面具和強尼・戴普面具的同夥，走進經理室。

「砰！砰！」連續的槍聲，讓我身旁的人不住發出驚呼。女生們早已嚇得臉色蒼白，即使是男性，也是一臉惶恐。

不一會兒，三個匪徒架著洪經理，把他帶到我們面前。他的頭髮凌亂，衣衫不整，看來剛才那些人曾對他動粗。他的瀟灑被狼狽取代，一個踉蹌，跌坐在我們前方。

布魯斯用槍抵著洪經理的前額，阿諾在旁狠狠地說：「快說，保險庫的密碼是什麼！」

「我……我不會說！」洪經理慌張地回答。大概是受驚嚇的關係，他連聲音也變得尖銳，就像個受驚的婦人。

「你再不說，布魯斯便會——」

「轟！」

一瞬間，沒有人反應過來。洪經理的後腦在我們眼前爆出血漿，布魯斯手上的手槍正冒著硝煙。子彈從前額打進，後腦穿出，血液、腦漿流滿一地。我身旁的眾人發出慘叫，有女生嚇得大哭。

「媽的，你搞什麼！」阿諾一把揪住開槍的布魯斯，「他還沒說出密碼，你殺他幹什麼！」

布魯斯沒回答，只是呆然地垂著手，不安地左顧右盼。我看不到他的表情，但我想他一定正為剛才的衝動感到後悔。

「你們兩個去保險庫，看看能不能用炸藥把門炸開。」

阿諾怒氣沖沖，向布魯斯和強尼罵道。

聽到阿諾的話，突然讓我驚覺自己正身處危機之中。

洪經理的屍體就在眼前，和我相距不足兩公尺。

我曾做過實驗，把能力使用在一隻貓身上後，再用刀殺死牠。即使變成屍體，時間一到，牠仍會發脹變成圓滾滾的樣子，我的能力依舊可以發動。

換句話說，洪經理的屍體現在是一個定時炸彈。

我瞄了一眼大堂牆上的時鐘，時間是三點二十六分。三十四分鐘後，「氣球」便會爆炸。

可是，阿諾和史特龍正手持武器，守在我前方。看樣子，他們沒打算把櫃檯後的鈔票隨便抓一把便逃。他們的目標是保險庫的流動資金。

他們挑銀行關門前一刻犯案，便是為了可以慢慢對付保險庫，把大量的舊鈔運走。

我猜，他們沒打算在四點前釋放我們。

我不是個運動健將，即使對方沒有持械，我也沒有把握能夠制伏這些壯漢。我唯一的勝算，便是找機會觸摸他們，利用超能力扭斷他們的四肢和脖子。

不過我知道，這做法就像在黑暗中穿針引線一樣困難。

他們穿著連身的工作服，戴著皮手套，全身包得密密實實。我必須摸到目標的皮膚才可以施展異能，而他們身上僅僅有露出皮膚的部位，就只有脖子和後腦。我或許能出其不意，摸到其中一人的脖子，讓他在扣動扳機前死亡，可是我無法保證另一人不會向我開槍。

靠，早知道就穿上防彈背心了。

有什麼方法可以同時制伏面前的兩人？

我偷瞄一下兩旁的人質。

如果我當眾殺死這兩個歹徒，我的能力便會曝光。這樣子的話，我還要把這些普通人全部殺死。殺光這些人不是問題，問題是我該如何向警察交代經過？為什麼只有我一個人能活下來？

媽的呀。即使能躲過洪經理的爆發，我也沒辦法逃過之後的麻煩事。

事實上，搞不好我會被爆炸波及。我只剩下三十分鐘的命。

真該死。

在洪經理被殺後，我身旁的接待處女職員一直嚎啕大哭，吵得我無法思考。說不定這女人跟洪經理有一腿，也可能只是因為上司慘死在面前而受到驚嚇。無論怎樣，這女人實在讓我心煩。

不如先利用她吧？

在這個距離，我應該能在沒人察覺的情況下偷偷觸摸她。讓她的血管冒出氣泡，出現心肌梗塞的病況，把阿諾和史特龍引過來，然後一口氣殺死他們。

不過看樣子，這兩個歹徒熟悉槍械和軍事行動，他們應該不會在沒有防備的情況下一起走過來。如果只有一人走過來，另一人遠距離守著，怎辦？

我得準備不同的方案。

經過一輪思考，我想到三個做法。首先，我讓女職員「病發」，歹徒一定會走過來。如果兩人一同走近，我便趁機同時殺死兩人，然後再假意接觸所有人質，叫他們靜靜地離開，以防驚動那兩個在保險庫的同黨。只要輸入「五分鐘後變成『氣球』」的能力，人質便會在跟警方說明情況之前死去。

如果只有阿諾或史特龍一人走過來，我就不能即時殺死對方。因此我的計畫改為「輸入數分鐘後發動的能力」，讓歹徒慘死。為了讓另外一人驚駭，我必須使用誇張的手法，例如讓那傢伙的腹部慢慢脹破，或是使他的眼球充氣，從眼窩掉出來。當另外一人的注意力被分散時，我便趁機使其他人質變成氣球，製造混亂，再找機會把餘下的歹徒殺死。

最壞的情況是我未能接觸匪徒便被察覺。為了防止這種情況發生，除了女職員外，我還要準備一至兩名人質當餌誘。在我右邊的老先生和左後方的大嬸是最好的選擇。女職員的「心臟病」要即時發動，另外兩個誘餌則要設定在一分鐘後和兩分鐘後。萬一我的行動失敗，第二和第三個「病人」的出現，應該可以擾亂歹徒的判斷，只要對方沒有像剛才布魯斯那樣胡亂開槍，我便擁有多兩分鐘的行動空間。這是時間差攻擊。

好，就這麼決定了。現在時間是三點四十一分，我先替老先生和大嬸輸入延後發動的指令，接著再殺死女職員。我緩緩地放下雙手，把右手伸向旁邊的老人家……

「嗚——」

一聲警號中止了我的行動，讓我的右手懸在半空。

我慌張地收回右手，只見阿諾和史特龍走到大門前，探視著門外的情況。

他媽的警察怎麼早不來、遲不來，偏偏在我要行動的一刻趕到！

銀行外的大街傳來喧鬧的聲音。不久，接待處的電話響起，阿諾拿起話筒。

「你們給我聽好，我手上有十幾個人質，你們敢攻進來，就要有所有人質被殺的覺悟！我們剛才已經殺死了分行經理，我警告你們別輕舉妄動！」

雖然語帶恐嚇，但阿諾卻從容地說出這番話，就像事前練習好似的。對了，最好警方不相信歹徒殺了人，只要阿諾和史特龍把洪經理的屍體丟出去，我便不用擔心被爆炸波及。

可是這個期望沒有實現，警方真的沒有「輕舉妄動」，歹徒也沒有移動屍體半分。

我面前的「炸彈」還有十五分鐘便會爆發。

該死，時間不多了。在警方的包圍下，我剛才的計畫還可行嗎？歹徒的警覺性提高了不少，我成功的機會變得更微小。

「對……對不起……」我身後響起一陣微弱的聲音。一個年約四十歲的胖子大叔，攙扶著一位臉色慘白的老婦，對史特龍說：「我老媽有高血壓的毛病，可以讓她躺在沙發上嗎？」

史特龍和阿諾交換一下視線，阿諾點點頭，史特龍便走到男人旁邊，示意他扶老婦到沙發上。我沒想過人質當中真的有人發病了，在史特龍經過我身旁時，我想這是上天恩賜的黃金機會。

我把目光放在阿諾身上。他正透過大門的玻璃，向街上窺視。史特龍正背對著我，站在大叔和老婦前面，和我相距三米左右。我只要站起來，輕輕摸對方一下，便能進行本來的計畫。

我決定這刻殺死史特龍，搶去他的手槍。如果阿諾朝我開槍，只要避過第一發，我便有信心活下去。現在警察在門外，他們聽到連續的槍聲，便會衝進來救人。

頸骨、尺骨、撓骨、腕骨、指骨、股骨、脛骨，一口氣把這些骨頭扭轉三百六十度，史特龍便會瞬間死去、四肢粉碎。到時，我亦能奪去手槍，然後往人質群後方伏下，讓這些傢伙替我擋子彈，只要撐一分鐘，警方便會破門而入。

阿諾完全沒留意這邊，史特龍背對著我。

就是現在！

「阿諾，布魯斯弄好了。」

我剛要站起來，戴著強尼．戴普面具的男人從職員通道走出來，嚇得我連忙坐下。幸好他們沒有留意到我的異常舉動，不過我便白白錯過這個黃金機會了。

史特龍回到阿諾身邊，強尼再次回到通往保險庫的通道。阿諾他們打開背包，掏出兩個紙箱模樣的東西，在接待處那邊交頭接耳。

時間一分一秒過去，我的呼吸愈來愈急促。媽的，我不要被我自己弄的氣球炸死！這是什麼鳥死法啊！牆上時鐘的分針向著「十二」逼近，我如熱鍋上的螞蟻般坐立不安。我開始後悔自己輸入「膨脹一萬倍」這個數字，如果換成一千倍或五百倍，我也不用這麼害怕。

都是那個委託人害的。

「我們準備釋放一半人質。」

這句話突然蹦進我的耳朵中。我抬頭一看，只見阿諾抓著電話，他大概正在跟談判專家對話。

真是柳暗花明又一村！窮途非末路，絕處可逢生！

「你們有十四人，我們現在釋放七個。」史特龍走過來，用手指指著我們，說：「妳們三個、你、你和你，給我過去。」

我左邊的三個女職員——包括那個接待處的女生——以及三個顧客，被指示走到門前。

「還有一個……就你吧。」史特龍指著我身旁的老先生。

「等等！」我大聲嚷道，「為什麼跳過我！」

「我最討厭戴眼鏡穿西裝的傢伙，跳過你便跳過你，老子喜歡，不行嗎？」史特龍罵道。

我瞥了時鐘一眼，距離爆炸頂多只有一分鐘。

「這不公平！我也要走！」我焦躁得語無倫次。反正被爆炸炸死和被子彈打死差不多，這一刻就算挨子彈也沒關係了。

「你再吵，我便一槍斃了你！」

我迎上前去，一臉不怕死的樣子。好吧，其實我敢向前走並不是不怕死，我只是想盡量離開洪經理的屍體，幸運的話，爆炸的那一刻拿這個身材高大的史特龍當盾牌，說不定還有一線生機。

史特龍舉槍向著我。在他開槍前，我能否摸到他的脖子或後腦杓呢？我能否在爆炸前躲到他的身體後呢？

「轟！」

在我正要伸手抓向他、他的手指要扣動扳機前，我聽到爆炸的聲響，感到爆炸傳來的震動。

一切都太遲了。

就在絕望的同時，我赫然發覺這爆炸聲並不是從大堂內發出的。我回頭一看，洪經理的屍體完整地躺在地上，不過在場的所有人也被響亮的聲音嚇呆。

洪經理沒有爆炸？我弄錯時間嗎？剛才的巨響是哪兒發出來的？

就在這當口，大堂的玻璃窗突然碎裂，我連忙伏在地上。一群裝備整齊、手持衝鋒槍的特警同時從大門和窗戶湧進。一輪槍聲後，場面轉趨平靜。

史特龍頭部中槍，當場死亡；阿諾則是肩部和大腿中槍，被特警制伏時仍不住掙扎。人質中沒有人受重傷，不過有人被碎片割到，也有人因受驚而呼吸失調。肩膀包著繃帶的阿諾被綁在擔架床上，他被抬離銀行時，我剛好在他身旁被救護員攙扶離開，仔細一看，面具下的他，只是一個眼小鼻扁的中年男人，才不是什麼「魔鬼終結者」。

替警方錄取口供後，我回到自己的家。真是混亂的一天。到最後，我仍不知道為什麼洪經理沒有爆炸，也不知道該如何向委託人交代。幾天後，我透過一些門路，打聽到阿諾被捕後招認的供詞，這才釐清整件事情的來龍去脈。

我的異能沒有毛病，洪經理一如我所下的指令，在四點整爆炸，炸得粉身碎骨。

重點是，在我們眼前被槍殺的人並不是洪經理。

根據阿諾的口供，洪經理並不是個身家清白的銀行職員，他利用職權之便，參與不少貪瀆欺詐，也結識了阿諾這一夥亡命之徒。洪經理似乎知道因為自己上了某黑道大哥的女兒，已被對方盯上，於是乾脆一不做、二不休，製造被殺的假象，再搶銀行一大筆。

當天阿諾、布魯斯和強尼衝進經理室，開槍打破監視器鏡頭後，便進行簡單的掉包工作。布魯斯是阿諾一夥新收的小弟，為了進行這次搶劫，他先進行整形手術，把臉孔弄得和洪經理差不多。在經理室裡，布魯斯脫下工作服，讓洪經理穿上，而他自己則披上洪經理的外套。他們兩人也穿著相同的褲子、襯衫和領帶，只要讓洪經理戴上布魯斯．威利的面具，便沒有人知道他們兩人交換身分。

阿諾他們告訴布魯斯的計畫是這樣的：兩人之所以要掉包，是為了製造不在場證明，戴上面具的洪經理可以從容打開保險庫，把鈔票搬到停車場，放進預備好的車子，而冒充洪經理的布魯斯則和其他職員一起留在大堂，到最後要逃走時，阿諾他們便會抓他當「人質」離開。由於「洪經理」一直待在大堂，銀行職員也會認為保險庫沒有被劫，等到警方發現時，便為時已晚了。

當然，這只是用來欺騙布魯斯的謊言。

阿諾和洪經理的真正劇本，是讓布魯斯這個小弟當替死鬼。阿諾抓住「布魯斯」的衣領，責罵他胡亂殺死「洪經理」，只是一場演來給人質看的戲。只要職員們事後供稱洪經理被殺，黑道大哥也不會再下令追殺，他便可以換個身分，抱著大量款項到國外享受生活。我當時聽到「洪經理」的聲線變高，並不是因為他害怕，而是因為那根本是另一個人。面孔可以弄得相像，但聲線很難模仿。開槍打爆頭顱也是聰明的做法，這樣一來，人質們不敢多看，掉包被拆穿的機會也較小。

他們說用「炸藥」弄開保險庫大門也是謊話，只是要讓人質認為他們手上有炸藥。阿諾他們的計畫是洪經理和強尼到保險庫劫走現金後，釋放部分人質，再把剩下的人和「洪經理」的屍體以燃燒彈銷毀。阿諾和史特龍從背包拿出來的盒子便是能產生高熱的炸彈，他們釋放一半人質也不是出於善心，而是要讓生還者證明「洪經理」被殺。也因此，史特龍挑選的人質中，有三人是銀行職員。

他們停泊在停車場用來逃走的車子也是特別預備的，那是一輛救護車。當銀行被炸毀，他們便可以駕著救護車，輕鬆離開警方的包圍網，沒有人想到車上載著的不是傷者，而是現鈔。他們高調地開槍打破監視器，待在銀行緩慢地行動，就是為了等待警方到來。反正不能確保行動會在驚動警方前完成，那就乾脆把警方介入當成計畫的一部分。

釋放人質也是拖延警方的手段之一。只要做出友善的舉動，警方便不會貿然衝進現場，冒著人質被殺的危險跟匪徒槍戰。讓主謀假死、逃過黑道大哥的追殺，搶奪大量沒記認的舊鈔票，還可以減少一名分贓的同伴，真是個周詳的計畫啊。

只是，岔子往往在意想不到的地方冒出來，他們沒料到我這個不速之客竟挑同一日下手。洪經理在四點整爆炸，當時他和強尼在保險庫搬運最後一袋鈔票。他當場和強尼一同被炸死，粉身碎骨，肉塊和殘肢四散，血漿灑滿地板、牆壁和天花板。阿諾大概對這意外完全沒有頭緒，不過警方單方面認為洪經理或強尼攜帶了炸藥，因為引信接觸不良才會導致誤爆。聽說鑑識科找不到火藥的痕跡，亦無法從環境證據重組案情，不過反正死的是兩個死不足惜的人渣，便沒有人深究。

地下保險庫的爆炸使警方以為歹徒對人質不利，即使對方表示準備釋放人質，他們仍選擇快刀斬亂麻，讓特種部隊攻堅。阿諾千算萬算，就是沒料到這種意外。

我向委託人報告，表示工作完成。雖然遇上一點阻礙，但我也做到了對方要求的效果。我當然沒有亮出我「氣球人」的底牌，只說暗中在洪經理身上植入炸彈，成功解決對方。

委託人相當滿意，除了本來的報酬外，還多加三成的紅利。看在這筆紅利的份上，我便再考慮一下要不要動手把他幹掉吧。畢竟如此闊綽的客戶並不常見，這幾年景氣不好嘛。

事件發生一星期後，我如常打開電視，一邊吃晚餐，一邊觀看新聞報導。

「一星期前，高展銀行搶劫案的主犯，今天下午四點在羈留病房離奇死亡。有消息指出死者死狀奇怪，頭部和小腹嚴重腫脹，腰部扭轉一百八十度，雙腿關節折斷盤在肩膀上。警方正調查死因……」

聽到這消息，我露出滿足的笑容。

我忘了說，在離開銀行時，我順手摸了阿諾的肩膀一把。

1

這樣的一個麻煩

「倉鼠，我要倉鼠！」

當我在公園一角盯著遠方，等待目標人物經過時，我左方的一群臭小孩中，一個衣著光鮮、一頭鬈髮的六、七歲小男孩正在鬧彆扭，扯著他面前的小丑的衣袖不放。

不好，我又分心了。

為了殺死目標，我逢週末都會到這公園監視，至今已有兩個多月。很多人認為殺手殺害獵物只需要一瞬間，扣下扳機不過是動動指頭的簡單動作，他們卻不知道，殺人的部署比殺人複雜一百倍。如何知道下手的最佳時機？如何確認目標疏於防範？如何肯定完事後能成功逃走？如何避免留下證據，被警方追查？光是掌握目標人物的行蹤，便得花上一、兩個月的時間。

這就是真正的專業。

我幹這行幹了三年，算是小有名氣。畢竟我的業績理想，開業至今從未失手，而且擅長將受害者偽裝成死於意外，客戶們相當滿意。

這都是因為三年前我突然得到了奇異的殺人能力。

「倉鼠！我要的是倉鼠，不是小白兔！」

旁邊的小鬼還在鬧，吵得我無法專心監視。

公園裡似乎有什麼企業在辦宣傳活動，水池旁有四、五個小吃攤，附近還有幾名雜耍表演者，以及逗小孩子的小丑。我左方七、八公尺外站著一個打扮成小丑的青年，他戴著綠色的假髮，鼻上夾著一個典型的紅色圓球，不斷從口袋掏出長條形的彩色氣球，一邊把它們吹脹，一邊扭成不同形狀的氣球動物，送給面前的小孩。

「對不起喔，我不會弄倉鼠。你看，小白兔不是一樣很可愛嗎？」那小丑拿著一隻剛弄好的氣球白兔，遞到那麻煩的胖小子面前。

「我不要白兔！我要倉鼠，倉鼠！」

小丑臉上堆著難看的笑容。我想，這一刻他巴不得把這死小孩的脖子扭斷吧。

事實上，這小鬼一直在大吵大嚷，阻礙我的工作，我也很想幹掉他。反正我只要碰一碰他，就能讓他死於非命。

三年前，我還在一間派對統籌公司當小職員時，無意間殺死了混帳老闆。當時他戳著我的額頭，破口大罵，噴得我一臉口水。我對他的責罵充耳不聞，幻想著他死亡的樣子，他竟然一如我的想像，在我們一群同事面前暴斃，永遠住口了。

我當時的工作就是在派對上扭氣球動物，而老闆的死狀，就像充氣的氣球動物，頭顱脹大，脖子扭轉半圈。跟我想像中死法一模一樣。

真教人心情暢快啊。

後來，我發覺自己身上流動著一股不可思議的力量。只要觸碰到對方的皮膚，我就能輸入指令，讓對方變成我幻想中的氣球模樣。因為老闆用手指抵著我的額頭，我的念力經過他的指頭傳進他的身體，於是他就這樣怪異地死去。

他痛苦掙扎的樣子，實在很逗趣。你可以想像一個人腮幫子慢慢脹大、眼珠凸出、血管浮現、頭顱漸漸變成圓滾滾的形狀，脖子再「喀擦」一聲扭斷的情景嗎？簡直就像魔術表演出包，魔術師不小心把女助手鋸成兩半那麼有趣啊。

我之後用小動物做了很多實驗，測試自己的異能，得到三點結論。

一、只要是活著的生物，接觸皮膚就能輸入指令，讓目標身體部分或內臟器官充氣、膨脹或扭曲。

二、可以指定延遲發動的時間。

三、一旦輸入指令，即使對方在發動時間前死亡，能力仍會在屍體上發動。

雖然還有些細節上的限制——例如一旦完成輸入指令就不能改動或以新指令蓋過——但這種異能真是超乎想像。擁有這麼優秀的能力，我不好好利用實在太浪費了。

於是我改行當起殺手。

我可以讓目標人物的心臟動脈在特定的時間充氣，阻礙血液循環導致心肌梗塞，旁人看來只會以為是心臟病發；我也可以扭斷目標的頸椎，讓他在駕駛時出事，鑑識人員只會以為頸骨折斷是撞車後的致死原因，不會料到是反過來，因為頸骨突然扭斷導致失事。

最重要的，是我可以在「意外」發生前遠離現場，只要輸入「兩個鐘頭後發動」的指令，便神不知鬼不覺。

唯一的工夫是要找尋「觸碰目標」的機會。

這也是我正在準備的前置工作，這兩個多月的部署，就是為了那一刻。

這次的目標人物有點難纏，他是位知名的公眾人物。雖然我能在不知不覺間下指令，一般人都不會把「早上跟陌生人握手」和「晚上心臟病發」聯想起來，但我仍要確保自己的樣貌不被留意，將自己的行蹤徹底消去。

小心駛得萬年船，我只是擁有將人變成氣球的異能，並非刀槍不入。以一個二十多歲的青年來說，我的體能更是標準以下，即使沒有超級英雄跟我作對，光是戴上頭盔、面罩和手套的老警察便足以將我制伏。

這次的工作沒有委託人，我純粹是為了自己而決定幹掉對方。最近是淡季——信不信由你，委託殺人也有淡旺季之分——所以這陣子我可以處理一些雜務。我要下手並不是因為憎恨這傢伙，只是因為他造成我相當大的麻煩，如果不早日將他解決……

「我要倉鼠！倉鼠，倉鼠——」

媽的。

我按捺不住，從木長椅站起來，走到那群小孩身後。

「啪。」

我把手放在那個「倉鼠小鬼」的肩頭上。他停止叫嚷，回過身子抬頭看著我，露出一副鳥樣。

「給我你手上的。」我沒理會小鬼，向綠髮小丑說。小丑手上拿著一條剛吹了氣的長條狀黃色氣球。

小丑似乎搞不清楚狀況，但他仍依我所說，把氣球遞給我。我熟練地把氣球扭成數節，然後把它們交疊打結，最後向小丑討過馬克筆，在氣球上點上兩點當作眼睛。

「倉鼠。」我把氣球倉鼠塞給那個麻煩的胖小子。

「好耶，是倉鼠！」死小孩心花怒放，連「謝謝」也沒說，接過那隻一臉蠢樣的倉鼠。

「你可不可以去遠一點的地方工作？太吵會打擾到其他人。」我把馬克筆還給小丑，說道。

「啊……抱歉，沒問題。謝謝您。」小丑搔搔頭，露出尷尬的表情。「小朋友，我們到那邊去好不好？」

連氣球倉鼠也弄不好的無能小丑，帶著那群死小孩往水池走過去。剛才我是很想幹掉那小鬼的，可是我知道那樣做於事無補——如果我在眾目睽睽之下當場弄死他，我便會暴露身分，我才不會笨到去幹這種惹麻煩的事情；如果我讓他在數十分鐘後死去，我還得多忍受數十分鐘的噪音，對情況沒有半點幫助。最簡單的做法是滿足他的願望，並且讓小丑離開我附近。

寧靜的公園真好。我回到木長椅，把視線放在遠方。五分鐘後，目標人物準時經過，他穿著白色的運動服，沿著公園的跑道從東面往西跑去。有一名女性跟他並肩慢跑，從跑姿可以看出兩人是結伴來運動的。他習慣在公園水池旁休息兩、三分鐘，喝點水，和同伴聊幾句，然後繼續往公園的另一方跑去。根據我這兩個月以來的觀察，這傢伙每個禮拜六早上都會到這公園跑步，而他的女伴則是隔星期出現。換言之，下一個星期他便會落單——那是下手的良機。

幾分鐘後，他們兩人消失在我的視線之外。我瞥了手錶一眼，在記事本寫下時間，看樣子我已掌握目標的時間表。下個禮拜便是動手的最佳時機，萬一出問題的話，我還有兩個後備方案。準備完成了。

我闔上記事本，滿意地伸一個懶腰。正要回家之際，那個鬈髮的倉鼠小子跑到我跟前，他手上除了我弄給他的氣球倉鼠外，還有另一根長條形的氣球。

「叔叔，你可以給我多弄一隻倉鼠嗎？」

貪得無厭的小鬼。唉，我就當一次好人吧。

我接過氣球，純熟地把它扭成倉鼠的樣子。

「給你。」我把氣球遞過去。

「咦……這是倉鼠？」小鬼接過氣球，奇怪地問。

「對啊。」

「為什麼頭的樣子不一樣？」

我這次弄的氣球倉鼠只有半個頭，腦袋陷了半邊下去。

「小朋友，你沒有養過倉鼠吧？」

「沒有，媽媽不准我養，所以我想要氣球倉鼠。」小鬼說：「我想要一對倉鼠，讓牠們住在一起當好朋友，牠們還會一起吃向日葵種子、一起冒險呢！」

這小鬼八成是卡通看得太多了。

「倉鼠不能一起住的。」

「咦？」

「倉鼠住在一起，會吃掉對方的。」

小鬼瞪大眼睛，詫異地看著我。

「我曾飼養過倉鼠，把幾隻放在一個籠子裡。」我直視著小鬼雙眼，以平穩的聲調說：「有天早上醒來，我發覺籠子裡除了體型最大的那一隻外，其他統統死了，而那隻大倉鼠滿嘴血紅，還側著頭，對我裝出一副很可愛的樣子。」

小鬼的表情僵住，露出惶恐的眼神。

「那些死去的倉鼠有夠慘的，我記得有隻頭顱被削去一半，血肉模糊，真不知道活下來的那隻用了什麼方法把顱骨咬掉……死去的那隻就跟你現在手上拿著的一樣，腦袋沒了半邊，連眼珠也掉了出來，混在飼料當中——」

「哇！」

小鬼哇的一聲，丟下氣球倉鼠，頭也不回地哭著跑走。我真是個爛好人啊，不但沒有幹掉這找麻煩的死小孩，還教導他「倉鼠要分開養」的冷知識，以免他將來傻乎乎地把倉鼠關在同一個籠子裡，早上起來看到那精采刺激的血腥場面，留下童年陰影。骨子裡我其實是個喜歡小孩的老好人吧？

我拾起兩隻氣球倉鼠，掏出原子筆，啪啪兩聲，把它們刺破。

我駕著車子，回到住處。

自從轉職當殺手——呃，我喜歡自稱為「麻煩消除顧問」——我就捨棄過去的一切，包括居所、名字、身分，甚至容貌。我沒有家人，也沒有朋友，要從本來的環境中消失，比想像中容易。我委託整形醫師替我換一副新面孔，利用一些地下門路獲得好幾個虛構的戶籍和偽造的身分。說起來，我沒料到原來最困難的是找一個棲身之處。為了掩人耳目，我輾轉住過三個地點，直到一年半前才找到現在的住所。

我家是一棟獨棟的單層平房，位於郊區。附近的居民很少，沿路不到十戶，還有好些空房子。最近的便利商店要走差不多半小時，是一個非常平靜的社區……雖然我不知道人這麼少到底能不能稱為「社區」。聽說這兒的治安不錯，即使位置偏僻，多年來也鮮有盜竊行劫之事，頂多只有發生住戶失蹤落跑，讓房東老頭碎碎念的小事件。

這一帶的獨棟房子都屬於一位將近七十歲的老伯，據說他二十年前靠股票賺了不少，於是一口氣把附近的土地和平房買下來，當作退休後的居所，收取的租金便作為生活費。由於交通不便，這兒的住客不多，但老頭不愁沒錢用，所以他不在意住戶的多寡。

這條路分成兩段，一段比較接近大路的公車站，有六、七棟房子；另一段則靠近小山丘，只有四棟，其中外牆漆成黃色和綠色的兩棟是空屋，白色的一棟是房東的家，藍色的一棟便是我現在的住所。這種荒涼的環境正好適合我這種想逃避目光的人居住，我甚至猜想其他住戶是否跟我一樣是同路人。當年那個失蹤的住客說不定是混黑道的，為了避風頭所以躲到這兒，最後暴露行蹤不得不逃跑。

當然，我不會笨得向房東老頭說明自己的身分。我租屋時他問我的職業，我便回答「資訊科技」，再祭出一堆ＩＴ名詞，說自己是SOHO族之類，他就似懂非懂地點點頭。這樣子，即使我沒有正常的上下班時間他也不會懷疑。

我把車子停在家門前，瞧瞧手錶，時間是上午十一點十三分。剛下車，我又聞到那股噁心的氣味。房東老頭近幾個月好像迷上了中藥保健，每天都在庭園用炭爐煎藥，就算他的家跟這兒距離差不多五十公尺，難聞的中藥材味道仍飄散在空氣中，傳到我這邊來。那種苦澀的氣味令我有點抓狂，再這樣下去，難保有天我會失去理智，動手把老頭變成一隻氣球老狗。

我趕緊回到家裡，關好門窗，打開空調，還好室內的氣味沒有那麼強烈，那味道幾乎讓我失去食欲。我打開冰箱，決定弄點咖哩當中飯。

吃過午餐，我倒了一杯哥倫比亞咖啡，打開筆記型電腦，整理著工作所需的資料。萬一下星期六的行動失敗，我便要執行第二方案，利用對方出席演講的場合接近。演講比公園更容易下手，但現場有大量記者，我不喜歡留下任何影像紀錄。演講的日期是下個月的八號……

就在我拿起杯子、正要啜一口咖啡的時候，屋外傳來嘈雜的引擎聲。

奇怪了，房東老頭沒有車子，郵差也只騎機車——難道郵差把他的速克達換成哈雷了？而且郵差星期六也工作嗎？

我打開大門，刺鼻的藥材味仍殘留在空氣中，放眼一看，只見一輛貨車停在我家對面那棟黃色的空房子前方，幾名穿制服的工人正把瓦楞紙箱搬進屋裡。房東老頭站在貨車旁，跟一個戴棕色框眼鏡、穿白色短袖T恤的男人交談著，兩人有說有笑。

房東老頭看到我，笑著招招手，示意我走過去。我拿著咖啡杯，一邊打量著那陌生的男人，一邊緩緩地走到他們身邊。

「馬先生，這位是新房客林先生，他今天剛搬進來。」房東老頭愉快地說。我當然不是姓「馬」，那只是用來掩飾身分的假名之一。

「馬先生您好，小姓林，叫我凱文就可以了。」凱文伸出右手，碰巧我右手握著杯子，只好狼狽地改用左手拿杯，跟他握手。

「您好。」我微笑著點點頭。

「林先生跟你一樣，是什麼SOHO族的哪。」房東老頭搭腔說。

「您也是搞網路的？」我問。

「不，我是平面設計師，平時利用網路接工作，可以在家辦公。」凱文伸出拇指，指了指他身後的房子。

我暗地裡鬆一口氣。雖然我沒表現出來，但我有一點擔心，萬一他真的從事資訊科技，繼續談下去我可能會露餡。為了這個虛構的身分，我學習了好些ＩＴ工作所需的知識，不過我不敢肯定能瞞過一位真正的ＩＴ專業人士。

看來我要好好進修一下。

「你們這些SOHO族的，都喜歡僻靜的房子，我在公車站那邊的公寓你們偏不選，真是奇怪。」房東說。

「這邊晚上比較清靜，更好集中精神工作。」凱文笑著回答，「房東先生，您不用擔心我會吵到您。」

「我倒是無所謂，隨你們喜歡嘍……哎，我忘記我的祛風除溼藥湯了，要趁熱喝，你們年輕人先慢慢聊哪。」

房東老頭揚揚手，往他的房子走去。這段路微微彎曲，我們站在這兒，只看到房東家庭園的一角，其餘部分被樹叢遮蔽。

「馬先生在這兒住很久了嗎？」姓林的傢伙問。

「一年多吧。」我裝出親切的笑容，「環境不錯，只是房東煮藥材有點難聞。」

「藥材什麼我倒不介意，」他摸了摸鼻子，「這兒會不會有什麼人經過？我最討厭吵鬧的人聲車聲。」

「幾乎沒有，這邊走過去就只有上山的小路，不過一般的登山客也不會來這邊；山後有行車的馬路和遠足小徑，他們會選那邊。附近有一些野貓野狗，偶爾還有一些松鼠野兔之類。其實山丘上的風景很美，可以遠眺市區，有時我會到那邊走走。」

「啊，這樣子我也要去走一趟看看。」他張口微笑，露出潔白整齊的牙齒。「馬先生有沒有聽過有財團打算收購這附近的土地來發展？」

「哦，是嗎？」

「我在找房子時聽到這消息，不過我想未必成事，所以還是決定租下這裡。好像說生力集團的執行長想把這兒改建成附設飯店的高爾夫球場。」

「生力近年的財政好像有點困難，很難動用一大筆資金來發展吧。」我將從報紙讀到的新聞複述一次。

「對，我想也是空談。」

就在我們閒聊社會景氣時，一名搬運工人走過來，跟凱文說：「林先生，所有箱子已經搬好了，請您清點一下然後在單據上簽名。」

「我不打擾您了。」終於有機會逃走，我連忙說道。老實說，跟鄰居打交道真是有夠無聊的，裝成友善的鄰居更是非常累人。

「過一、兩天待我整頓好後，請您過來喝杯咖啡。」凱文再次露出親切的笑容。

我不置可否，給他回報一個連我自己也作嘔的虛假微笑。回到房子後，我把冷掉的咖啡倒掉，啟動咖啡機重新煮一杯新鮮香濃的哥倫比亞咖啡。今天早上先是遇上一個死小孩，回家時又聞到該死的中藥味，下午更要裝好人跟陌生人打招呼，真是糟糕透頂的週末啊。

真想上山找些野貓野狗、松鼠野兔發洩一下，把牠們的四肢扭斷、肚子充氣，欣賞牠們受折磨而死的樣子。別弄錯，我可不是特別喜歡濫殺無辜，利用異能幹掉小動物的目的只是練習，畢竟殺人的機會不多，我得時刻確定我的能力不會出錯嘛。

當然，看著那些本來狂吠的野狗，以及一副瞧不起人的樣子的松鼠，突然在搞不懂的情況下倒地，一邊掙扎一邊扭曲成滑稽的模樣，或多或少總有點快感吧。

星期一早上我約了仲介人見面，看看有沒有委託。我的生意大部分是他介紹的，通常是他主動聯絡我，不過這星期實在悶得發慌，除了週六即將完結的私事外，之後完全沒有預定計畫。我真的不是個嗜血的殺人魔，只是百無聊賴的生活實在太枯燥。人們不是常常說「工作中的男人才會顯出光芒」嗎？

「沒有啦，我都說有委託自然會找你。」車廂裡，坐在我旁邊的仲介人說。

「真的什麼也沒有？你不會把客戶介紹給其他同行了吧？」

「真的沒有啦！你也知道現在是淡季，就算你免費提供服務也沒有人光顧啊。」

「雖然我一向把目標偽裝成意外致死，不過如果客戶有需求，我也可以提供更多的服務喔！就算要我把目標炸死也沒有問題！」

「你開始碰炸藥了？這不像你的作風啊？」

「嗯，身為專業人士，總要讓自己不斷進步，因應市場需求嘛。」我敷衍地答道。

雖然仲介人跟我相熟，但連他也不知道我的超能力。他一直以為我是個用毒高手，可以讓目標人物在指定時間毒發身亡，就算CSI影集裡的一眾專家從電視跑出來，也肯定束手無策，檢查不出痕跡。至於把目標炸死云云，則是我早前發現的技術，我只要讓目標身體在零點一秒之內充氣數千至一萬倍，就能讓對方像過度充氣的氣球一樣，炸成碎片，變成人肉炸彈。我拿一隻老狗做實驗時，還差點走避不及，弄傷自己呢。

不過說實在的，我不大喜歡這種高調的殺人方法。

跟仲介人告別後，我駕車回到住所前。一打開車門，藥材味撲鼻而來。最近老頭煎藥的次數實在太頻繁了，從一星期一次變成一星期三次，再由一星期三次變成一星期七次，真教人難受。他的風溼痛有這麼嚴重嗎？不如讓我做好心，幫他來個「永久解脫」吧？

「砰！」

忽然傳來一聲巨響，聲音是從老頭房子那邊傳來。我好奇地走過去看看，只見老頭彎著腰，揉著屁股，在庭園中收拾著地上的木頭碎塊。

「房東先生，怎麼了？」我隔著欄柵問道。

「哎，馬先生，」老頭皺著眉，說：「剛才我爬梯子換外牆的燈泡，沒想到他媽的老舊梯子突然斷裂，摔得我半死。」

老頭的房子比我們的多建一層，據說是七、八年前特意把整棟拆掉重建的。當時老頭好像想叫兒子和媳婦一家回來住，不過後來因事告吹了。

我抬頭望向外牆上一個燈座，上面的燈泡已經破掉了。

「我來替您收拾吧。」我打開欄柵上的閘門，走進去，扮演著親切鄰居的角色——即使那個傳出惡臭的藥壺就在不遠處。

「呵，真是麻煩你了。」老頭老實不客氣，連推辭的客套話也省掉。

我拾起木梯的碎片時，藥材味從鼻孔跑進我的腦袋，不斷地跟我說：「老頭嗝屁了就不用聞了喔。」我看著手上的破片，心想如果剛才老頭摔得重一點，就根本不用勞煩我動手……

啊，不好。要忍耐一下，我是個有理智的人嘛。

「咦，房東先生，馬先生，你們在幹什麼？」一個爽朗的聲音從背後傳來。

穿著黃色POLO衫的林凱文站在欄柵外跟我們打招呼。

「甭提了！天殺的梯子……」老頭癱在躺椅上，碎碎念道。

「他換燈泡的時候，木梯斷了。」我插嘴說。

「啊，房東先生您有沒有受傷？要不要去醫院檢查一下？我可以載您一程。」凱文一臉關心的神色。哼，這個世上才沒有這麼親切的傢伙，這一定是裝出來的吧。

「謝啦，不過老骨頭，摔不死，不用去醫院這麼勞師動眾。以前我當兵時……」就像按下開關似的，老頭一口氣開始話說當年。

我趕快把斷掉的木梯收拾好，希望早點逃離這場疲勞轟炸。我怕我多待一刻，真的會按捺不住，動手將喋喋不休的房東老頭解決掉。

「我今天不會外出，如果您要我幫忙的話，儘管開口。」臨走前我特意說道。

「安啦，我雖然有點風溼病，但身子還壯得很，就算從二樓摔下來也不會有事……」老頭拍一下胸口，一副得意的樣子。

跟兩人告別後，我回到家中，把椅子搬到大門旁的窗子前，放下窗帘，透過縫隙查看外面的情景。

十分鐘後，凱文回到他的住所，接下來整整三個鐘頭外面的景色毫無變化。在下午四點左右，老頭騎著自行車經過，一個小時後他騎著車回來，籃子裡放了一個塑膠袋，大概又是中藥材。直到黃昏也沒有其他動靜，窗外就像按下暫停的錄影帶畫面，整個下午就只有這麼乏善可陳的兩、三件小事。

也許因為沒有工作，我才會胡思亂想，幹這種無聊事。雖然我得承認，比起殺人的一瞬間、把目標變成氣球的一剎那，我覺得能夠做出長時間的部署更能顯出我的專業，並且為此感到自豪。

我從容地拉開椅子，離開窗前，走進廁所。

憋了一整個下午，我的膀胱也要變成氣球了。

這是專業——我才不是無聊到特意憋尿憋老半天喔。

「媽的，誰把我的藥壺打翻啦！靠！」

星期四早上十點左右，我剛從山丘那邊回來，才踏進自家的園子便聽到房東老頭大聲嚷嚷。

「房東先生，怎麼了？」我再次充當友善的鄰居，走到老頭的屋子外。凱文似乎也聽到老頭的叫嚷，跟我一前一後來到欄柵前。

「天殺的，不過上個廁所，轉眼我的藥壺就被打翻了。」庭園中小巧的炭爐裡仍冒著熊熊火光，可是上面的藥壺如今卻碎成兩半，躺在地上，深褐色的藥湯和藥渣流滿一地，冒出苦澀的氣味。老頭狐疑地看著我們，這兒平時沒有陌生人路過，他懷疑是我們幹的也很正常。

「我剛才經過還看到藥壺好好的，」我指了指山丘的方向，說：「是不是有野貓野狗闖進來把藥壺碰翻了？」

「野狗？」老頭的表情稍稍轉變。

「說不定是猴子，我家種了幾棵草莓，果實都少了。」我補上一句。

「山上有猴子嗎？」凱文問。

我聳聳肩。

「媽的哪……唉，連藥壺都破了，今天怎麼煎藥……」老頭自顧自地罵道。

「房東先生，別怪我多事，」我說，「其實我覺得您煎藥的味道很刺鼻，搞不好野猴討厭那氣味所以打翻藥壺。我看您還是放在室內煎藥較好。」

「是這樣嗎？」老頭搔搔頭說：「人家說用炭爐煎藥最好，但室內燒炭好像有點危險，我還是改用瓦斯好了……」

「究竟您煎的是什麼藥？」我好奇問道。

「就是黃柏、甘草、蒼朮、威靈仙之類的活血祛風的藥材啦，服過之後真的很有效。」老頭笑著說：「你想要的話我可以寫藥方給你……或者你問林先生拿也行。」

「問他？」我望向站在我身旁的凱文。

「我前天問過房東先生，碰巧我有一位長輩也患風溼病，所以他寫了藥方給我。我抄了一份，您要嗎？」

「不，我只是好奇問問罷了，待我二、三十年後患風溼再問你們吧。」我笑著回答。

我和凱文離開房東的家。回到家門前，凱文說：「剛才您說經過房東的家，您之前上山嗎？」

我怔了一怔。

「是啊，我說過我有時會上山走走，看看風景，做做運動。」

凱文點點，跟我揮手話別，回到房子裡。

我想，我不能告訴他我平時上山是為了找小動物做實驗，讓牠們心肌梗塞、骨折、內臟充氣破裂，尋找更有效率的殺人方法吧？

正如我不能跟老頭說，趁他上大號時偷偷打翻藥壺的人是我。

我要繼續飾演「友善的宅男鄰居」這角色嘛。

回到家裡，我再次坐在大門旁的窗前，盯著門外的動靜。我愈來愈後悔把殺人的時間訂在週六，等待的期間令我有點坐立不安。幸好今天已經星期四了，只要多熬兩天，麻煩便會解決掉。

星期五黃昏，凱文來按我家的門鈴。門鈴沒有響，但我在窗前待著，看得一清二楚。

「叩叩。」

他改用敲的了。

我打開大門，裝出微笑。「哦，是凱文？什麼事？」

「馬先生，您的門鈴壞了？」凱文再按一下不響的門鈴，說：「沒什麼，有朋友送我一瓶純米大吟釀，之前跟房東先生說過請他品嘗，您有沒有興趣小酌幾杯？」

「哦，日本清酒嗎？到您家喝？」

「我們過去房東家，我跟他約好了，他說會準備牛肉鍋。」凱文舉起手中的酒瓶。

換作平時，我一定找藉口推掉，但今天我一口答應。

在我們前往房東房子的短短路程中，凱文問我：「今天下午您好像駕車出去了，匆匆回來後又再出去，似乎很忙？」

「不，我只是忘記帶東西，特意回來多跑一次。真糊塗。」我隨口撒謊道，「凱文您看到我出去嗎？」

「只是碰巧聽到您車子的聲音而已。」他再次展現露出潔白牙齒的笑容。這傢伙五官俊美，態度親切，大概是個「少女殺手」吧。

我們到房東家，房東老頭看到那瓶酒煞是高興，看樣子是頂級的日本酒。飯桌上擺著碗筷，中央的鍋子盛著粉紅色的牛肉，我們便一邊吃飯一邊喝酒。雖然在這兒住了一年多，走進老頭的大廳還是頭一遭，客廳的裝潢相當時尚，跟老頭的外表可說是格格不入。

最近天氣有點悶熱，喝過好幾杯，眾人皆兩頰發燙，凱文更是滿頭大汗。

「我去開一下空調。」老頭有點微醺，站起來往大門走過去。空調的開關在門旁，老頭伸手把開關往下拉。

「啪！」房間的燈光忽然熄滅。

「咦？」老頭發出訝異的聲音。

「是保險絲開關跳掉了吧。」我說。房間雖然沒有燈光，但路燈的光線從窗戶射進來，我們仍可以看到對方。「可能是空調短路，電力超過負荷，所以斷路器跳了。」

「哦，是啊！我很久沒開空調，搞不好壞了。」老頭說。他從門旁的架子摸出一把手電筒，把空調的開關推回去，再說：「你們等一下，我先去試試打開斷路器開關。」

不到一分鐘，房間恢復光明。老頭回來時仍是一臉微醺，笑著說：「歹勢，空調壞了。咱們不如到外面吹吹風吧？今晚天色不錯，喝酒賞月也是樂事。」

我們三人換到庭園繼續喝。喝光一瓶大吟釀後，老頭又拿出一瓶陳年花雕，一起喝到晚上九點左右。

「我還有一瓶，有興趣續攤嘛？」老頭笑著說。

「免啦，我明早還有工作。」我今晚真的不應該喝太多，畢竟明天早上要執行計畫，萬一因為宿醉頭痛便有大麻煩。

「我……我也該回去了。」凱文說話有點結巴。

「那麼我們改天再喝個痛快吧！」房東老頭很高興的樣子。

回程時，我向凱文問：「怎麼了，您好像有點無精打采？」

「呃，我不太喜歡喝花雕。」凱文苦笑一下。

跟凱文道晚安後，我回到家中，伸手打開電燈。

房間一片漆黑。

哎，我忘了。我家本來的斷路器現在正嵌在房東家的變電箱內。看來明早除了到公園幹掉目標人物外，我還要跑一趟五金行。

還好明天過後，所有麻煩都解決了。

早上的工作比想像中還要順利。在商界打滾的人都有一個通病，只要你能說得出對方的名字，再加一句「上次在某某的宴會裡只跟您談了兩句，太可惜啦」，對方為免尷尬都會裝作認得你。我不過是走過去，伸出手，說「王主席！這麼巧啊，竟然在這兒碰到您」，那傢伙便跟我握手。在那一剎那，我輸入了「八個鐘頭後，冠狀動脈和左心房充氣」的指令，前後不到一秒鐘。

從那一刻起，他的性命只餘下八個小時。

就這樣，簡單解決了我的一個麻煩。如果我沒有那麼謹慎，兩個月前也可以動手，不過我就是怕出岔子。萬一我和目標交談的一分鐘裡，他有朋友出現，記下我的樣子，對我將來的工作說不定有影響。

即使那機會只有十萬分之一，我也不願意冒這個險。

回到家裡，我再次坐在大門前監視。除了房東老頭在中午外出一次，凱文在下午三點出去了一個鐘頭，門外完全沒有變化。

我就這樣一直呆到日落，轉眼間已是晚上九點多。

只要乖乖待在屋子裡，過了今天，所有麻煩都會解決掉了。

「這樣就可以了嗎？」我的腦海中突然冒出這句話。

我猶豫了一下，終究輸給自己的好奇心。

我離開房子，走到凱文家大門前，按下門鈴。

叮咚。很清脆的聲音。

不到兩秒，凱文打開門，微笑著說：「咦，馬先生？有事找我嗎？」

「我可不可以進去再說？」我指了指他身後。

「沒問題，請。」

我走進客廳裡。他房子的布置跟我的差不多，沒有什麼花哨的家具。凱文關上門後，往廚房走過去。

「馬先生要喝些什麼？咖啡好嗎？」

「不用了，我來只是想問你一件事。」

「什麼事？」他往沙發坐下。

「你為什麼要殺房東老頭？」

「什麼？」凱文怔了一怔。

「我問，你為什麼想殺死房東？」我把問題重複一次。

凱文噗哧一聲笑了出來，說：「馬先生，你跟我開什麼玩笑啊？誰想殺那位老先生？」

「不用裝了，我跟你是同行啊，難道你看不出來嗎？」

凱文笑容僵住，臉色一沉。

「星期一老頭從梯子摔下來並不是意外，」我看他沉默不語，說道：「我看過梯子的碎片，斷裂位置是人為的。我猜打破燈泡的人也是你，你是特意讓老頭爬梯，希望他摔個半死吧？」

「那不一定是我幹的啊。」凱文回答。

「對，但因為我覺得奇怪，於是從那時開始，我每天都坐在窗前監視著你。」

凱文瞪大眼睛，露出詫異的神色。

「你……監視我？」

「所以星期四早上你下藥的過程我看得清清楚楚。」那天早上，我看到凱文拿著一個紙包，躡手躡腳地離開房子，往房東的家走過去。「我跟在你身後，看到你把那包東西放進藥壺。」

凱文直視著我，沒有插話。

「為了阻止你殺害房東，我在你回家後，偷偷打翻藥壺。我查過資料，曾有藥行誤把含有劇毒的藥材『鬼臼』當成外觀相似的『威靈仙』出售，我猜你混進壺裡的應該是這鬼東西吧。老頭一死，調查人員應該會從藥渣發現鬼臼，把『意外』當成藥店的責任。」

「原來打翻藥壺的是你。」凱文冷笑道。

我早知道他那親切的笑容是假裝出來的——畢竟我也是嘛。

「昨天你在電箱動的手腳，也是我修好的。」

「是你！」

昨天中午，我看到凱文趁著老頭離家去買新的藥壺，提著工具箱走到房東家，弄了十幾分鐘。

「依我看，你是想讓老頭觸電致死。」我指了指門旁的開關，「我猜你先在開關動手腳，例如插入小小的金屬片使線路漏電，讓觸碰開關的人遭電擊。不過，如果回路的電荷突然提高，電箱的無熔絲斷路器會自動跳掉，為了確保老頭順利電死，你把斷路器掉包，換成一個即使電壓提高至危險水平也不會跳掉的假貨。」

「你把斷路器換掉了？」他語氣平穩地問。

「沒錯，結果我昨晚家裡連電燈也沒法開，冰箱的牛奶都壞掉了。」我不是水電工，只好把自家的斷路器整個拆下來，再裝到老頭的電箱裡。

「可是昨天我明明沒看到你走去房東的屋子……」

「因為我知道你也在監視我。」我笑道，「為了瞞騙你，我只好駕車往山後，從小路走下來，發現我不懂得修好斷路器後，唯有沿路折返，回到山丘上駕車回家，拆掉家中的斷路器再繞一個大圈子到房東家裝上。就是為了對付你這個麻煩的傢伙，害我昨天跑上跑下，累得半死。」

老頭患風溼病，他不會開空調，除非有客人到訪。這傢伙是特意安排昨晚的酒聚，讓我當證人，見證老頭的「意外」。

「你過來是為了揭發我的罪行嗎？大偵探先生。」凱文冷漠地說，眼光中流露出一份狠毒。

「不，我只是好奇罷了。」我搖搖頭，「老頭跟我非親非故，本來他死不死，與我無關。

我阻止你殺他也只是為了我自己而已。不過我一直搞不懂，你為什麼要殺他？而且還用上這些麻煩的方法？」

「你認為我會告訴你嗎？」凱文再次冷笑。

「哎，我想也是。」我苦笑一下，說：「或者我換個問題吧——你到底在房東的房子裡藏了什麼？」

凱文的身子微微一震。我果然猜對了。

「我看你用毒、打開門鎖還有在電器動手腳都非常純熟，看樣子你是個職業殺手。」我摸著下巴，一邊思考一邊說：「房東是個與世無爭的老伯，我想像不到他有什麼厲害的仇人會委託閣下用暗殺的手法去解決他。如果是一般黑道因為金錢緣故要幹掉某人，犯不著用鋸梯子、下毒、觸電這些方法，只要用鎖鏈把門窗鎖死，灑汽油點火便大功告成，或者用刀用槍也簡單直接得多。你做的一切，就是要讓老頭『意外』死亡；即使不死，你也想讓他受重傷，到醫院躺一、兩個月——老頭從梯子摔下時，你殷勤地說要送他到醫院吧。」

我看凱文沒有反應，便繼續說：「不過你沒有偽裝火災，讓老頭燒死，於是我猜，老頭的房子裡一定有一些東西你很想得到，同時也不能讓它曝光，你怕老頭被謀殺或意外火災會惹來警方調查。因為你沒有趁老頭離家外出時把那東西拿走，我認為那東西埋得很深，或者要花長時間才能找到。到底是什麼東西讓你大費周章，勞煩一位職業殺手用這麼麻煩的方法去幹掉那個人畜無害的房東？」

凱文皺著眉瞪著我，沉默一陣子，他開口說：「是屍體。」

「哦？」有點出乎意料，我本來猜是寶石或贓款之類。

「八年前我剛出道，」凱文邊說邊脫下眼鏡，「第一宗委託便是殺死一位替黑道管帳、潛逃隱居的會計。那傢伙掌握太多證據，當警方盯上他，黑道要殺他滅口時，他先一步隱姓埋名躲起來。我歷經一番辛苦才找到他的行蹤，原來他以假名在這兒居住，足不出戶。當時房東老頭正在重建他的房子，我便混入建築公司當工人，某天晚上把那個倒楣的會計殺掉，埋在房子的水泥地基裡。」

「委託人現在要你把他挖出來？」我問。黑道大哥的想法總是教人猜不透，我一向很怕替他們辦事。

「不，是我自己的問題。」凱文把眼鏡放在桌子上，說：「我當年還是菜鳥，犯了很低級的錯誤——工作期間我把皮夾弄丟了。我遍尋不著，最後想到唯一的可能，是在埋屍時把皮夾一併埋到水泥裡了。皮夾裡有我的證件、我的偽裝身分用名片等等，萬一曝光，我會很麻煩。」

「所以你要幹掉老頭，或者讓他住院，好讓你暗中施工把地基挖開找錢包？」我有點愕然。

「對。我知道大約的位置，但挖開加上修復原貌的話，至少要一個星期。」

「慢著，就算老頭掛了，你如何瞞著我動工？總會有些噪音吧？」

「解決老頭後，下一個就是你了。」

原來如此……雖然感到有些不是滋味，但換作是他，我也會這樣做吧。

等等，這中間有點不對勁。

「你說你是為了找皮夾，」我認真地問道：「不過為什麼早不找晚不找，偏偏這時來找？你要找的話，用不著等八年啊？」

「八年前我發現犯錯後，一直留意著老頭的動靜，漸漸發覺即使皮夾埋在房子地基下也沒大問題，所以我就沒有處理。只是，三個月前我收到消息，說生力集團打算收購這附近的土地，興建高爾夫球場。萬一老頭願意出售，建商把房子拆掉，發現屍體，我的身分和罪行便會曝光。」

「哈，原來是這樣子啊！」我大笑起來。

「你笑什麼？」他一臉慍怒，大概以為我在譏笑他。

「不好意思，原來我們遇上相同的麻煩，坐在同一條船上。」我望向牆上的時鐘，「現在差不多是新聞報導了……你打開電視看看。」

凱文疑惑地按下遙控器的按鈕。

「……今天下午六點左右，生力集團主席王定歆在宴會中突然心臟病發，送醫搶救不治。四十六歲的王定歆是生力集團創辦人王生力的獨生子，去年接任集團主席，上任後發展多個大型飯店及度假村的地產項目……」

凱文看到新聞的瞬間，瞠目結舌。

「這……這是……」

「是我幹的。」我攤攤手，笑著說，「今天早上趁他跑步時下手，黃昏他便完蛋了。」

「你讓他心臟病發？你……用毒藥？」

「差不多吧。」

「你殺他是因為……」

「因為好房子難找嘛，好不容易找到這個偏僻的社區，萬一被逼遷的話，我會很頭痛。把這兒發展成高爾夫球場是王主席的想法，他的屬下大都不贊成；如今他一死，這專案九成會被擱下來。」

「萬一他們繼續收購……」

「到時再殺新的主席嘍。」我望向電視中王主席的遺照，說：「有錢人是很迷信的動物，如果他們一直要收購這塊地，主席又一個一個意外死亡，他們大概會臆測是風水問題，放棄插手這兒了。」

凱文錯愕地望著我。喂喂，你這時該露出羨慕、讚嘆的表情才對吧？

「那麼你阻止我殺死老頭……」

「當然是為了相同的理由啊！雖然老頭的藥材很難聞，說話又喋喋不休，但從不過問房客的生活真是一大優點，加上地點偏僻，這兒簡直是我們這一類人的安樂窩。要是老頭一死，他的遺產繼承人要賣地的話，我又要頭痛了。至少讓我先住個三五七年，再為找房子的事煩惱吧。」

「所以說……我根本犯不著花這麼多工夫對付房東？」

「對喔，而且你這傢伙讓我這個禮拜過得很麻煩。」

凱文沉默下來，他大概在為自己的皮夾繼續埋在地底感到鬆一口氣吧。

「馬先生……不，這大概是假名吧。」真名大概也不是凱文的傢伙說：「你找我要問的事情都問完了，對不對？」

「是啊，我只是想知道你埋了什麼東西而已。」

「那麼，你以為我會念在同行一場，放你回去嗎？」凱文突然從身後掏出一把曲尺手槍，指著我。

該死的，好歹我也是你的後輩，犯不著用槍指嚇我吧？

「我替你解決了一個麻煩，你反而要殺我？」我保持冷靜地說道。我真的很討厭被槍口對著，萬一走火的話我便一命嗚呼了。

「呵，我當然要多謝你，只是被你知道我的身分，我不會讓你活下去。」

這傢伙真不上道。有常識的人即使不感動流涕，至少也會說句「放心吧，咱們同業一場，我不會洩露你的身分」，而不是恩將仇報。嘖，這叫「狗咬呂洞賓，不識好人心」。

「你在這裡殺我的話，槍聲會引起房東老頭注意，會留下更多證據喔。」

「所以我不會在這裡殺你，手槍只是防止你反抗。」凱文露出猙獰的笑容，「你會跟我一起兜兜風，然後在海邊消失。」

他的獰笑教我作嘔，我最討厭裝模作樣的傢伙。為什麼當殺手一定要奸笑？這是在演戲嗎？這傢伙見客戶時或許會像電影角色那樣穿得一身黑？

我瞥了時鐘一眼。

「離開前可不可以聽我說幾句話？」我舉起雙手，表示不會反抗。

「沒問題，反正你無法活過今晚。」

「你知道人類有多少條動脈從胸膛輸血到大腦？」我問。

「這是什麼？常識問答嗎？」

「我想身為殺手，對人類身體有多一點認識是必需的。」我說，「你知道有多少條嗎？」

「兩條吧？」

「不，」我搖搖頭，「四條。兩條頸動脈和兩條椎動脈。頸動脈就是在脖子左右兩邊用手指按著也會感到脈搏的血管，而兩條椎動脈則附在脊椎骨左右兩旁。」

「喔。」凱文只是冷淡地回應一聲。

「兩條椎動脈會在腦部下方接近橋腦和延髓的交界處匯流，成為叫作『基底動脈』的血管；而兩條頸動脈則連接一條環形的血管，叫作『威利氏環』。這條環狀血管就像馬路的迴旋處，即使其中一條動脈破損，無法供血，這個設計依然能確保有足夠血液提供給大腦。」

「你說這些有的沒的有什麼意思？」凱文開始有點不耐煩。

「基底動脈其實也會連接到威利氏環，換言之，四條主動脈都通往同一個迴旋處。即使某人不幸地左右頸動脈破裂，腦部仍可以靠椎動脈輸血吊命。」

「好了，說夠了，現在我們一起走吧。」他向我走過來。

「我想說的是，如果有一個人，很不幸地在威利氏環和基底動脈同時出現三處破裂，腦部便會立刻缺血，這傢伙會出現急性中風的病徵，再高明的醫生也無法救治，而死因則被當成腦內多處動脈瘤破裂，或者簡單稱為腦出血——雖然這種腦出血可說是萬中無一的罕見病例。」

凱文停下來，往後退了幾步。他大概本能上感到危險，不敢走近我伸手可及的範圍。

不過，太遲了。

「啊！」凱文突然面容扭曲，雙手抱頭跪在地上，手槍也無力握穩，掉到一旁。我雙手仍懸在空中，看著這奇妙的一幕。

「像王主席那種心肌梗塞致死需要數分鐘，但你這種腦出血很快，從血管破裂到死亡只要十幾秒。由於腦部缺血，手腳會無法活動，連感覺也很快消失。」我蹲在凱文面前說道。

「你……你……什麼……時候……下……毒……」

我還沒來得及回答，他已經斷氣了。

我把手槍撿起，塞進衣服裡，替凱文戴上眼鏡，然後打電話叫救護車。我先回家放下手槍，再裝作驚惶的樣子向房東求救，說我到凱文家跟他閒聊時，他突然倒下。五分鐘後，我們一同把已死的凱文送到醫院。

在醫院裡，不用一分鐘醫生便斷定凱文已死，不過腦幹死亡的屍體相當有用，醫生連忙把新鮮的器官取下，用作移植。我這人真是超好的，心、肺、肝、腎、角膜……這次大概一口氣為七至八名病人帶來希望。我明明可以把他的器官一一攪爛脹破，讓他受盡折磨才死，可是我卻選擇如此人道的方法，真是個雙贏的結局啊。

房東老頭有點傷心，不過他沒有為此事哀愁得太久，三天後他又輕鬆自若地騎著自行車去買藥材，還跟我打招呼。

雖然我的殺人異能很厲害，但也有相當不便的時候。像那個只能輸入一次指令的限制，就使我無法提早幹掉凱文，演變成這星期的麻煩事。

早在我跟凱文第一次見面時，握手的一刻，就已輸入「一星期後……加九個鐘頭，基底動脈充氣破裂、威利氏環與頸動脈的兩個連接處充氣破裂」，讓他在七日後的晚上悄悄死去。因為已經輸入了指令，我無法在察覺他行為有異時提早了結他，讓他有機會對老頭下殺手，還要麻煩我陪他演猴子戲。其實我對清酒和牛肉鍋沒有興趣，更討厭跟陌生人同桌吃飯。就是知道他死期將至，為了滿足自己的好奇心，那天晚上我才會去跟他攤牌。如果讓他把殺人動機帶進棺材去，變成無人知曉的祕密，我想我會失眠好一陣子。

至於我當初為什麼要對一個見面不到一分鐘的陌生人下殺手，理由跟我努力確保房東老頭活命相同。

凱文住進我家前方的空屋，我的舉動、外出回家也會被他看到，而我最討厭被人觀察，被人盯著讓我感到渾身不自在。難得找到一個沒人留意、安靜無憂的家園，我才不想被陌生人破壞嘛。

就像倉鼠，會把入侵家園的同類的頭啃掉喔。

2

十面埋伏

在市中心的馬可波羅飯店，這一夜顯得貴氣非常。雖然這裡已是五星級飯店，獲得外國數本雜誌評為本地最豪華最氣派的飯店之一，但它今晚與平時不同，籠罩著一股不凡的氛圍。下榻的旅客都感到氣氛有異，歐洲名車一輛接一輛地停在飯店門前，一身奢靡華麗打扮的女士伴隨著穿正統禮服的男士魚貫進場。

然而，在這些華衣鬢影之中，也有一些格格不入的傢伙。

葛幸一警官便是其中之一。

雖然葛警官也穿上了一套三件式黑色禮服，領口結上暗紅色的領結，外表上跟那些達官貴人分別不大，可是明眼人一看，就知道這傢伙是異類。他身上每一處都流露著不同階級的俗氣，沒有那些揮金如土的上流人物身上的光芒。

「靠，所以老子最討厭有錢人。」站在飯店大廳一旁的葛警官，看到偷瞥自己的一位貴婦面露鄙夷之色，心裡暗罵道。

即使旁人的目光令葛警官如坐針氈，他也只能默默忍耐。穿上這身「猴子衣」到飯店赴宴並不是他的意願；他是因為工作需要，才不得不置身於這個不自在的環境。

今天是跨國製藥公司布倫特史克的大日子。這間美國企業本來是全球第二大的製藥、生物科技及衛生保健產品公司，不過，當該公司公布收購本地的富通藥業，布倫特史克的市場占有率便超過瑞士的伯恩製藥，成為全球最大的製藥企業。布倫特史克的執行長弗雷·史密斯醫生親自來簽約，而今晚的宴會便是收購儀式後的慶祝晚會。

這樣的商業活動本來跟葛警官扯不上半點關係，可是在晚會舉辦前的一個禮拜，他收到情報，說有人打算對史密斯醫生不利。

弗雷．史密斯醫生現年五十九歲，美國南卡羅來納州出生，大學畢業執業十五年後加入布倫特史克，擔任藥廠的研發顧問。憑著靈活的行政手腕和敏銳的市場嗅覺，史密斯醫生在公司裡的職位一再擢升，在他主導的新產品抗抑鬱藥「樂凡適」成功上市後，三個月前被董事會委任為公司的執行長。即使他的財富不及各地的富豪，但他掌握了全球最大藥廠的命脈，在講究醫療保健、生物科技的今天，他猶如天之驕子，一舉一動備受關注。

人愈有錢，就愈怕死。富豪們都願意散盡家財，來換取延長一丁點壽命的機會，而掌握這支鑰匙的，正是史密斯醫生。

理論上，這樣的重要人物出門在外，聘請了貼身保鑣，沒有罪犯會笨得打他們的主意——對付「有權力」的人，倒不如綁架「有錢財」的人要來得實際。

問題是葛警官收到犯人的犯罪預告。

「我會在十一月二十八號的晚宴裡殺死弗雷．史密斯醫生。為了證明我是認真的，我會先殺掉他僱用的保全公司的老闆。」

一個星期前，葛警官收到這樣的字條。

警局裡所有人都認為是無聊的惡作劇，只有葛警官一人認真對待。他熬夜聯絡布倫特史克的公關部門，先查知對方僱用的本地保全公司，再一大早前往公司老闆的寓所，沒料到他眼前的，是一具詭異的、扭曲的屍體。

保全公司的老闆姓田，經營保全公司已有十多年，專門提供近身保鑣，負責接待重要人物，公司規模不大，但曾接過好萊塢明星、外國政客、著名企業家等等的委託。葛警官在田老闆的家門前按鈴按了三分鐘也沒有動靜，恐怕對方有危險，便不顧程序地把大門踹開——率先映入眼簾的是俯臥在玄關地上、模樣古怪的田老闆。

田老闆的四肢腫脹，手腳就像四條巨形黃瓜，黏在乾癟瘦小的身軀上，但這四條黃瓜朝天豎起，田老闆的臉龐卻埋在胸膛前，腹部貼地。他就像一張反轉的茶几。

葛警官是個老練的警察，入職二十多年，見過不少恐怖的屍體，即使田老闆的死狀如此異常，他仍能冷靜地聯絡下屬，指派人手進行調查。看到田老闆的樣子，他確定字條並不是惡作劇，而是凶手對警方的示威與嘲笑。

當法醫官提交報告，說無法解釋田老闆的怪異死狀時，葛警官內心倏然一驚。這些年來，他一直有個想法，只是每次在會議提出，總被上司及同僚無視。

他知道城市裡有一個怪異的殺手。

這個殺手草菅人命，心狠手辣，犯案不多但死者的屍體都呈現異常的狀態，彷彿是凶手跟警方開的玩笑。葛警官最有印象的，是五年前死於拘留病房的一個嫌犯，那傢伙的頭部和腹部像氣球般脹大，腰卻扭了半圈，胸口往下變成屁股，雙腿關節還被折斷，盤在肩膀上。當時完全沒有人接近病房，法醫官解剖屍體後亦無法解釋死因，凶手就像幽靈般，躲過監視鏡頭和守衛，潛進密室裡將死者弄成那個變態的模樣。

而讓葛警官深信這殺手存在的關鍵，是一名線人的供詞。

「葛組長，我有條重要的消息賣給你。」線人在電話裡說。

「廢話少說，我只會給你舊價錢。」葛警官回答。

「唔……好吧，今晚六點老地方見。」

「先告訴我一點吧，最近好忙，如果是無聊的情報我不想出來。」

「你一定有興趣的……是你一直想找的那個人。」

「哪個？」

「把屍體變得稀奇古怪的那個。」

「咦？」葛警官大吃一驚。

「那是一個綽號叫『氣球人』的殺手……我還是不說了，你來了我再告訴你吧。記得帶錢。」

然而葛警官無法知道情報的詳細內容，因為當天他到赴約地點，只看到線人四肢被扭成卍字形的屍體。

「氣球人……」這一年來，這三個字充斥在葛警官的腦海中。他到底用什麼方法殺人的？為什麼要把死者弄成那個樣子？除了這些怪異的死者，還有多少宗懸案跟他有關？

田老闆之死使警方正視史密斯醫生被謀殺的風險。葛警官建議把晚宴改期，但史密斯醫生認為這關係到企業的利益，在收購的過程中因為不能向媒體透露的理由而更改時間表，往往會引來揣測，而這些謠言更會直接反映在公司的股價上。身為執行長，他不容許任何危及企業——以及他的地位——的不安因素。

因此，以葛警官為首的專案小組接下任務，在史密斯醫生到訪的三天裡，貼身保護他，找出可疑分子，在犯人下手前進行逮捕。兩天過去，布倫特史克的收購案進展順利，記者招待會、新聞發布會、簽約儀式、參觀廠房一一如期舉行。雖然田老闆被殺，藥廠仍委託他的保全公司繼續負責史密斯醫生的警衛工作；而葛警官則帶著他的人馬，在各個地點戒備，檢查所有細節。

「組長，依我看，犯人是不會出現的啦。」葛警官的部下大石說道。大石人如其名，生得高壯魁梧，只是腦筋也一如他的名字，鈍如頑石。葛警官經常猜想，這小子只能當一輩子的員警，別說是組長，恐怕連隊長也當不上。

「你這小子給我打醒十二分精神。」葛警官對這個跟自己一樣衣不稱身的小伙子說。

「阿達告訴我，犯人應該是想要打擊這家布什麼克藥廠，讓它的收購案延期，從股票市場撈一筆，明知不可能對付史密斯醫生，所以用這種預告的方法來達成目的。那個保全公司的老闆只是個不幸的替死鬼。」大石還是自顧自地解釋道。

葛警官不是沒有想過這可能，只是從田老闆被殺的樣子，他知道對方是玩真的。若像他另一個下屬阿達所言，犯人的目的是聲東擊西，那對方殺害田老闆的手法未免太過變態。葛警官深信，用上這手法的是那個叫氣球人的殺手，而能使他出手的案子，一定不會如此簡單。

「你別給我摸魚，好好留意每個進場的賓客，檢查每個人的邀請函。」葛警官沒有說出心底話，只吩咐大石做好工作。他離開飯店的大廳，往宴會廳走去。

因為晚宴尚未開始，此時宴會廳中的賓客各自舉著酒杯，三五成群地討論著商業、政治、期貨市場、全球化、家庭、名車、高爾夫、紅酒、女人等話題。葛警官放眼一望，看到不少熟悉的面孔，他們都是經常登上報紙版面的名人政客。

「阿達，有沒有什麼不對勁？」葛警官走到下屬阿達身旁，問道。

「沒有，組長。」當阿達回答上司時，他的眼睛仍瀏覽著會場中的每一個人。「完全沒有可疑。我跟幾位保鑣談過，他們也說沒有不對勁。」阿達指了指站在會場另一角，同樣穿著黑色禮服、一邊耳朵掛著耳機的男人。

葛警官點點頭。這次晚宴的保全可說是萬無一失——首先在入口處，警方派員協助藥廠的公關接待，留意每一個到場的賓客，仔細檢查對方的身分；每一名記者進場前必須登記，並且以手提指紋辨識裝置確認身分，防止犯人假扮記者混入；在宴會廳的三個出入口還設置了關卡，由配備衝鋒槍的警員把守；而宴會廳裡，更有葛警官和他的十幾個部下，以及保全公司派來的十幾名保全人員。這種規模，比設局捕捉大毒梟還要仔細，投入的人手更多。

在宴會開始前，葛警官更和警犬小隊替飯店做地毯式搜索，沒有放過任何一個角落。縱使葛警官認為對手是氣球人，他也不敢掉以輕心，以防犯人會用上大規模的殺傷武器，例如設置定時炸彈，讓所有賓客葬身火海。為了減低犯人下毒的可能，他還派兩名下屬到廚房守候。

「犯人就算能進來，也不能走出去。」葛警官心想。

還有半小時晚宴就要開始，賓客已陸續到場。葛警官巡視一圈後，利用對講機，吩咐大石和兩、三名同僚到宴會廳當值，大廳的警員減少至五人，不過葛警官認為那已經足夠——犯人的目標在宴會廳裡，形勢一旦有變化，多一個人當盾牌更有利。

「葛警官，您好！」在葛警官和大石通話完畢，一直忙於應酬的史密斯醫生走到他面前。他以英語說：「今天的保安工作就拜託你了。」

「是的，醫生，請放心交給我們。」葛警官的英語不太靈光，他也不想說太多。

史密斯醫生和女伴離開後，葛警官繼續巡邏，留意著每一位賓客。事實上，他知道在這個場合裡，一直左顧右盼的自己，舉動反而最可疑。

「組長，這個宴會真的好豪華啊！我從沒看過晚宴開始前的自助餐前小點有魚子醬、雞尾酒大蝦、新鮮生蠔這麼多菜色……」大石拿著一片盛著魚子醬的烤吐司，一邊吃一邊走近葛警官。

「媽的，我叫你這混小子進來不是為了讓你吃！」葛警官罵道。

大石吐一下舌頭，連忙把手上的吐司一口吞掉。

「你再不檢點，我就好好修理你。」剛才的喝罵引起旁邊的賓客注意，葛警官這一句特意壓下音量道。

「明白嘍，長官。」大石挺直身子，一臉認真的回答，可是嘴巴仍在咀嚼中，話說得不清不楚。

「你這笨蛋……」

「組長，出事了。」耳機忽然傳來阿達的聲音，「在二號出口。」

葛警官和大石連忙向宴會廳的二號出口奔去，在門外發現阿達和幾個穿禮服的警員圍著一個倒地的人。旁邊還有一名剛到場的救護員。

「什麼事？」葛警官緊張地問。

「第六組的小王死了。」阿達悻悻然道。

躺在地上的便衣警員面容扭曲，右手按著胸口，可是左手卻繞到背後，好像被隱形人折著手腕，扭到後方。

「一分鐘前我們一起在這個門口守著，可是他突然痛苦地慘叫，一手按著胸部，然後倒地……」站在旁邊的一個濃眉大眼的警員說。

「當時有沒有人在附近？」

「沒有，整條走廊就只有我們兩個……」

「這是心臟病發嗎？」大石問。

葛警官沒回答。看樣子是心臟病，可是，死者左手的異狀令他十分在意。

「砰」的一聲，宴會廳的大門猛然打開。一位戴著耳機的禿頭男人神色慌張地衝出來。

「您是葛警官嗎？」男人緊張地問。葛警官點點頭。

「我是田氏保全的人員，」男人掏出證件出示給葛警官，「我們有一名同事突然倒下了。」

葛警官聞言心頭一震，趕忙和大石跟過去，留下阿達處理這邊的事。

禿頭男人帶領兩人到宴會廳的休息室，一打開門便看到倒在地上的黑衣男子，以及圍在他身邊的其他保全人員。一名穿制服的救護員正在檢查受害者，但當葛警官想詢問情況時，救護員站起來，搖搖頭，表示已經沒救。

死者和小王一樣，右手按著胸口，左手扭到背後。

「他是怎麼死的？」葛警官向禿頭男問道。

「我不知道，他就這樣子忽然倒下去，當時房間裡只有我們三人。」禿頭男人指了指另一個短髮男人。

葛警官看看手錶，距離晚宴開始、史密斯醫生致辭的時間不到十分鐘。宴會廳中的賓客一一按安排就坐，如果有混進場的人，很容易留意到。葛警官最擔心的，是犯人用毒藥進行暗殺，就像這兩名死者一樣，說不定事前在食物飲料中下毒，如此就很難防禦。

「通知廚房，留意有沒有可疑人物，把主桌的餐具全部換一套新的。」葛警官以對講機下命令。這做法雖然消極，但總是防治手段之一。

「嗶——」葛警官的耳機傳來訊息，「組長……」

「誰？」葛警官問。

「我是志宏……輪、輪到阿、阿達了……」另一方的聲音呼吸急促。

「阿宏?給我說清楚一點！」

葛警官不是發怒，只是不祥的預感使他不由得光火起來。

「組長，阿達他倒下了……他的左手不知道為什麼扭到身後……好像是心臟病……救護員正在搶救……」志宏有點語無倫次，但葛警官明白情況——阿達成為了第三號受害者。

就在這一刻，禿頭男突然喘著大氣，往前仆倒。他的左手緩緩地繞到身後，右手手指把禮服胸口的位置抓得皺巴巴，彷彿想把肋骨撕開，掏出身體裡正在噬咬心臟的異物。救護員趨前急救，但為時已晚，禿頭漢掙扎了一分鐘，遽然止住不動，面色如土，雙眼無力地盯著天花板，撒手人寰。

葛警官登時衝出休息室，奔往宴會廳的主桌。台上的司儀正說著老套的開場白，而在台前的主桌上，史密斯醫生正和坐在身旁的富通藥業董事長交談。葛警官完全無視對方，走到史密斯醫生身後，打斷兩人的對話。

「史密斯醫生，我們遇上很麻煩的情況。」

「怎麼了？」

「警方和保全人員受到不明來歷的襲擊，您恐怕會有危險。」

「什麼襲擊？」史密斯醫生眉頭一皺。

「他們……離奇地心臟病發了。」葛警官用蹩腳的英語，努力解釋。

「心臟病？工作壓力太大也可以引起心臟病啊。」醫生笑著說：「只要不是有人拿著槍衝進來掃射就好。如果我這時離開，對公司的損害不是你能承擔得起的。」

葛警官怔住，史密斯醫生說的是「你」並不是「我」，他心底不禁罵了一句。

「是葛警官吧？」一名男子走過來，說：「有我們作貼身保護，你不用擔心。」

兩個虎背熊腰的大漢，站在葛警官身旁。他們一直站在醫生三公尺外，準備若有任何突發事件，第一時間護送醫生離開。

「萬一犯人是用毒的話……」葛警官不死心，繼續勸告醫生。

「你忘了我是醫生嗎？」史密斯醫生大笑，說：「想在我完全沒察覺的情況下用毒，未免太小看我了吧？別說了，我要上台致辭。」

伴隨著賓客的掌聲，史密斯醫生離開座位，走到台上。兩名保鑣跟在身後，而葛警官安排的三名穿著禮服的便衣警察也站在台旁戒備。

「組長，阿達還有救。」大石匆忙跑來，對葛警官說：「救護員急救後，他的情況穩定下來了。」

「阿達沒事？」葛警官有點訝異。

「好像說是心肌梗塞，晚一點施救就來不及了。」大石說，「不過不知道為什麼，阿達的左手肌肉出現痙攣。」

「現在人呢？」

「先送到飯店的醫療室，救護車正趕過來。」

還好沒死——葛警官舒了一口氣。阿達是直屬部下，共事多年，葛警官不忍心向他的父母說出兒子殉職的消息。

「各位來賓，歡迎出席布倫特史克公司的晚宴。」史密斯醫生在台上開始致辭。內容都是講述收購案後公司的業績如何、發展如何，再吹捧一下被收購的富通，以及自己有份研發的新藥物。

葛警官忽然留意到不對勁的地方。

本來站在醫生身後的一名保鑣，忽然向前踏了一步，右手伸往衣襟。

「是他！」葛警官對這個小動作很敏感，直覺對方的下一個動作便是掏出武器，連忙衝上前制止。

不過他弄錯了。

那個保鑣踏前一步後，跪倒台上，側身倒下。他的右手抓住胸前，和剛才所有受害者一樣，經歷著相同的痛苦。

另一名保鑣立即扶住對方，史密斯醫生也察覺異樣，停止發言，回過身子察看。在台旁的警員以及另外兩名保鑣走到台上，提供協助，又向台下示意叫救護員。

「啊呀！」

葛警官正要走到台上，他料想不到上台幫忙的人之中，有人突然痛苦地叫嚷，右手按著胸口，左手反到背後，往前跌倒。

「解開他們的衣領，」史密斯醫生指示著，替倒地的兩人進行檢查。「還有脈博，快，送去急救。」

保鑣和警員合力把兩人抬走，由救護員送到醫療室。一番擾攘後，史密斯醫生回到麥克風前，說：「各位抱歉。由此可見，醫療保健對現代社會有著決定性的地位，希望我們優秀的藥物能幫助那兩位不幸的朋友。」

即使話題一度被打斷，史密斯醫生仍把講辭原原本本地說完，回到座位。台下的賓客對台上發生的小意外也不太在意，他們都以為是身體不適、過勞之類的問題——畢竟他們對倒下的人是誰也不大清楚。

「組長，聽醫護人員說，剛才的兩人有一個死了。」大石捎來這一個消息。

葛警官咬咬牙。「這個可惡的氣球人！因為無法找機會殺死目標人物，就胡亂殺害守衛的人來洩憤嗎？他在事前下毒，讓我們逐一死去，然後再慢慢想方法對付醫生嗎？」

這想法讓葛警官背脊發涼。他這次決定了，就算要承擔責任、要寫一輩子的檢討書也好，他要堅持讓史密斯醫生先離開。萬一愈來愈多警員和保鏢倒下，最後便沒有人能保護醫生。

「醫生，為了安全起見，請您立即離開。」葛警官走到醫生身旁，說道。

史密斯醫生沒有回應。

「醫生，請聽我說……」

史密斯醫生慢慢地回過頭。

葛警官正要再開口，只見醫生把臉孔轉到眼前，然後「喀嚓」一聲，繼續往另一邊轉過去。

那是頸骨折斷的聲音。

就在葛警官眼前不足二十公分處，史密斯醫生的頭顱轉了整整三百六十度。醫生的表情相當恐怖，嘴巴緊閉，但眼睛瞪得老大，就像被人塞住嘴巴，然後慢慢地、一點一點地把脖子扭斷。職業殺手扭斷死者脖子往往只花半秒，但葛警官看到的，是史密斯醫生花了快三十秒，緩緩地自行扭斷自己的脖子。

直到頸椎折斷的那一刻，史密斯醫生雙眼流露著無底的恐懼。

而葛警官看得清清楚楚。

當同席的賓客留意到異狀時，醫生的頭顱正慢慢地轉第二圈。他的鼻孔開始流出血液，坐在他對面的女士更嚇得昏厥過去。富通的董事長連人帶椅摔倒，就像看到惡魔怪物一樣，倒地後手腳併用地往後退。尖叫聲此起彼落，恐懼從主桌往外蔓延。在場唯一保持冷靜的，就只有葛警官，以及幾位為了拚新聞，抓住相機死命拍照的記者。

這時候，史密斯醫生的頭顱仍未停下來，正在自轉第三圈。他的脖子皮膚被扯破，露出粉紅色的肌肉，空氣中飄散著詭異的血腥味。

當醫生的頭不再旋轉，盯著這離奇光景的人回復理智之時，已不知過了多少分鐘。史密斯醫生的頭顱幾乎脫落，現在像一個洩氣的氣球，無力地垂在他的胸前。

「封……封鎖出口！」葛警官回過神來，朝對講機大喊，「凶手就在這裡，別讓他逃走！」

雖然葛警官看到醫生死亡的一刻，但他的直覺告訴他，凶手就在飯店內。他深信這傢伙用了某些方法，像變魔術似的，把史密斯醫生殺死。

魔術師一定還在舞台上——葛警官暗忖。

葛警官分配人手，讓他們守在三個出入口，替在場所有人登記，以及記錄供詞。法醫和鑑識人員被緊急召來，進行搜證工作。

可是，即使善後工作如此完備，葛警官仍覺得他忽略了某一點，但他想不起來。

「葛警官，」醫生死後十分鐘，警員們忙得不可開交的時候，一名穿禮服的保全人員說：「救護車剛到，準備送兩位受傷的警員到醫院。」

「好……」葛警官忽然感到奇怪，「等等，你說……兩位警員？」

「是兩位啊，就是之前在二號出口外心臟病發的那個，以及剛才在台上受傷的那個……」

「剛才台上倒下的兩人不都是你們的人嗎？」

「胖的那個阿龍是我們的人，但另一個是你們的警員啊。」

葛警官聞言如遭雷擊。

「媽的！」葛警官大罵一句，「醫療室在哪兒？快告訴我！」

「在一樓東翼走廊，靠近停車場和後門那邊……」

「該死！」葛警官頭也不回，拔出手槍，獨自衝出宴會廳。宴會廳在三樓，他三步併兩步趕到醫療室外。在走廊上，他看到躺在擔架床上、戴著氧氣罩的阿達，以及兩名醫生護士。

「另外那人呢？」葛警官氣急敗壞，向護士問道。

「什麼另外那人？只有一名傷者呀。」

葛警官望向走廊另一端。阿達正要前往的是停車場的方向，而另一邊則通往飯店後門。

「快，送他去醫院。」葛警官丟下一句，轉身跑向另一方。這純粹是一種賭博，飯店有多個出入口，他指示下屬守住宴會廳，沒料到犯人早已離開現場，如今他只能猜測對方逃走的路線。

就像一隻瞎眼的老鼠，在有如迷宮的倉庫亂闖，找尋那一片小小的乾酪。

然而葛警官受到幸運之神的眷顧，他押對了。

就在飯店後門的一個員工出入口前，他看到一個穿黑色禮服的背影，耳朵掛著耳機，正伸手握著門把，準備推門離開。

「別動！舉起雙手！不然我開槍！」葛警官舉起手槍，大喝。對方身子微微一震，沒有繼續扭動門把。

「你是聾子嗎！給我舉起雙手！」葛警官再次喝道。

男人緩緩舉起雙手。

「你是葛警官吧？」男人背對著葛警官說，語氣十分平靜，沒有半點驚惶。

「你是凶手吧？」葛警官沒有回答，反問道。他慢慢一步一步走近。他知道對方是危險人物，不敢掉以輕心。

「幸會啊，葛警官。」男人沒回頭，說道。

「你就是殺死史密斯醫生、會場中的保鑣和警員，以及田老闆的殺手吧。」葛警官說。

「對啊。」男人沒有猶豫，一口承認。

「你就是『氣球人』吧？」

男人靜默兩秒，回答：「沒錯，是我。我知道這名字遲早會傳到你們耳中，只是沒想到你早認識我。我這幾年似乎接了太多工作，太顯眼了。我想，這名字在不久的將來會變得家喻戶曉吧，嘿。」

「少給我得意忘形。」葛警官罵道，「你是用什麼方法殺死他們的？」

「商業機密。」氣球人笑著回答。

「媽的，少給我耍嘴皮子。」

「你告訴我你怎麼識破我，我就把手法告訴你，當作交換，好不好？」

明明自己占了上風，怎麼對方的談吐還這麼有自信？葛警官感到奇怪。這種心情使他停下腳步，沒有再走近。

「我們被你徹底耍了。」葛警官皺著眉，「直到剛才，我還以為你寄預告信、殺害田老闆只是譁眾取寵，但我現在知道那是你計畫中不可或缺的步驟。你是為了混進宴會才這麼做。」

氣球人沒有回答，背對著葛警官，靜靜地聆聽著對方的推測。

「你知道今天的宴會賓客非富則貴，主辦的布倫特史克會僱用保全公司，別說殺害執行長，就連進入會場也極為困難，因為假扮賓客、記者或保全人員，也很容易被識破。於是你採取了一種異想天開的方法，發出預告信，殺掉保全公司老闆，使警方介入事件。」

氣球人露出微笑，不過葛警官看不到。

「我們就是掩護你的工具。由於是高級宴會，所有人都會穿上禮服，你先是扮作保全人員——或許你從田老闆那兒盜取了公司的資料和證件——混進來，然後變成雙面人，在保鑣面前出示偽造的警員證，在警員面前出示保全人員證件。如此一來，你便可以在宴會廳中自由出入，因為我們跟保全公司的人員不熟稔。」

「沒錯。」

「你是事先在部分警員和保鑣的食物中下毒吧？讓他們心臟病發。而最關鍵的一刻，就是你預先讓史密斯醫生的一名貼身保鑣在台上出意外，自己再混上台幫忙，假裝病發後順利逃到醫療室。那時候，你已經在史密斯醫生的座位動了手腳，設置了死亡陷阱，讓他慘死，對不對？」

「你誤會了，」氣球人說：「我假裝發病並不是為了逃走，是為了下手喔。」

「下手？」

「你說我在座位動手腳設陷阱，你有見過可以把頭顱扭十幾個圈的隱形陷阱嗎？」

「沒見過，但你做到了。」

「別太抬舉我，我不是魔術師，只是一個殺手。」氣球人朗聲笑道。

葛警官不知道的，是氣球人真正下手的時間點。由於史密斯醫生是知名人物，氣球人根本找不到方法接近，就連握手這麼簡單的事情也辦不到，這令他非常苦惱。更麻煩的是目標人物只逗留三日，他得在三天內完成任務。氣球人出道十年，首次遇上讓他覺得無法完成的委託。

於是他如葛警官所言，採取了鋌而走險的方法。

他以雙重身分混入會場後，裝作不經意地跟受害者一一接觸，使他們在適當時間出現心肌梗塞的毛病。為了讓葛警官知道這不是巧合，他特意輸入「左手繞到背後」的指令，讓葛警官聯想到有人在背後策動事件。這樣子葛警官和保全人員才會安排更多人守護史密斯醫生，自己下手時就更加不顯眼。一名普通的警員或保鑣很難在沒人留意下跟這種大人物握手，所以氣球人才會假裝發病。即使史密斯醫生擔任藥廠執行長，他仍是一位醫生，一位醫生看到有人倒下自然會進行急救，當他伸手替氣球人量脈搏時，氣球人輸入了使對方致命的指令。

因為史密斯醫生的本能反應，氣球人才有機會下手。

阿達沒死，是因為氣球人輸入了不同的指令——他血管裡的空氣栓塞比其他死者小一半。這麼做是為了讓阿達被送到醫療室，如果只有氣球人一人經「急救」後活命，很可能引起葛警官的注意。

這些事實都遠遠超乎葛警官的想像。

「管你是魔術師還是殺手，你這次也得認命了。」葛警官說，「我已經告訴你我的推測，你到底用什麼手法殺害史密斯醫生？」

「嗳，你的猜測不是全對，我才不會告訴你我的手法呢。」氣球人以嘲弄的語氣說：「我頂多能告訴你，史密斯掛了，高興的人比你想像中來得多。」

「媽的，回到警局，由不得你不說。」氣球人的態度激起葛警官的怒意，他再次向前踏出一步。「給我慢慢轉過身來。」

「如果我拒絕，你打算怎麼辦？」

「你可以作無謂的反抗，但我的部下很快就會過來。你只有一個人，沒有勝算。」

「我本來想嚇唬你，說我還有同夥，但為了表示對你的敬意，這個謊我就省下了。」氣球人仍佇立不動，說：「我可以告訴你，你抓不住我。」

「嘿！」葛警官認為對方只是在垂死掙扎。

「你知道我最喜歡這間飯店的什麼嗎？」

「什麼？」葛警官奇道。

「我最喜歡這兒的餐前小點，真是豐富得過分。」

「那我希望你剛才有吃個飽，因為你將會在不見天日的個人囚室裡待上一段很長的時間。」

氣球人沒理會葛警官，繼續說：「尤其是生蠔，真是鮮美，馬可波羅飯店都是從原產地訂購。」

「你想說什麼？」

「葛警官，你知道嗎？那些生蠔都是新鮮運到，開殼放上餐桌前一刻，還是活生生的呢。」

「什麼生──」

葛警官話未說完，遠方傳來一聲巨響，走廊瞬間變成漆黑一片。數秒後緊急照明燈亮起，他卻發現眼前的背影已消失，員工出口的大門打開了一半。他追出去，只看到冷清無人的小巷。

鑑識人員發現，飯店停電是因為機房的主電箱被人破壞。他們相信破壞是因爆炸引起的，可是他們找不到炸藥或化學品的痕跡，只找到一隻生蠔的殘渣。鑑識人員對葛警官報告，從環境證據看來，那隻生蠔彷彿變成了炸彈，在剎那間爆破，炸毀電箱。

為了調查，葛警官嘗試以「僱用氣球人下殺手」的方向入手，查看誰跟史密斯醫生有仇，調查結果卻令葛警官迷惑。史密斯醫生死後，布倫特史克的高層立即指派了新的執行長，一個月後有媒體揭發史密斯醫生在研究新藥「樂凡適」時偽造數據、隱瞞副作用，使多名參與試藥的病人因併發症而死。由於史密斯已死，負面新聞對公司的影響不大，換言之新任總裁、董事會成員、病人家屬、研發小組成員，無一不對史密斯醫生之死額手稱慶。而葛警官知道，這群人不會說真話——更何況他們遠在美國，難以協助調查。

葛警官再次向上司提出調查殺手「氣球人」，由於這次案件太不可思議，警方高層不得不承認這個罪犯的存在，同意讓葛警官調查。他們唯一的要求是低調行事，因為這種視警方如玩物的殺手，如果傳出消息，對警方甚至政府的威信將會造成極大的影響，也有可能產生集體恐慌。

話雖如此，「氣球人」的都市傳說仍不脛而走。傳說他是位擅長用毒的殺手，也有人說他是能隔空殺人的魔術師、隱形人、軍方的祕密武器、外星人，甚至死神。

「我想，這名字在不久的將來會變得家喻戶曉吧，嘿。」

葛警官回想起那個自信而邪惡的背影，默默認定那個人將會成為自己的宿敵。

「聽說你跟那個有名的葛警官對上了？」坐在駕駛座上的仲介人問。

史密斯醫生被殺後一個禮拜，氣球人從仲介人手中接過工作的尾款。

「該死的，我差點以為自己逃不掉。」氣球人苦笑道：「當時我一味拖延時間，一直充好漢，裝出一副游刃有餘的樣子。那傢伙居然連我的綽號也知道了，多嚇人啊。」

「你不是帥氣地逃跑了嗎？」

「帥氣個屁！」氣球人啐了一聲，說：「我在電箱動手腳，是為了讓警察以為犯人是在停電時逃跑的，怎料那個葛警官竟然早一步追到我，嚇得我幾乎挫屎。停電時我抓準時機衝出門口，被迫躲進大型垃圾桶裡，那股臭味我洗了三天才洗得乾淨。這十年來恐怕最狼狽就是這次了……」

氣球人想起那天裝模作樣說出「這名字在不久的將來會變得家喻戶曉吧」這種鬼話，只能吁一口氣，搖頭失笑。

3

傅科擺

「咦，難得來了位稀客。」

站在我家門外的，是仲介人。我們通常在外面找個人煙稀少的地方，碰頭洽談委託事務，以往他親臨我家的次數屈指可數，畢竟我們幹的不是什麼檯面上的正當生意，避人耳目自然是首要注意項目。這天早上我起床不久，剛沖好咖啡，正無聊地看著電視節目中主持們言不由衷地哀悼上月去世的某著名戰地攝影師時，門鈴倏地響起來。

「有很重要的委託。」仲介人甫關上門就直接說道。他神情肅穆，跟平日「泰山崩於前而色不變」的態度截然不同。老實說，我向來覺得他比我這個混殺手的還要從容冷靜。

「多重要？」我邊問邊啜了一口咖啡。

「委託人是洛氏家族。」

我差點沒被咖啡嗆到。

「『那個』洛氏家族？」我怕我聽錯，問道。

「就是那個。」

洛氏家族是這個城市勢力最大的黑道——不，用「黑道」來形容未免太小覷他們了。除了黑道固然會從事的毒品貿易、人口販賣、賭場經營、軍火走私之外，洛氏還擁有本地大量房地產，更涉足多個正當行業，包括能源、運輸、電子、醫療甚至食品，就連我手上這杯咖啡也是洛氏旗下的品牌。洛氏能壯大至此，全因掌舵者祖上數代都是黑道的風雲人物，跟政界有糾纏不清的關係，他們要染指的生意，從來沒有競爭對手能倖免，一是向其臣服，加入集團，一是被徹底殲滅——「殲滅」二字可不是譬喻，聽聞有不少意圖對抗洛氏的傢伙最後人間蒸發，下落不明。

簡而言之，洛氏家族就是這座城市的地下王室、影子統治者。

「等等，洛氏委託我們？他們不是有自己的『行動部門』嗎？」我問道。傳說洛氏家族裡有一支專屬的超級殺手團隊，辦事乾淨俐落，即使洛氏不動用他們在警政的影響力，警方也無從查出死者與洛氏的關係。

「別過問，這不是我們需要知道的。」仲介人冷漠地答道。

我聳聳肩、嘛嘛嘴，表示同意。「不問原由」是我們這行的鐵則，委託人不透露原因，我們自然不想知道，畢竟知道得愈多，麻煩也愈多。倒是平日仲介人語氣不會如此硬梆梆，我想因為委託人是「那個」洛氏家族，連仲介人也心亂如麻了吧。

仲介人向我遞過一個公文袋，打開一看，目標是一名健身教練。除了照片外，還有充足的資料，包括住址和工作地點、上下班時間等等。

「委託人有額外的要求嗎？」我問。

「沒有。」

「可以用任何方法解決目標？」

「嗯。」

難得這次沒有什麼古怪的要求，那麼我可以輕鬆應付。黑道的混蛋們一向要求多多，害我疲於奔命。

「其實你不用親自來嘛，這點資料，像以往用網路給我便成了。」我將文件塞回公文袋。

「……這次親自傳達比較穩妥。」仲介人若有所思地說。我想對他來說，這次的委託不容有失，假如一切順利，他的客戶名單便會增加一位出手闊綽的五星級貴賓。

「OK，我就按往日的模式處置吧，一星期後向你報告。」這種目標，我通常會花一個禮拜跟蹤放哨，確保一切妥當，再出手解決對方。

「不，」仲介人稍稍皺眉，「這次你要盡快處理，一點也不能拖。訂金兩萬美元已匯進你的戶頭，完成後尾款有五萬。」

仲介人的口吻讓我有點不快。報酬的確比平時優厚，但他在我答應前已自作主張將訂金轉進我的祕密帳戶，根本就是不容許我拒絕的意思。似乎「洛氏家族」這四個字對他有莫大的吸引力，為了抓住這尾大魚，變身慣老闆也在所不惜。我可不是他的下屬，在這盤生意上，我跟他比較像是合夥人的關係吧？

不過，雖然心裡有微言，我倒沒打算跟他吵嘴。

「好吧，我盡快處理。」我皮笑肉不笑地說：「這樣子你滿意了吧？」

仲介人點點頭，只是表情仍緊繃著。

仲介人離開後，我仔細閱讀目標人物的檔案。那個健身教練看起來平淡無奇，三十三歲，單身，個人履歷中比較突出的就只有一欄——他是個退役軍人，曾在陸軍服役七年，所屬部隊不詳。不知道他跟洛氏有什麼瓜葛，讓自己惹上殺身之禍，也許他在那支「部隊」知悉了某些軍政界高層的祕密，洛氏必須在醜聞曝光前滅口。這麼說來，仲介人為何要我盡快下手也說得通了。

比起這個平凡的標靶，委託人的背景精采得多。

洛氏家族的傳聞不少，當中多少屬實成疑，但空穴來風，事出必有因。洛氏由一個七人的「王室內閣」帶領，成員都是有血緣關係的家族中人，聽說凡事以投票決定，確保家族勢力均衡穩定，不會因為首腦病故而導致派系鬥爭自招滅亡。內閣成員和親信各有一枚特製胸章，胸章的圖案是一個被倒三角形包圍的古埃及太陽神亞蒙．拉（Amon Ra）的符號——也就是那個長了眼睛的英文字母R。我聽過的說法是，萬一被黑白兩道找碴，置身險境，只要亮出胸章，對方便會知難而退，可說是現代的王室令牌護身符。

據聞擁有這胸章的不到二十人，另外坊間有流言，說胸章的持有者擁有參與洛氏家族空中派對的權利——洛氏家族有一架改裝過、被稱為空中別墅的豪華777客機，王室內閣每半年會在機上舉辦一次私人派對。有人說那其實是個淫亂派對，親信和貴賓在機上胡天胡帝，酒池肉林，可以玩弄的不止高級妓女，更有模特兒、演員和偶像明星，男女俱備。洛氏家族隻手遮天，只要願意成為禁臠，他日在娛樂圈便能扶搖直上，成為萬人迷。

說不定仲介人就是為了得到這枚胸章才會如此著緊。據我所知，他是少女偶像組合「甜心巧克力」的粉絲，也許想藉此一嘗天鵝肉，嘿。

翌日中午，我穿上運動服、戴上棒球帽，準備出發前往那健身教練工作的健身俱樂部，然而剛打開大門，便看到房東老頭跟一個穿粉藍色連身裙的女人，站在我家對面那棟外牆漆成黃色的空房子外面。我外出工作時通常會低調一點，減少目擊者，但房東佇立在我家前方，不打一聲招呼似乎又說不過去。

「馬先生，午安呀！」老頭反過來先注意到我，愉快地對我揮揮手，他身旁的女子也轉身瞧向我。

「嗯，午安。」我向他們點點頭。那女人我沒見過，但看到她的容貌時，不禁讓我多瞄幾眼——這女的也未免太漂亮了。五官勻稱，瓜子臉型，一雙杏眼恍如秋水，就像能把男人的靈魂吸進去……不，恐怕連女性也會不自覺地被吸引吧？

「這位是？」我不由得主動詢問起來。

「她是韓小姐，我正帶她看房子。」房東老頭色瞇瞇地笑著說。

「您好。」韓小姐禮貌地向我點頭問好。她的聲音跟外型相襯，給人軟綿綿的感覺。

哎，雖然我不介意有一位美女鄰居作伴，但要是她住在我家對面，每天看到我出入作息，我可受不了。

「韓小姐打算租這房子嗎？」我指了指面前的黃色小屋。

「正在考慮，房東先生說還有其他的，正在逐一介紹。」

「對啦，我家旁還有一棟出租，大小差不多但租金便宜一點。」

我肯定那是老頭臨時決定減價的。

「嗯，我先失陪了，請慢慢參觀。」我亮出笑容，往車子走過去。當我坐上駕駛座時，我隱約聽到房東老頭在向韓小姐介紹我，說我是什麼SOHO精英，在家中工作云云。拜託妳別租我家前面的，我可不想安穩平靜的日常生活再次被陌生人剝奪。

四十分鐘後，我來到目標所在的健身俱樂部。也許我受幸運之神眷顧，這俱樂部居然有三十分鐘的免費體驗課程，而且今天的當值教練便是我的獵物。我在報名表填上一堆假資料後，故意在試玩跑步機時裝作重心不穩，讓教練扶了我的臂膀一下，抓緊機會輸入指令，任務便大功告成。

「十二個鐘頭後，冠狀動脈充氣，做成空氣栓塞。」

今晚半夜兩點，他便會心臟病發而死。看起來精壯力雄的健身教練因病猝逝，不知道這會不會讓這俱樂部評價變差呢？希望學員們不會因為此退會吧。

體驗課程完結後，我跟接待處的職員說要回家考慮一下才決定是否報名，對方也沒有苦纏，只給了我九折的優惠報名券，說下次來時出示便能享有折扣。我一回到車子，便將那折價券揉成一團，丟進垃圾桶裡。

這天晚上我好好睡了一覺，早上起床後第一時間打開電腦登入數個新聞網站，想看看有沒有健身教練猝死的消息。雖然一個普通人「急病身故」不值得報導，但偶爾記者沒抓到什麼好新聞，就連這種雞毛蒜皮的小事也會隨便寫一寫。

只是，今天似乎不是「沒有什麼新聞」的那種日子。

「獨立日報社遇恐攻　郵包炸彈爆炸　員工三死八傷」

一打開各個網頁，鋪天蓋地的都是同一則新聞。綜合數個網站所述，昨晚位於東區第十二街的《獨立日報》報社的某編輯收到快遞郵件，對方不虞有詐，郵包一打開便發生強烈爆炸。該編輯首當其衝慘遭炸死，鄰桌的兩名記者亦被波及，當場斃命。我本來猜大概是報社曾經爆料，開罪了某些黑道所以遭到報復，但仔細一看，死者們負責的是體育版，而近年我又沒聽過什麼非法體育賭博或打假球之類的事情，未必跟黑道有關。說不定犯人行凶是出於私怨，縱使一眾報章同仇敵愾，一口咬定是針對新聞自由的恐怖攻擊。拜這則大新聞所賜，我翻了好幾頁也沒找到教練死亡的消息，細想一下，搞不好獨居的對方死掉後到今早仍未被人發現。

沒法子，我唯有親自去確認一下吧。

就在我準備換衣服之際，跟仲介人聯絡用的手機突然響起來。

「怎麼了？」我一邊脫下睡衣一邊問。

「委託人說你做得很好，現在有第二個委託。」仲介人在電話另一端說道。

「做得好？已經確認目標死了嗎？」我有點訝異，正在脫褲子的手也停了下來。

「嗯，他們已經確認了。尾款已付妥，你可以檢查一下。」

哦，不愧是洛氏家族，消息真靈通。城裡大概滿布眼線吧。

「你說第二個委託是什麼？」我問。

「我剛才已經把資料寄到你的電子信箱了。」仲介人淡然地說：「照舊，訂金兩萬已付，尾款五萬。沒特殊要求，盡快處理就好。」

又是先斬後奏。我好想鬧一下彆扭，裝作拒絕委託，讓仲介人為難一下。不過，看在豐厚酬金的份上，就姑且忍一忍。話說回來，我想仲介人應該抽了三成佣金，也就是說洛氏出的金額本來是十萬吧。

我以敷衍的態度接受委託後，打開「閱後即焚」的電子信箱，下載好檔案，再仔細閱讀。這次的目標是一個高中老師，四十八歲，男性，在南區一間風評一般的私立學校教化學，已婚但跟妻子分居中，目前住在學校附近的單身公寓。這傢伙比健身教練更平凡，我實在想不到洛氏要他歸西的理由——他該不會表面上是化學教師，實際上卻利用化學器材和原料製毒，真正身分是地下世界某有名的販毒頭子吧？

看著檔案照片中那副呆瓜似的大叔臉，我對有這想法的自己感到可笑。比起藥界教父，這老宅男似的傢伙明明比較像對女學生伸鹹豬手的色魔嘛。

本來我打算休息一天，明天再去解決那化學老師，但今天省下確認健身教練的後續工作，坐在家裡又似乎有點百無聊賴。下午兩點多，還是決定先去那家學校視察一下環境，沒料到我一打開家門，又看到房東老頭——和上次不同的是，這次只有他獨自一人。他坐在我家對面的黃色房子庭園裡的木長椅，歪著頭遙望著通往公路的車道，表情似是有點失望。

「房東先生，午安啊。」因為覺得有點奇怪，我主動揚聲。

「喔，馬先生，午安！」老頭似乎看得出神，被我的叫聲稍稍嚇了一跳。

「您在幹什麼？」我問。

「在等韓小姐啦。」老頭一臉委屈地說：「她昨天說今天會再來仔細丈量一下房子尺寸，可是比約定時間晚了一個鐘頭還沒看到人影，手機也沒人接哩……」

「也許她改變主意，找到其他房子了？」這與其說是我的猜測，不如說是我的願望吧。

「不知道耶。哎，年輕人就是不懂人情世故，好歹打個電話來嘛……」

老頭嘴巴上叨念著，屁股卻沒移動半分，仍坐在原位，眼睛繼續瞧向車道遠方。因為對方是美女，所以就有「不懂世故」的特權吧，反正就算她遲到五個鐘頭，碰面時老頭還不是笑著唯唯諾諾，恨不得對方來當租客？

跟房東老頭道別後，我開車來到城南。我將車子停在學校對面馬路上的一個停車處，眺望著學校大門。南區的建築都比較古老，居民也以老年人居多，我盯梢了一個多鐘頭，只見幾個拄拐杖的老婦路過。

「鈴……」

下午三點半校鈴響起，五分鐘後大量穿校服的少年少女從校門湧出。差不多半個鐘頭後學生逐漸散去，同時有一些打扮悶蛋、雙目無神的老傢伙離開大門——這些教師似乎不得學生歡心，師生之間不但沒有交流，那些學生更沒瞧他們半眼。我想，這便是私立學校真實的一面吧。

就在我心中慨嘆著今天教育制度如何不濟時，頭頂半禿、身穿白色襯衫的目標人物緩步踏出校門。我趕緊坐直身子，考慮接下來該用車子還是徒步跟蹤，沒料到對方並不是要下班回家，而是將手上的一卷卷海報貼到校門外一面壁報板上。海報上的小字我看不清，但大字卻很容易辨認出來——那是學校開放日的宣傳海報。

目睹這一幕，我不禁精神一振。這是難得的下手機會。

我趕緊下車，橫過馬路，故意往離校門稍遠的街角走過去，再拐彎回頭假裝要走到另一邊。經過仍在貼海報的目標身旁時，故意放慢腳步，盯著海報的內容細讀。

「您好。」化學老師主動跟我打招呼。

「啊，您好。」我按捺著心裡的喜悅，對他說：「你們學校下週開放參觀嗎？我姊姊的孩子明年就要升高中了。」

「是女生嗎？」

「不，是男生。成績不太好，我老姊很擔心。」我隨口胡扯。一開口便問是不是女生，我就說這傢伙是個色胚嘛。

「我們學校對收生的成績要求不高，比較重視品德。」對方微微一笑。我在檔案中讀過，他不止任教化學，還是學校的校務主任。

如此這般，我跟他站在校門外聊了差不多二十分鐘，討論高中教育制度的好壞、該校的畢業生前程出路之類。其實我半點興趣也沒有，但我知道這些鋪墊對我之後的行動有莫大幫助。

「……我就多透露一點，N大工程系系主任是敝校校友，所以我們的畢業生多少有『優勢』。」老師壓下聲線，露出一個狡猾的笑容。

「哈，真是謝謝您的小道消息。我回去跟我姊談一下，叫她下週帶阿廣來參觀。」在剛才二十分鐘的交談中，我替我那個臨時誕生的外甥起名「阿廣」，他成績略差但熱愛科學，更重要的是我那個不存在的姊夫是個老闆，樂意捐款支持「有志作育英才的私立學校」。

「好，好。」老師從口袋掏出名片遞給我：「令姊可以找我，這兒有我的聯絡方式……」

我接過名片，知道機會來了。

「嗯，謝謝您。」

我伸出右手，對方不虞有詐，伸手握上。

完成了。他不用擔心下週的開放日要擔任什麼職務，今晚凌晨他便會在睡夢中安詳地離開這個世界。

「失禮了。」握手過後，對方不經意地打了一個呵欠，連忙用手遮住嘴巴。

「當老師很辛苦吧。」我笑道。雖然任務已完成，我也不會立即換上另一張臉，拂袖而去，因為我是一個待人以誠的好好先生嘛。

「還好啦。只是昨晚睡得不好，半夜被警笛聲吵醒。」

「您住哪一區？」我明知故問。

「我家就在兩條街外——」對方愣了愣，緊張地說：「啊，警車什麼的只是偶然而已，這社區治安良好，平日連小偷也不多見，敝校也從沒發生過什麼事件……」

這傢伙似乎怕我誤會，影響我那「董事長姊夫」的捐款意向。我笑著表示明白，再打圓場說有事要先失陪，寒暄幾句後便往街角走去。我在附近一家咖啡店點了一杯咖啡，稍等十分鐘，確保對方走進學校後才回去開車。雖然被他看到我上車也沒什麼大不了，但我就是認為小心駛得萬年船。

本來我預計要兩、三天後才能出手，結果天賜良機，解決這老傢伙可謂不費吹灰之力。回家時路上有點塞車，而當我將車子駛回我家門前，發現房東已不見蹤影，不知道是韓小姐終於來了，還是他等得不耐煩終於放棄了。

晚上電視新聞仍集中報導報館爆炸案，有專家更指出犯人可能跟數年前多宗同類案件相關，當時遇襲的分別是某律師事務所、位於市中心的某電影公司、北區的兩間工廠和南區的一間餐廳，因為彼此沒有共通點，所以當時警方研判為「無差別攻擊」，犯人可能是個「愉快犯」或唯恐天下不亂的神經病。

網路上各討論區和社交網站亦充斥這則事故的討論，網民紛紛化身鍵盤偵探，推理「炸彈魔」的動機與身分。在瀏覽新聞期間，我居然意外地找到健身教練死亡的報導。

「健身教練昏倒車內猝死　凌晨被發現　警方研判無可疑」

內文很短，但總算有寫出來。報導說今天凌晨三點有交通警員取締違規停車時，發現一輛車子的司機昏倒在車廂內，救出後對方已回天乏術，鑑識人員判定為心臟病致死。這傢伙停車的地點也有夠巧合，正是我今天到過的南區學校附近。這麼說來，禿頭老師今早被警笛吵醒的原因說不定就是這個。

哎，警察在同一區連續兩天發現心肌梗塞的死者，應該不會覺得可疑吧？

希望是我多慮了。

「你怎麼又沒問過我就接下委託？我沒有拒絕的權利嗎？」我在電話裡不滿地問道。

「對方是洛氏啊。」仲介人語氣平淡地回答。

早上我起床不久，仲介人便再次打電話來，告知我洛氏家族已確認了目標死亡，並且交來第三則委託。我有點動氣，可是仲介人的回應讓我無法反駁。

「而且委託人出手如此闊綽，工作如此簡單，你也賺得輕鬆吧？」仲介人補上一句。

「但接下來的這個才不輕鬆！」我抗議道。

跟仲介人講電話的同時，我打開電腦，下載了第三份委託的資料檔案。這次的目標是個四十歲的男人，而他的職業讓我覺得有點棘手——他是個私家偵探。

「雖然檔案說目標只是主要從事背景調查的偵探，但好歹也是個偵探，是個在道上混的傢伙！我暴露身分、自招滅亡的風險可不少！」

「所以委託人願意出三倍酬勞，訂金六萬，尾款十五萬。」

仲介人的這句話讓我啞口無言。我從沒試過收超過十萬去殺一個人，這酬勞已是買凶對付高級政府官員的等級吧？我不貪財，但我很清楚積穀防飢的道理，就算我的異能永不消失，也難保某天不小心暴露身分，被警方抓住尾巴，不得不提早退休到外國換個身分生活，所以目前能賺的就盡量賺。

掛上電話後，我開始研究這次的目標。這偵探在城西開設徵信社，資料說員工只有一人，看來他是個獨來獨往的傢伙。他專門接受個人委託，從事行蹤調查、背景調查、尋人、資產調查等等，簡單來說便是替老婆查老公、替父母查子女、替上司查下屬之類的情報刺探工作。

要對一個開門做生意的偵探下手不困難，我在意的只是當中的風險。你永遠不能小看有警覺性的人，天曉得他有沒有能力識破你臉上的偽裝，有沒有辦法聽出你每句話有幾成真、幾成假，甚至更單純的，有沒有在辦公室安裝隱藏式監視器。即使我有把握讓他死得痛痛快快、乾乾淨淨，我也無法確保會不會留下暴露行蹤的足跡。我甚至無法放哨監視，因為沒有偵探會笨得察覺不到自己正在被跟蹤，恐怕我只要在他的辦公室樓下多待一天，他便會反過來留意到我的存在。

真頭痛。

盯著檔案反覆讀了十幾遍，還是沒想出好辦法。思前想後，還是決定快刀斬亂麻，先去會一會那傢伙。

我穿上一套黑色西裝，戴上一頂費多拉帽和一副墨鏡，開車到目標的徵信社附近。我沒加上多餘的化裝，畢竟假髮假鬍子應該逃不過對方的法眼，帽子和墨鏡已足夠。我的計畫裡可不能讓他對我產生懷疑。

我將車子停在一個距離目的地有點遠的停車場，再徒步走往徵信社，花了差不多十五分鐘。徵信社在一棟頗陳舊的大樓三樓，走廊上十室九空，彷彿這大樓快要報廢清拆。來到徵信社門前，我按下門鈴，十秒後大門應聲而開，目標人物就在門後。

「是寰宇徵信社嗎？我有案件想委託您調查。」我開門見山地道出預先想好的台詞，同時伸出手，期望直接完成工作。

「請進。」對方沒有跟我握手，只移過半步示意我內進。我無可奈何之下只好隨他往辦公桌前的兩張沙發走過去。辦公室雖小但還算整潔，牆邊有兩個放滿文件夾的書櫃，辦公桌上則有一台電腦、一些信件、一台電話和一棵仙人掌。

「很抱歉，我有點潔癖，不喜歡握手。」偵探坐在沙發上，讓我坐在對面的另一張。

糟糕，為什麼檔案裡沒寫上這點？算了，既然計畫A失敗，我便祭出計畫B。

「小姓林，」我報上假名，「這是我的名片。」

偽造的名片上寫著「ACE房地產」，我的職銜是行政助理。我想趁對方接名片時故意碰一下對方的手指，可是他手快，我沒抓到機會。

「林先生有何委託？」偵探問道。

「暫時不能透露。」我裝模作樣地說，「我其中一位上司要我來先問一下您的意見，再決定是否委託調查。」

「哦。」偵探臉色稍變，似乎沒料到我這麼說。「這樣子也算諮詢，可不是免費的喔。」

「沒問題。」我從西裝裡袋掏出一個厚厚的信封，放在茶几上。「這兒有五千美元，是今次的諮詢費。」

偵探揚起一邊眉毛，露齒而笑，看來我這餌他咬下了。為了完成工作，我知道有些經費可不能省。

我虛構了一個故事，說公司董事局裡某位董事懷疑自己的妻子有外遇，但外遇對象的背景並不單純，不知道是敵對公司派來的商業間諜，還是董事局裡跟自己不對盤的同僚的手下。因為事情複雜，隨時影響股價波動，所以不願透露姓名的老闆派我來先確定偵探的調查手法，請教意見，匯報後獲得同意才會正式委託調查。我故意將背景理由說得很嚴重，增加可信性。名片上的公司屬實，是國內房地產業界第五大的上市企業，偵探自然可以查證公司資料，只是他不可能找到「林先生」這個助理。

偵探很詳細地說明他的調查手法，並且指出如何分辨那小王是內鬼還是外來敵人，告訴我可以向老闆提議某幾個策略。我臉上掛著滿意的笑容，心裡卻直喊著糟糕，因為從他的對答，我確認這傢伙比我想像中更精明，更小心。我甚至開始懷疑，到底他是真的患潔癖，還是對我有所提防——如果是後者的話，這次的工作就比我想像中難纏一百倍。

談了接近半個鐘頭，我決定暫緩一下計畫。今天還是點到即止較好。

「謝謝，我回去跟老闆報告後，再跟您聯絡。」我做出最後掙扎，起身向對方伸出右手。

「沒問題，林先生，我會靜候佳音。」偵探沒有上勾，站起身向我點頭示意，再步往大門替我開門。

我離開徵信社，在走廊裡往樓梯走過去。這對手不好應付，必須好好思考才能戰勝。

我邊走邊想，說不定教練和老師只是委託人用來測試我實力的「前菜」，這個偵探才是「主菜」……

「轟——！」

一聲巨響從我身後傳出，我還沒來得及反應過來，已猛然覺得天旋地轉，周遭變得死寂。我花了好幾秒才發現自己俯伏地上，後腦杓和背脊劇痛。勉強用手撐起身體，身上每根骨頭都在刺痛著，再回頭一看，只見徵信社的大門消失了，門板正躺在我身後的地板上。我耳朵仍聽不到半點聲響，而走廊好像倒向一邊，我只能扶著牆壁才能平衡身體。

發生什麼事？

一時之間，我腦海中湧出無數推測。最先浮現的是我的身分敗露了，被偵探從背後偷襲，然而之後才察覺這不是事實。把我撞飛地上的，不是那面飛過來的門板，就是爆炸引起的衝擊波。

是瓦斯爆炸？還是……

我突然想起剛才無意間留意到的一個畫面。

偵探的桌子上，有一堆郵件。其中一份比較厚，就像是公文袋裡裝著一個盒子似的。

——沒有那麼巧吧？

我懷著震驚的心情，蹣跚地回頭走進徵信社。血肉模糊的偵探躺臥在辦公室中央，胸口染成一大片血紅，而房間就像被超級颱風吹襲過，書櫃倒下，文件散滿一地，窗戶的玻璃全數碎掉。

沒有火。這不是瓦斯爆炸。從破碎得近乎無法辨認的辦公桌看來，爆炸原點就在桌子上。結論只有一個：倒楣的偵探收到無差別炸彈魔寄來的郵包了。

「嗚……」

就在我的聽覺漸漸恢復之際，我聽到地上的偵探傳出呻吟聲。我蹲下一看，發現血流披面的他居然未死。

「你還好嗎？」我低頭湊近，問道。我其實在想是否該趁這時輸入指令，但面對如此巨變，還是決定先等一下，貫徹扮演平凡地產商員工的演技。

「……」偵探氣若游絲，口吐鮮血，大概離死期不遠，可是他似乎正努力地想說些什麼。

「什麼？」

「洛……洛氏……」

聽到這兩個字不禁令我怔住。他是想說知道洛氏家族要買凶殺死他，只是誤會了以為炸彈是殺手送來的？還是說他正在調查洛氏，想在死前透露不為人知的祕密訊息？

「傅……傅科……擺……」

偵探吐出最後三個字便斷了氣。

傅科擺？

我放下已變成屍體的偵探，想搞清楚自己有沒有聽錯那個莫名其妙的訊息，但不到兩秒便發現這不是解字謎的時候。我陷入重大危機了。

我忍住渾身痛楚，狼狽地跑出走廊，聽到樓梯傳來人聲，樓上樓下的租戶似乎正趕過來一探究竟。我往走廊另一邊的盡頭走過去，幸好這大樓有點古老，走廊窗外有露天的消防梯，我二話不說打開窗戶，沿著生鏽的金屬梯子逃到大樓後的巷子裡。

即使警察確認偵探是死於郵包炸彈，我也肯定會成為調查對象，因為事發時我就在現場。我很可能會被當成炸彈魔或負責送遞郵包的炸彈魔同黨，畢竟我有夠可疑，以偽造的身分跟死者會面。帽子和墨鏡都顯示著我有意掩人耳目。如此一來，即使我明明是個無辜者，也會巧合地成為被警方盯上的對象，而這正是我多年來一直努力避免的。

該死的炸彈魔！

幸好我今天穿的是黑西裝，就算沾上血跡，旁人也不易看出。我從巷子走回大街，只見街上聚滿湊熱鬧的路人，對著徵信社那破掉的窗戶指手畫腳。我不敢多逗留，剛巧有一輛公車駛至我身旁的車站，我連目的地也沒留意便直接登上。

真糟糕。

也許徵信社真的有監視器，已經拍下我的樣子，又或者大樓附近的商店或路人的手機已拍下我的身影，所以我現在必須確保往後進行偵查的警察追蹤不到我。我確認了公車上沒有鏡頭，也沒有乘客在錄影，經過三個站之後我便下車，走進一家快餐店。我在快餐店的洗手間裡脫去西裝外套、帽子和墨鏡，再從後門離開。經過一個露天市場時，我更買了一套新的運動衫褲，到加油站的洗手間再更換一次。

這樣子，應該可以減少被警方在影片中認出的風險。

我沒有到停車場取回車子，直接坐計程車回家。我的頭還在痛，耳朵仍聽不清楚，萬一開車遇上交通意外就麻煩了。我不是怕出車禍，而是怕車禍後招來注意——在麻煩過後，保持低調是活得長久的訣竅。

在計程車上，我開始思考偵探的死前留言是什麼意思。

我知道「傅科擺」是一個一百五十年前被發明、用來證明地球自轉的科學裝置，我曾在一家大學裡見識過，那是以一根超長的鋼索吊著一個鉛錘、不斷重複前後擺動的簡單器械。表面上鉛錘只是單調地以同一方向前後擺動，但事實上因為地球自轉，導致擺動方向緩慢地改變。當時我為了監視目標找尋下手機會，在那個科學裝置旁守候了老半天，所以我很清楚那是事實，擺動方向的確一點一滴地以順時針方向移動。

可是我從沒聽過洛氏家族跟傅科擺有什麼關係，他們旗下沒有博物館或科研機構啊？

我剛回家便癱倒床上，好不容易才爬起來到浴室察看傷勢。我在鏡子裡看到背脊有一大片瘀青，手臂和膝蓋也撞傷了，右邊腳踝有點扭到，稍微腫了起來。仔細檢查過，我猜我應該沒有骨折，可說是不幸中之大幸。忍住痛楚，稍微沖了個澡後，我決定打電話告訴仲介人這場意外。

「總之目標死了就好。」

仲介人的回應教我十分不爽，更令我抓狂的是他下的一句話。

「其實委託人剛聯絡我，說已確認目標解決掉，所以送來下一個委託——」

「等等，我不接。」我斷然拒絕。

「喂，對方可是洛氏——」

「我管他是天王老子，不接就不接！」我破口大罵，「我兩個鐘頭前才一腳踏進鬼門關，只差十幾秒就要嗝屁了，現在渾身疼痛，你還期望我接下一個委託？」

在電話另一端，仲介人沒有作聲。沉默數秒過後，他再度開口。

「我先把檔案送過去，你自己看著辦吧。反正委託人沒設時限，你按自己的節奏來完成工作就可以了。」

他沒有讓我回話便掛了線。

他媽的！

和這混蛋合作這麼久，最教我氣憤就是這一次。之前叫我盡快完成委託，現在卻說什麼委託人沒設時限。我看他利慾薰心，一心要拍洛氏馬屁，好讓將來衣食無憂。我押下性命冒險殺人，賺的都是血汗錢，這傢伙卻只出一張嘴、動動手指頭便抽走我一大筆……哼，要是我自己有足夠的人脈和客戶，我哪要看他臉色？到時就將他扭成氣球小貓或小狗，再不然就來個胃袋充氣大爆炸，在鬧市華麗地變成一堆碎肉……

算了，還是別去想。

因為沒有胃口，只吃掉冰箱裡的一顆蘋果當晚餐後，我便上網看看新聞如何報導徵信社爆炸案。一如所料，民眾對炸彈魔接連犯案感到恐懼，警方似乎受極大壓力，發言人被記者圍攻。幸好暫時沒看到報導說「現場曾有一名穿黑西裝的神祕男子」，我猜我在場一事沒有曝光。

關掉瀏覽器後，我本來打算早點去睡，可是心裡還是有一事記掛。

「只是看看而已，我又沒說要接。」

我心裡如此說著，說服自己去打開仲介人寄來的委託檔案。我緩慢地點開那個具備加密功能的郵件程式，不情不願地點開那封未讀的信件，再按下下載附件的按鈕。

洛氏想殺的第四個目標是個眼睛瞇成一線、長滿一頭灰髮的五十八歲計程車司機。外表沒什麼特別，但他的個人履歷十分不可思議——這司機本來是名外科醫生。檔案說，這男人十年前因為一樁醫療事故被吊銷醫師執照，之後改行當上司機。事故的內容並沒有提及，但他本來的資歷好像滿厲害，無論畢業的大學還是服務過的醫院，都屬於國內外頂級的機構。

我實在無意去殺這男人，但看到他的資料，不禁讓我疑惑：為什麼洛氏家族要殺他？

一個前軍人、一個化學老師、一個偵探和一個失德醫師，可以涉及一宗什麼事件？單看第一、第三和第四目標我還有點頭緒，就當洛氏跟軍方合作，讓軍人進行人體生化實驗，由醫生操刀，但因實驗失敗不得不掩埋事實，所以必須幹掉涉事者滅口，而偵探就是因為多管閒事，探聽到這個代號為「傅科擺」的計畫而被加進暗殺名單。

不過，如此一來化學老師就有點格格不入。雖然上述的假設的確需要一名提供藥物的化學專家參與，但那老頭怎看都不像一流的藥劑師或化學學者啊？洛氏的這種計畫，至少要請來跟「Dr. 計程車司機」同等級的藥劑人才才合理吧？

搞不懂。

我關上顯示檔案的視窗，決定放棄不管。反正殺手知道得愈多，麻煩也愈多，既然目標已不在人世，我也已收了報酬，就別多想。

翌日上午，我覺得體力回復得七七八八，決定到停車場取回汽車，畢竟對殺手來說，代步工具可不能缺少。從僻靜的家緩步走出大路後，我站在路邊準備攔計程車。雖然前面不遠便是公車站，但下車後要走十分鐘才能到停車場，我還是坐計程車省點氣力比較好，何況背脊仍隱隱作痛。

不一會，一輛沒載乘客的計程車駛近，我揚揚手，司機便讓車子在我面前停下。

「西區柏楊廣場。」我坐進車廂後座。

司機默默地按下碼錶，車子緩速前行。因為挺直背脊會痛，我靠在椅背上，慵懶地讓身子沉下去，腦袋放空眺望著窗外風景。車內的收音機傳來節奏柔和的輕音樂，令人精神放鬆。

我不經意地將視線從窗外移往收音機，想看看是哪一個電台，卻赫然被映入眼簾的另一樣東西嚇倒。

見鬼了。

在計程車的司機證上，大頭照是一個雙眼瞇成一線、滿頭灰白的男人。他的名字跟我昨天在委託檔案上看過的一模一樣。

我立即瞄向駕駛座上的司機，他神態自若地握著方向盤，眼望前方，對我好像沒半點在意。雖然無法看到正面，但我肯定他就是那個洛氏要幹掉的前外科醫生。在本地上萬輛計程車當中，偏偏被我遇上這一輛，是上天暗示我要執行洛氏的委託嗎？

我臉上保持著本來的神色，心裡卻頓時進入備戰狀態，因為我知道機不可失。縱使我對仲介人有諸多不滿，我也不會笨得看著送到嘴邊的肥肉溜走。

尤其這巧合讓我獲得額外的優勢。

假設前軍人、化學老師和這個前醫生曾共同為洛氏效力，參與那個「傅科擺」實驗計畫，前兩者死亡的消息可能已經傳進對方耳中，他可能已料到自己會被滅口，對陌生人加以防範。所以，這次碰巧遇上，他應該仍未提高警覺，這是千載難逢的機會。

可是，我用什麼方法可以觸摸到對方的皮膚，輸入指令？

在付錢時借勢抓住他的手？還是假裝身體不適，讓他扶我下車？

「先生，有什麼問題嗎？」

冷不防地，司機突然開口問道。他正透過後視鏡看著我。

「沒什麼，我只是想知道這是哪個電台。」我保持冷靜，吐出一個不會令人懷疑的問題。

一個「應該」不會令人懷疑的問題。

他告訴我電台的頻道後，車廂再次回復本來的靜默。只是氣氛好像改變了——大概是我的錯覺，因為從我發現司機就是我的目標開始，我的腦袋就不停地運算著。

十分鐘後，計程車來到目的地附近。司機在路邊停車，而我心裡有個聲音告訴我，現在是下手的黃金機會。

「多少錢？」我掏出皮夾，裝作要抽出鈔票。

「嗯……」司機按停碼錶，說：「一百二十五。」

「啊，我有二十五元的零錢，請等一等……」

我從口袋掏出一堆硬幣，越過椅背向司機遞過去。當他伸手要接時，我趕緊將手腕一沉，往他攤開的左手手掌按下去——

咦？

我這時才發現一個令我吃驚的事實——司機戴上了手套。

他什麼時候戴的？我明明記得剛才看他開車的時候，放在方向盤上的手沒有戴這鬼東西啊？

然而我沒有時間細想，或者該說，對方沒有讓我有時間去細想。

當我稍微抬頭，望向司機的臉孔時，我只看到他的右手抓著一個裝著透明液體的塑膠小瓶，以指頭按下瓶頂的按鈕，朝我臉上噴了一下。

「咳、這是——」

我沒來得及反應便感到一陣暈眩，意識逐漸遠離。

我什麼時候露出馬腳了？

在我的世界變成一片漆黑之前，我隱約看到那司機微微揚起的嘴角，以及聽到一句含糊不清的話。

「……別怪我，你要怪便怪洛氏家族吧……」

「滋……滋……」

當我漸漸甦醒時，耳朵傳來這聲音。不過真正讓我從昏睡中醒轉的不是它，而是傳進鼻腔的香氣。

睜眼一看，光線令我暈眩——或者是藥力未消所造成——但我知道自己身處一個有點平凡的起居室。最先映入眼簾的是迷昏我的計程車司機的背影，他站在爐灶前正在做菜，聲音和香氣從煎鍋裡傳出。

「咳——」我被飄過來的油煙嗆到，喉嚨十分乾涸，不由自主地咳了一聲。

司機回頭瞧了我一眼，露出笑容。

「哦，醒了啦。你先坐一下，等我吃過午餐再好好『招呼』你。」

我嘗試站起來，可是膝蓋無力，而我更發現我的雙手被膠帶綁在背後。我似乎坐在一張長椅或沙發上，背部傳來的痛感不知道是昨天爆炸弄的，還是剛才被迷昏後被對方摔到椅子上導致的。這房間沒有窗子，不過照明充足，正中間有一張長桌，而左邊是一個開放式廚房。

「……」

我突然察覺身子右方有點異樣，於是往右扭動仍然麻痺的脖子，赫然發現身旁有另一個人，跟我並肩而坐。

在看清楚對方的面貌時，我大吃一驚。

那是韓小姐。

昨天失約放房東老頭鴿子的韓小姐。

她身上穿著一件汗漬斑駁的淺藍色無袖袍子，光著腳，雙手垂在身旁，沒有被綑綁。本來豔麗的容顏變得頹然蒼白，就像患上重病的病人。她微微垂頭，眼睛沒有瞧向我或正在做菜的司機，逕自盯著地板，嘴巴發出微小的聲音。

「韓——」

我嘗試叫她，但我沒把話說完，因為我終於聽清楚她在碎念的內容。

「……殺了我……殺了我……」

我不知道她受了哪種虐待，但我肯定，這個計程車司機比我想像中更可怕。韓小姐沒被綑綁但動彈不得，依我看她九成被注射了某種藥物。

「你對她、咳、對她幹了什麼？」我喉頭刺痛，勉強對司機吐出這句話。

剛將煎好的肉排切片盛上盤子的司機對我笑了笑，沒有回答問題，反而拿著盤子朝我走過來，問：「你餓嗎？」

老實說，我真的有點餓。昨晚只吃了一顆蘋果，今早我也只喝了一杯咖啡，不餓才怪。當然，這時候我才不管餓不餓，我只在思考脫身的辦法——如何引這混蛋靠近，好讓我接觸他的身體，輸入指令？

「嘿，你要請我吃牛排嗎？」我笑道。我很清楚，這時候只有表現得從容不迫，才能動搖對方，使對方露出破綻。

「這才不是牛排那種廉價貨呢。」司機朗聲大笑，「這是『美人肝』。」

司機語畢，伸手解開韓小姐右邊腋下的鈕釦，掀開袍子。袍子下的韓小姐一絲不掛——不過，露出來的不是誘人的胴體。首先抓住我視線的，是左邊乳房被割掉、露出皮下組織的半邊胸膛，然後是一道從乳房下延伸至肚臍上的傷口。仍滲血的傷口以黑線縫上，但針腳之間的距離很長，就像為了方便醫生隨時拆線繼續做手術。袍子上的棕黑色汙漬，原來是乾涸的血液……

「你……」我被突如其來的一幕嚇倒，剛才臉上假裝的沉著當然煙消雲散。

「一般『美人肝』的做法是鴨胰炒雞胸，但我的正宗得多，名副其實以美人的肝臟來烹調。」司機以美食家的口氣輕鬆地說：「昨天我還弄了自創的『酥炸美人乳』，乳香四溢，可真是極品佳餚啊。」

一股強烈的嫌惡感從我的內心湧出。再慘的屍體我不是沒見過——通常都是我自己弄成的——但我不像這變態，我將目標的手腳扭斷吹脹、將他們的內臟弄得一塌糊塗，純粹是為了「殺死」對方。為了取樂而將對方弄得半死不活，我可做不出來。

「……殺了我……」

韓小姐口中繼續傳出哀求。

我完全沒想過，洛氏委託我幹掉的目標竟然是一個危險的連續殺人魔……不，是「連續吃人魔」。看他的手法和態度，我肯定韓小姐不是他的第一個獵物。他拿掉了對方的肝臟，對方卻仍生存著，多半是施打了麻醉藥，或是施了局部麻醉。

那麼說，我不是碰巧遇上這變態，而是這變態碰巧來我家附近獵食，昨天或前天便抓了來看房子的韓小姐……

「反正你只為了吃掉她，用不著讓她繼續活著吧？」我回復冷靜，問道。

司機似乎對我的問題感到意外——也許一般人看到這慘況，只會陷入恐慌或歇斯底里，不像我會「理性地」說這種話——他瞪視我好一陣子，冷笑一下，將盤子放在餐桌上，斟了半杯紅酒，再坐下一邊用刀叉進食一邊說：「優秀的烹飪講求食材新鮮，採用從牲口身上活摘下來的部分自然是最理想的……當然，她是死定了。早死晚死也是得死，那讓她多活幾天，同時滿足我的口腹之欲，不是兩全其美嗎？」

換作平日，我可能會表示對此理解，但我目前人在砧板上，可沒有立場說這種話。

「你……準備吃完她後，吃我？」

司機聞言，刺著煎得半熟、佐以香草醬汁的肝片的叉子在嘴邊停住，然後爆出大笑。

「哈哈哈，你？你有什麼好吃？我只吃美女，你這種臭男人頂多只配當狗飼料！我只是不喜歡在餐前幹活，待我吃完這頓飯，便會簡簡單單地了結你。」

可惡。假如他打算替我做手術，切下手腳或內臟之類，我便有機會接觸他的皮膚，逆轉目前的劣勢，可是要是他過來直接刺我一刀，我就沒轍了。

「這盤小小的肝，夠你吃飽嗎？」為了了解我還有多少時間，我問道。假如他之後會割下餘下的另一邊乳房來做菜，那我還有半個鐘頭思考怎麼幹掉對方。

「不夠，但將就一下。好的食材要慢慢享用。」司機望向韓小姐，獰笑著。「我會讓她多活幾天，這樣子我便可以每天吃點新鮮的。」

糟糕。

「……殺了我……」雖然韓小姐神志不清，但我懷疑其實她聽得到我們的對話。她這句的語氣變重了。

「你滿鎮定的，以往其他傢伙看到我吃人，老早嚇得魂飛魄散，當場失禁。」司機繼續開懷大嚼，說：「你知道美女身上最好吃的是什麼嗎？」

我搖搖頭。

「是『美人舌』。人身上的肉很多，乳房有兩邊，肝臟也有一大塊，唯獨舌頭只有小小的一片，彌足珍貴。美女的舌頭最好拿來當刺身，切成薄片，佐以現磨的山葵泥，就能同時體驗跟美女深吻和一流美食的雙重享受……」

我收回之前的話——即使我不是身處受害者的位置，我大概也無法理解這變態的行為。

「可惜的是，一旦切掉舌頭，美女就沒法發出那些動聽的哀求聲了，所以我只能將『美人舌』放在最後，『Save the best for last』，最好的留在最後。」大概平日缺乏聽眾，一旦打開了話匣子，他便說個沒完沒了。「『美人舌刺身』在美女剛斷氣、肉質新鮮的一刻享用最佳，相反的，肝臟、乳房或心臟等等，急凍後還可以多放幾天，烹調後風味不會相差太多……」

眼看他盤子上的肝肉片愈來愈少，我知道我必須盡快想出方法自救。可是眼下的條件實在太惡劣了，我完全沒有任何有把握的作戰方法，只能靠運氣。

假如運氣不濟，我也只能認命了。

轉眼間，司機吃光盤上的肉，一口氣乾了杯子裡的紅酒，然後戴上手套，從桌上撿起一柄手術刀，笑著向我走過來。

「放心，我下刀很準，你會死得很痛快。」司機笑著說。

這時候，我只能祈求上天保祐。

「……殺了我……呃、呃、呃——」

韓小姐突然發出怪叫，身體猛烈抖動，數秒後靜止，不再作聲。本來正在對視的我和司機不約而同地轉頭望向韓小姐，在那個暴露於空氣中的胸部上，我再也看不到呼吸導致的起伏。

「哎喲，怎麼挺不過兩天？」司機緊張地轉向韓小姐，伸手翻開眼瞼，又將耳朵貼在她那殘缺的胸膛上。他接下來伸手按壓對方胸部，可是韓小姐已經沒救。司機看來一臉懊悔，眉頭深皺。

「失血過多休克致死嗎……早知道就先給她打點滴吊命……唉，這麼上等的食材，太浪費了……唉……」

我默不作聲，冷靜地看著事情發展，找尋直接觸碰司機身體的機會。可是，即使他現在站在我身旁，我也無法找到破綻——因為他戴上了手套，身上只有脖子以上露出皮膚，迷藥力未消、雙手被綁的我實在不可能避過他的刀子而碰到他的臉。

「你啊，」司機忽然轉頭望向我，「真走運。你可以多活十五分鐘。」

司機剛說完，便以手術刀割開韓小姐的面頰。他從嘴角兩邊下刀，將連著下顎的肌肉全切斷，然後伸手掰開下顎，以左手抓住舌頭，右手用刀割下。他使刀的手法純熟流暢，下刀位置毫不猶豫，天曉得他割過數十人還是上百人。

抓著血淋淋的「美人舌」，司機回到廚房流理台前，先清洗那截斷舌，再放在砧板上用刀切薄。之後從冰箱取出一根山葵，放在磨泥器上磨出一小盤山葵泥，另外在小碟子裡倒上醬油。

「唉，本來我打算幾天後當下酒菜，用來配純米大吟釀……結果酒沒買到便要先吃掉……」司機邊用筷子夾著吃，邊碎碎念。從他陶醉的表情看來，他真的鍾情於這道詭異的「菜色」。

「美人舌刺身」只有小小的一盤，眼看他快要吃光，我只好想辦法再拖延一下。

「你到底和洛氏家族有什麼關係？」我問道。

「有什麼關係？就是雇主和員工的關係吧？」他邊吃邊說。

所以軍方人體生化實驗的假說初步成立。

「我知道『傅科擺』。」為了動搖對方，我說道。

司機停下筷子，瞧了我一眼，歪了一下頭。

「什麼『傅科擺』？」

「你別裝蒜，軍方的事我也知道了。」我繼續裝模作樣。

「軍方？軍方什麼？」

我無法理解他的態度。他是真的對「傅科擺」一無所知，還是看穿我在吹牛，故意試探我？抑或是，一開始我就弄錯了，偵探死前說的不是「傅科擺」，而是另外的詞語？

「我已經看穿你的把戲，你不用再拖延了。」司機霍然說道，「我一年下來幹掉過不少你這種傢伙，我看你還是死心吧。」

我漸漸釐清頭緒。似乎什麼人體實驗的假設都是錯誤的，洛氏要殺的這些人，根本不是來自相同的事件，而僅僅都是暗殺名單上的人。教練和老師是用來測試我的實力，偵探是高一級的麻煩人物，而我面前的司機是頂級的。洛氏以往可能派過不少殺手嘗試殺掉這個前醫生，但結果一一被反殺，落得像我如今的下場。

而我現在要避免步上跟他們相同的絕路。

司機品嘗完那盤刺身，再次抓起手術刀，緩步走到我面前。

「你還有什麼遺言嗎？」他不懷好意地問。

「有，有，」為了盡量拖延，我說：「我想知道，我在計程車上到底是什麼時候露出馬腳的。」

「什麼？」他一臉狐疑。

「我說，我想知道你是什麼時候開始懷疑我的。是我問你電台的頻道嗎？還是我有哪邊表現得不自然了？」

「我不明白你在說什麼。」他略略皺眉。

我也不明白你這時候還裝蒜幹什麼啊。

「我是問你什麼時候察覺我想殺你？」

「你——」

司機剛吐出一個「你」字，便突然按住肚子，額上冒出斗大的汗珠。他往後退去，打算拉過椅子坐上去，可是他力不從心，一個踉蹌把椅子拉倒，只能四肢撐在地上，然後嘩啦嘩啦地開始嘔吐。

還好我拖延的時間夠長。

我奮力站起，趁他手上的刀子掉落，蹣跚地一步一步走近他，用盡餘力將他踢倒，然後直接用光著的右腳踩住他的臉。

「脖子和四肢立即給我扭轉三百六十度！」

只要能夠觸碰到，我就有辦法扭轉局勢。我一放開腳掌，司機就在我眼前像壞掉的人偶般開始扭動，兩條臂膀和大腿各自旋轉，而他的頭顱亦像被隱形的手掌箝住，以逆時針方向扭斷。他的骨頭發出「喀喀」的怪聲，但這聲音只持續了五秒，五秒後，一切歸於沉寂。

而我也累得跌坐在地上。

好險。

還好我昨天扭到腳踝，今天沒穿襪子，否則我能不能活命也是未知之數。

剛才司機在侃侃而談，一邊吃著肝臟一邊說什麼「美人舌」如何美味時，我便想到這計策。我悄悄地脫下右腳的鞋子，以腳掌觸碰韓小姐的左腳，輸入了一道複合指令。指令的前半部是「冠狀動脈立即充氣，做成空氣栓塞」。

我是一個很有道義的人，既然韓小姐求死，我就送個順水人情。

當然這是我用來賭運氣的策略之中，不可或缺的第一步。

而指令的後半是「舌頭在二十分鐘後，肌肉組織充氣膨脹一百倍」。

一般人的胃袋容量約為一千兩百至一千六百立方公分，大胃王的可以撐至三千立方公分，而舌頭體積約七十立方公分。就算那司機只吃掉五十立方公分的分量，當我的指令發動時，那些「美味的刺身」便會膨脹到連大胃王也忍受不了的五千立方公分。

這可以稱之為「致命的胃脹氣」吧。

這臨時計畫實在有太多不確定性，一切都是看運氣。我不確定他會不會先殺了我才慢慢享用「美人舌」，也不確定他會不會烹調太久使第二道指令發動時他仍未吃下舌頭，更不確定他會不會吃得太少，或是他的胃袋比常人大，無法使他嘔吐讓我有足夠時間和優勢去處決他。我有想過直接將韓小姐變成炸彈，可是這會使我同樣暴露在被炸死的風險中——我昨天已經差點被炸死，可不想再經歷一次。

總之，這次命不該絕，運氣站到我這邊來了。

離開這房間已經是差不多一個鐘頭後的事。我等了好久才感到身上的藥力消減，也花了很多工夫才用刀切斷背後綑綁著雙手的膠帶。期間我得跟一具下顎被打掉的半裸女屍和一具沾滿嘔吐物的男屍共度，他們發出的氣味實在倒胃口。

喝了兩杯水，我穿回鞋子——當然我有先洗掉腳上沾到的「美人舌」和「美人肝」——尋找房間的出口。原來這房間是個地下室，我經過一條走廊便看到一條往上的樓梯。樓梯上是一棟同樣平凡的房子，窗外的陽光正猛，我瞄了瞄大廳的時鐘，時間不過是下午兩點。

大門外停著司機的計程車，附近沒有其他房子，就像我家一樣，看來我遠離市中心，身處近郊。我正想著是否開那輛計程車回家時，一輛黑色名貴房車駛至，在我面前停下。一個穿黑西裝的年輕人從駕駛座下車，無視我直接跑進房子，而一個穿深藍色西裝、年約五十的男人緩緩步出轎車後座，卻似乎是衝著我而來。就在我提高警覺，思考如何自保之際，我看到那個標誌。

男人的西裝左領上別了兩個襟章。下面那個有一雙翅膀的圓盾形徽章不是重點，重要的是上面的那個。

那是被倒三角形包圍的亞蒙．拉之眼。

「氣球人先生，幸會……」男人開口道。

我很詫異他知道我的綽號，而他下一句話令我更為驚訝。

「……還是說，您想在下稱您為『馬先生』？」

「你是洛氏家族的……」

「我只是負責跑腿的。」對方笑道。就在這時，之前跑進房子的小伙子回到男人的身邊，向他點點頭，再回到車廂裡。

「先生，」自稱跑腿的男人露出滿意的笑容，「我的主人們邀請您到大宅作客，想親自向您表達謝意。」

「你的主人們——」

「當然是家族的七位當家了。」

我吞了一下口水。我沒想到委託人會突然找上我，而且對方更是這城市最有勢力的人物。由於我沒有拒絕的理由，只好跟隨他上車——事實上，假如對方有心加害我，實在沒必要大費周章，派親信來接我。

而且，我實在有太多問題想問。

在車上，那男人告訴我他叫奧瑪，但諸如之前的委託目的、目標人物跟洛氏的關係、這次請我面見洛氏家族的理由等等都三緘其口，只一再表示我可以直接向他的主人們發問。

二十分鐘後，車子駛到北區近郊一座莊園。眾所周知這是洛氏的大本營，規模可比皇宮——在大宅的周圍還有多棟建築，假如有笨蛋覬覦洛氏的財產，或是打算暗殺其中一、兩人，他便得先闖過重重關卡，解決配備重火器的精英護衛部隊。

車子來到莊園主棟，奧瑪領著我來到大宅的一個浴室，示意我先沖個澡。梳洗過後，我發現我那些髒兮兮的衣服全不見了，取而代之的是一套質料上乘的黑色西裝。襯衫附有玳瑁袖釦，皮帶釦則似乎是24K金，皮鞋是義大利製，就連內衣褲也是名牌。

接下來奧瑪帶我經過走廊，來到一個偌大的房間。房間裡金碧輝煌，就像歐洲的王室行宮別苑，所有家具都似是十六世紀的西洋古董，牆上掛著一幅幅名貴油畫。在這個房間中有一張可以坐超過二十人的圓桌，而我甫進入房間，最先抓住我注意的不是那些華麗的裝潢，而是圓桌對面坐著的七個男人。

洛氏家族的「王室成員」。

「氣球人先生，請坐。」圓桌對面的一個男人說道。這傢伙坐在七人正中間，臉上皺紋甚多，但我說不出他的年紀。每個人都穿著整齊的西裝，面前有各式餐點，他們似乎剛吃完午餐，正在享用甜點。

「我想你應該餓了吧？」皺紋男左邊的胖子笑嘻嘻地問道，「奧瑪，吩咐廚房弄點吃的出來。」

「不用了，」我坐到鋪墊了紅色法蘭絨的椅子上，「我沒胃口。」

「也是呢，我看你剛死裡逃生，大抵也吃不下。」右邊盡頭一個容貌猥瑣的矮子說。

「奧瑪，斟一杯白蘭地給我們的貴賓壓壓驚。」皺紋男左手搖著酒杯，向奧瑪說道。

這回我沒有阻止奧瑪，此刻我的確想喝點酒。

「氣球人先生，我想你心裡應該有很多疑問吧。」皺紋男說。

「對，我想知道『傅科擺』是什麼。」

當我吐出這個詞語，七個男人當中除了皺紋男外開始議論紛紛。

「不錯呢，你連這個也知道了，真不愧是我們看上的男人，智勇俱全。」皺紋男從容地說。

「我只知道你們的委託可能跟這個稱為『傅科擺』的計畫有關，可是我對內容一無所知。」我決定毋須隱瞞，直接說出事實。

胖子身旁一個年約三十歲、相貌有點帥的男人向奧瑪打了一個手勢，奧瑪送上白蘭地外，還給我遞上一個土黃色的檔案夾。

「這檔案就是『傅科擺』的內容，」皺紋男啜了一口紅酒，「不過你有一點弄錯了，『傅科擺』不是什麼行動或計畫，它是一場『甄選』。」

我打開檔案夾，赫然發現裡面夾著七張個人照片，其中六張的主人我認識，分別是健身教練、化學老師、私家偵探、吃人魔司機、韓小姐──

和我。

「這是什麼意思？」我問。

「你知道坊間流傳，說我們家族有專屬的暗殺部隊吧？」皺紋男說。

「嗯。」

「那是假的。我們沒有專屬的暗殺『部隊』，只有專屬的王牌殺手。」皺紋男笑了笑，「只有一個人。」

「一個人？」

「對。你知道本地那個獲獎無數、著名的戰地攝影師嗎？」

我記得我在仲介人找我的當天在電視上看過。

「那個攝影師不是死了嗎？」我問。

「沒錯，所以我們便要找繼任者啊。」猥瑣矮個子插嘴說。

剎那間，我明白我墮進了一個什麼樣的圈套──一場十分惡質的遊戲。

「你們是說，我之前幹掉的目標，都是我的同行？」我訝異地問。

「對，而且是跟你有著同一位仲介人的同行哩。」猥瑣男身旁一個臉上有刀疤的男人說。

「這場甄選很簡單，我們找上你的仲介人，要他提供旗下最出色的七位殺手名單，然後要你們在不知情之下互相廝殺。」胖子身旁的帥哥說道，「我們委託你去殺死健身教練、委託他去殺化學老師、委託老師去殺死記者、委託記者去殺偵探、委託偵探去殺掉前醫師、委託醫師去殺死公關小姐……當然還有委託公關小姐去殺你。」

「當殺手解決了目標，我們就會將死者原來的委託轉移給他。氣球人先生，你實在太出色了，一個人五天之內幹掉了六分之四的成員，這成績創下『傅科擺』的紀錄呢！」胖子大笑著說。

我啞然地瞧著檔案裡的資料。健身教練綽號「捕獸器」，以前在軍方擔任游擊小隊成員，擅長徒手殺敵，退役後以健身教練身分作掩飾，繼續從事殺人的工作。偵探跟他的背景差不多，他過去有另一個身分，以代號「Z」從事間諜活動，現在表面上替客戶進行一般的民間調查，實則是個用狙擊槍暗殺的神槍手。大概因為他本來有政府工作背景，所以在收到委託之初，便查出「傅科擺」的端倪，只是他來不及繼續調查，便被「殺手」幹掉。

對，被殺手幹掉。當我翻開化學老師的一頁檔案，我的下巴幾乎掉到地上——那個禿頭老師便是「炸彈魔」。

他第一個委託目標是一個在《獨立日報》工作的體育記者。那記者是個擅長絞殺的殺手，不過他還沒來得及對偵探施毒手，便被老師寄去的炸彈炸死了。檔案中列明，炸彈魔表面上是個愉快犯，但原來他的每次襲擊都是有目的進行，數年前那些案子全是委託，才不是

「無差別」攻擊。雖然我很輕鬆地殺了他，但他似乎在死去前已寄出炸彈，所以殺手偵探才會死在他的炸彈之下。

如此說來，健身教練死在南區也不是巧合，他當時正在做我平時也會做的工作程序，下殺手前先監視獵物，摸清楚對方的作息週期。就是因為他沒完成委託，化學老師才會變成我的第二個目標。

「韓小姐」只是個偽名，她是個擅長使用美人計殺害男性的殺手，別號「狼蛛」。換言之，她來到我家附近亦不是巧合，她和教練做的事一模一樣，只是監視對象換成我。然而她沒料到，當她還未成功接近我時，已被她的「獵捕者」吃人魔司機抓住。

當剩下我和司機時，我們的委託便是殺掉對方，所以我根本沒露出馬腳，而是他一開始便打算捕捉我，在我家附近緊盯我的行動，見我在路上攔車，自然不會錯過這黃金機會。我以為我是獵人，殊不知我同時也是獵物。

「我們之中大部分看好『人魔』——就是那個吃人醫生，」猥瑣男不懷好意地指了指皺紋男，「就只有他看好你。我是很詫異啦，資料上明明說你是個用毒高手，沒想到你竟然能夠徒手折斷那醫生的頸骨，據說連四肢也粉碎掉。看你外表弱不禁風，怎料深藏不露。」

對了，那個跟奧瑪一起到現場的年輕人，他一定是確認人員，所以看到我獨個兒出來，便跑進房子裡檢查其他人的生死。

「你們說目標死去才會將他的委託移交給另一人，」我想起一事，「可是『韓小姐』還沒死去，那變態醫生已被委託對付我？」

「那女人沒死？」猥瑣男驚訝地問。

「不，剛才阿立已經檢查過，地下室裡只留下兩具屍體。」奧瑪報告。

「我是說，當時那女的還沒死，她只是被醫生割下器官來吃罷了。」我說。

「喔。」他們七人完全沒有對「吃人」一事有反應，似乎早對此知情。

「又被那傢伙騙了啦。」胖子嘆道，「我就說，那張被切開肚子的照片不足以證明那女人已經死了嘛。」

「他大概是老毛病發作吧，當年他就是吃掉我們醫院其中一個病人，我們才不得不攆走他……」皺紋男右邊一個貌甚精明、戴著眼鏡的男人說，「那時候要壓下消息，可花了不少工夫。」

翻看著手上的個人檔案，我漸漸理解這甄選叫「傅科擺」的理由——我們每個參與者就像鉛錘般以為自己是直線擺動，卻不知真正令我們繞著圈子轉的，是在我們之下的地球。我們無法逃離大地的引力，就像無法躲過洛氏家族施加於我們每個人身上的那股力量一樣。

「那麼，我勝出這場甄選，會得到什麼報酬？洛氏家族未來十年的殺手合約嗎？」我問道。

皺紋男向奧瑪示意。「不，你忘了我一開始提過的嗎？我們找的是『王牌殺手』。」

奧瑪走到我身旁，從口袋掏出一個小小的錦盒，放在我面前。我打開一看，裡面赫然是這座城市每個黑道中人夢寐以求的物品——那枚金色的洛氏家族胸章。

「除了我們七個之外，擁有這胸章的就只有十二人，而你是第十三個。」帥哥說，「坊間流傳關於這胸章的事全是事實，你只要出示這只亞蒙・拉之眼，就連總檢察官也得聽你的話。」

「我相信你是聰明人，不會戴著它招搖過市，但以後黑白兩道有什麼人你看不過眼的，你都可以令他們一一順從。我們從不輕易發放胸章，所以你不是我們家族旗下的『一名殺手』，而是家族旗下的『那名殺手』。」皺紋男淡然地說。

「坊間關於這胸章的傳聞都是真的？」我撿起胸章，覺得有點不可思議地自言自語道。

「嘿，對啊，包括空中派對的傳聞也是真的。」猥瑣男以跟他外貌相配的表情，舔了舔嘴唇，「事實上，今天晚上就是舉行派對的日子。你有什麼中意的女明星、女演員？你提名字出來，八成可以讓你打一炮。還是說你喜歡男的？有沒有看上哪一個小鮮肉？」

「沒有，」我嗤笑一下，「我沒有那方面的興趣。」

猥瑣男像是有點失望，畢竟我跟他不是同路人——說不定他跟吃人醫生會很投契吧？

「餘興節目之後再說吧。」皺紋男瞪了猥瑣男一眼，「氣球人先生，你現在還有一個決定要下。」

「什麼決定？」

「你想我們怎樣處置你的仲介人？」

「為什麼我要決定如何處置他？」我問。

「每次我們家族舉辦『傳科擺』，都會找上城中其中一個有名的仲介人，請他提供名單，通常這些殺手代理知道有機會替我們辦事，都十分樂意協助，出賣手下的專業殺手們。我們沒告訴他們的是，最後勝出者有權決定仲介人的下場——他可以選擇讓仲介人成為我們的一名下屬，或是讓他從人世間消失。附帶一提，你的歷代前任者們全部選擇了相同的答案。」

我謹慎地掃視了面前每個人的表情。

「我明白了。答案只有一個吧——我要他死。」

七人臉上都露出笑容。

「聰明。讓知曉自己過去的傢伙消失，才不會妨礙大事。」刀疤男冷笑道，「家族的王牌殺手才不需要婦人之仁。」

「為了祝賀氣球人先生成為洛氏家族一分子，我們先乾一杯。」皺紋男舉起酒杯，其他人也紛紛仿效。我自然不敢怠慢，舉起面前那小半杯白蘭地。

「兩個鐘頭後我們便出發上機，在那之前奧瑪會帶你到你的私人宅邸休息一下……」

「等等，我今天無法出席這場派對。」我說。

眾人瞪視著我，其中更有幾人露出狐疑的眼神。

「為什麼？這是我們家族的重要活動，所有成員必須出席。」一直沒作聲、坐在最左邊的禿頭男人說道。

「因為我要去解決仲介人。」我冷冷地說。

皺紋男聞言微微一笑，說：「這種簡單的工作，留給我們的一般打手便——」

「不，我要親自下手。」我咬牙切齒地說，「這混蛋自從接了『我們』家族的委託後，便對我毫不客氣，給他三分顏色便開起染坊來，他媽的。假如你們不容許我去先幹掉那臭小子，我就先不接受家族的邀請，待我殺掉他後才正式加入。」

我將胸章向前推，表現出一副絕不妥協的模樣。

「好吧，反正你是今天才加入，我們可以姑且同意，讓你先去消除你的『過去』。」皺紋男摸了摸自己胸前的家族徽章，「可是你要明白，洛氏家族對新成員加入一事很嚴肅，你已是家族的人，就不能說什麼『先不接受之後再加入』的話。」

「明白了。」我說。

「嘿，我說你真是笨蛋，空中派對半年才舉行一次，你之後要等半年啦。」猥瑣男露齒而笑。「今晚有不少新來的小姑娘，像什麼偶像組合『Bits』、『少女二人組』、『甜心巧克力』之類，新鮮嬌嫩，不通人事，玩起來別有一番滋味……」

所以「甜心巧克力」真的榜上有名，不過仲介人永遠沒機會得償所願了。

我向家族眾人請辭，由奧瑪帶我離開。令我意外的是，他們已派人將我的車子駛到大宅外——我不想知道他們用什麼方法將車子運過來——還已經洗好我原來的衣服，一一摺好放進後座。

「氣球人先生，請恕在下一問，您下毒的手法真是高明，到底您是用哪種毒劑？應該是神經毒素之類？」臨離開前，奧瑪向我問道。

「那是商業機密，」我從駕駛座探出頭來，「有機會再告訴你。」

「啊。」

當仲介人打開電燈時，我本來以為他看到坐在沙發上的我會嚇一跳，但他的反應頗為平淡。

我開車到仲介人的家後，用鐵絲撬開門鎖，直接在他家裡等他。我開鎖時有警察來干涉，但當我出示了洛氏家族的胸章，他們便毫不過問，直接離去。有夠誇張的。

我在仲介人的家裡等到晚上九點，他才回來。

「你好像不太驚訝似的？」我問。

「我早猜到你會來。」他似乎剛到超級市場購物，邊說邊將紙袋中的罐頭、雜物放上架子。

「那你知道我來的目的嗎？」

仲介人停下手，抬起頭，對我點點頭。

「你是來取我的命吧。」仲介人幽幽地說，「你已經勝出『傳科擺』了。」

「你知道？」

「其他人跟你一樣是我的同夥嘛，他們出事我豈會不知。」仲介人指了指我身上的西裝。

「加上你這身行頭，一看便知道你已經加入洛氏了。」

「那你怎麼不逃跑？」我問。

仲介人嗤笑一聲。「逃？逃到哪兒？洛氏家族要殺的人從來逃不了，更何況他們有你加入，我就更不可能活下來。」

「所以你認命了？」

「人生在世，也只能如此。」仲介人嘆道，「反正我手上的殺手們差不多也死光了，就算我一個人活下來也失去維生的本錢。我的仲介事業早在洛氏看上我的那一刻已全毀掉。我的前輩們一向都說：『寧可被警察逮捕，也不要被洛氏看上。』」

「你知道你前輩們的下場？」我想起皺紋男說過，歷任「傅科擺」的勝出者都選擇殺掉仲介人滅口。

「別小看我們靠買賣情報餬口的，我們知道很多很多不能宣之於口的事實。」仲介人苦笑一下，「你的佣金我可不是白賺的。」

「這次你在洛氏的委託上抽了多少？」七個殺手互殺，佣金應該不少吧。

「零。」

「零？」

「反正要死，抽來也沒意思。」仲介人聳聳肩。「洛氏對『七』這個數字異常地迷戀，家族成員有七人，『傅科擺』的參加者有七個，就連酬金也是七的倍數。」

「難怪他們的空中別墅也是777客機。」我恍然大悟。

「對了，你不是應該在飛機上嗎？我還以為我可以多活幾天。」

「為了盡快幹掉知道我底細的傢伙，我當然不在那飛機上。」

仲介人頹然坐在一張椅子上，說：「看在我暗中提點過你，要你盡早解決其他同僚份上，你可以用最不痛的方式殺我嗎？」

我從沙發站起，朗聲笑道：「我偏要用最痛的方法來對付你，你奈我何？」

「唉。」仲介人闔上眼，似是無意求我。我走到他跟前，伸手按著他的肩膀。

「張開眼吧，混蛋，我又沒說過要殺你。」

「咦？」

我撿起他身旁的遙控器，打開電視，調至新聞頻道。主播正在報導外國元首高峰會，映著一群穿西裝的老頭掛著虛偽的笑容在寒暄問候，而下方跑馬燈的新聞快報卻顯示著我預期中的消息：

「（20:37）洛氏企業私人客機太平洋上空失蹤　據報海面發現金屬殘骸」

仲介人以難以置信的表情直盯著電視螢幕，再來回望向我。

「這是……」

「當然是我幹的。」

「你如何……不，你為什麼要這樣做？你明明已成為家族中人，在萬人之上，可以呼風喚雨……」仲介人指了指我衣領上的胸章。

「你想要的話，可以給你。」我解下胸章，拋給對方。「這種東西，不要也罷。」

「不要也罷？」

「我啊，最討厭聽命令。」我一臉鄙夷地說：「在萬人之上又如何？戴上這胸章，就等於永遠在七人之下。」

「可是對方是財雄勢大的洛氏——」

「財雄勢大又如何？我缺的又不是錢……好吧，我是缺錢，但不至於『那麼缺錢』。我賣的是我的殺人技藝，我不賣身。」我笑道：「更何況，幹掉他們對我來說有百利而無一害。」

「怎麼說？」

「這城市的地下統治者駕崩了，未來數年一定亂象橫生吧？黑白兩道一定有大量爭鬥，我肯定殺人這生意門庭若市。而你手上最厲害的殺手只剩我一人，我鐵定不愁沒委託可接，甚至可以按心情挑選客戶。你看，這不是對我很有利嗎？」

仲介人呆然地看著我，他似乎從沒想過這一點。

「不過你別以為我已經原諒你了，」我換上認真的表情繼續說：「瞞著我逼我參加這種死亡遊戲，就算你有多少苦衷我也不接受。只是客觀而言你活著對我有最大的好處，我才留你一命，跟你繼續合作。他日你再變成慣老闆，強迫我接受委託，休怪我手下無情。附帶一提，這次我已對你作出懲戒，你將來就好自為之。」

「懲戒？你對我做了什麼？」

「『甜心巧克力』在洛氏的飛機上。」

仲介人一臉震驚。我不知道這打擊來自發現鍾情的偶像參加淫亂派對，還是單純因為偶像以如此不堪的方式猝逝。我想，身為情報販子的仲介人，應該對前者老早知情吧？

「唉，算了。『附帶損害』無可避免。」良久，仲介人嘆了一句。「對了，你是用什麼方法讓洛氏的『空中別墅』墜機的？」

「這個嘛，商業機密……」

我從來沒跟任何人透露我的異能，因為我知道，這才是我真正的最終王牌。在我離開洛氏大宅時，我主動跟奧瑪握手，輸入了「四個鐘頭後，胃袋充氣並在零點一秒膨脹一萬倍」的指令。我很清楚他會在機上，不單是因為禿頭男說過所有胸章持有者都要出席，更因為早在吃人醫生家門前，我已看到那胸章——在奧瑪衣領上，除了亞蒙．拉之眼外，還別了一個附帶雙翼的圓盾形襟章。那是機師胸章，只有軍方的飛行員才能配戴。當我從猥瑣矮子口中知道今晚就是派對的舉行日期，我便理解奧瑪今天別上這胸章的理由——這種派對，就連機師也要由家族中人擔任才穩妥吧。

「……不過我可以透露多一點，用的是爆炸品啦。」我隨口說道。

「爆炸品？對了，去年你也提過『要炸死目標也行』……」

仲介人露出佩服的樣子。雖然我們只合作了四年多，我對他仍有一定戒心，但跟他合作，比在洛氏家族的命令下輕鬆得多吧？

4 遠在咫尺

阿達焦躁地躍下座駕，連車門也忘記帶上，三步併兩步往眼前的商業大樓入口直奔過去。這棟名叫科創中心的商業大樓位於東區，毗鄰科技大學，是城中有名新創企業的集中地，多位今日年收入過億的資訊業奇才也在此發跡。從外表看來它只是一棟樓高十六層、面積不大、僅算方正整潔的玻璃帷幕商業大樓，但它能吸引一眾科技公司進駐全因有著完善的配套——超高速的光纖網路、穩定的供電、二十四小時不停歇的中央空調，這都符合科研公司、數據中心或網路軟體開發商的獨特要求。由於聚集了這些站在時代尖端的中小型企業，周邊產業亦紛紛而至，包括技術顧問、企業融資基金、市場推廣策畫，甚至剛興起的加密貨幣兌換服務之類。事實上，這大樓就連電梯也由電腦管理，那個代替按鈕的觸控螢幕讓不少訪客留下良好印象，突顯出租戶「擁抱未來」的特質，生意合作自然更容易談得攏。

可是阿達對這些事情毫不在乎，現在狠狠揪著他緊繃的情緒的，只有一個名字——氣球人。

那個三年前害他半隻腳踏進鬼門關的神祕殺手。

自從「馬可波羅飯店離奇命案」發生後，警方暗中成立追捕殺手「氣球人」的特殊調查小組，由葛幸一警官領軍，成員有十多人，全是來自刑事部門的精英。葛警官挑選了自己的部下阿達加入，這三年來在「氣球人調查小組」裡阿達都充當葛警官的副手。因為氣球人犯案頻率不定，平日小組成員都在原來所屬部門工作，只有在葛警官號召時才集結，追尋那殺手的行蹤。

而阿達沒料到，今天在另一宗案件的調查過程中，竟意外獲得氣球人的情報。

阿達兩年前調職商業犯罪調查課，處理過不少只涉及金錢的詐騙案、利用電腦漏洞偷竊商業機密的駭客犯罪等等，然而他手上的這起案子卻染滿血腥——凱撒集團的創辦人秦寶城居然和數十樁謀殺案有關。凱撒從事多項金融業務，諸如貴金屬買賣、股票投資、企業信貸以至財富管理等等，開業頭十五年盈利能力乏善可陳，但近五年集團資產總值飆升至全國排名第六，成績驚人。阿達的同僚最初只懷疑凱撒的急速冒起與貪汙或內線交易有關，但追查下去便發現案情並不單純。至少有九筆交易，凱撒是透過某人死亡而獲取暴利，比如放空某間企業的股票後該企業的總裁暴斃而股價崩盤，或是競爭對手因為某董事交通意外身亡而擱置計畫等等。探員們努力偵查、集合各方線索後發現，所有案件的幕後黑手都指向同一源頭——大老闆秦寶城。

商業犯罪調查課本來打算放長線釣大魚，暗中蒐集罪證，但事情驟然失控，今年跟凱撒集團相關的死亡意外暴增，多達四十多宗。阿達從線民口中得悉原委，推斷那些事件都是秦寶城親自下達的指令，目的是鞏固凱撒的業界領導地位，好讓獨生子接班——線報指秦寶城罹患絕症，命不久矣，他要在被閻王召見前剷除一切對手。秦寶城聘用多個殺手行事，其中不乏地下業界的一流好手。

包括氣球人。

阿達半個鐘頭前獲知這消息時，驚訝得頭皮發麻。那個不知道用什麼藥劑讓一向壯健如牛的他心臟痲痺、命懸一線的可怕殺手，竟然也為秦寶城效力。一開始阿達躊躇於該先制止失去理智的秦寶城抑或是手段凶殘的氣球人，可是他很快理清頭緒，做出選擇：秦寶城餘命不到半年，但氣球人可能繼續為禍社會數十載。所以縱使情報不夠完整，他也迅速行動，優先追捕那個宛如都市傳說的殺人鬼。

「氣球人的下個目標在科創中心十六樓，今天便會下手。」

消息來自凱撒某高層幹部。一如所有位高權重的大人物，秦寶城身邊也不乏吃裡扒外、憂慮跟老闆同坐一條沉船、密謀後路但求自保的「心腹」。

阿達匆匆跑到警署停車場，一邊從口袋掏出車鑰匙一邊用手機致電葛警官，可是耳機只傳來留言信箱的合成女聲。他坐進車廂後連忙改打到對方的辦公室，卻被告知葛警官碰巧休假，一時聯絡不上。

「組長今天出席女兒的演奏會，可能音樂廳隔絕了電波啦。」接電話的大石說。葛警官的女兒是名鋼琴演奏家，去年音樂大學畢業後正式出道。

「該死的！大石，你想方法替我聯絡組長，告訴他『那傢伙』今天很可能會在東區科創中心現身犯案，十萬火急！」阿達甫掛上電話便大力踏下油門。

警署和科創中心相距只有一刻鐘的車程，而阿達在全速飆車之下更不用十分鐘。以防萬一打草驚蛇，科創中心的玻璃自動門一打開他便掛上撲克臉，低調地直往保全櫃檯趲步而行。櫃檯後坐著兩個穿深藍色制服的警衛，坐在左邊、較年輕的那一個機敏地朝傳出響亮腳步聲的阿達瞧過去，相反他身旁一頭灰髮、留了八字鬍的前輩卻在滑手機，阿達走到櫃檯前才捨得放下。

「先生，有何貴幹？」年約六十的老警衛以平板的語調問道。阿達看到這兩名警衛胸前的名牌，八字鬍大叔叫周建，另一個叫沐家興。阿達認得他們身上的是卓越保全警衛公司的制服，雖然卓越是小公司，但業界風評似乎不錯。

「警察。」阿達稍稍拉開外套，讓他們看到掛在腰間的警章。年輕的警衛不由得露出驚訝的表情，但人稱建叔的周建只稍微揚一下眉毛，站起來仔細瞧清楚阿達的樣子。

「那麼，長官，是有什麼事情要幫忙嗎？」建叔淡然地問道。

「十六樓有哪些公司？」阿達直接問道。

「櫻桃遊戲工作室、ＥＺ系統顧問公司和……阿興，新的那家叫什麼來著？」

「金、金門橋創投基金會。」阿興誠惶誠恐地回答。雖然這警衛跟自己年紀差不多，但阿達覺得對方應該是菜鳥，沒跟警察打過交道。

「今天這些公司有沒有訪客？尤其是生面孔的。」阿達按捺著緊張的心情追問。

建叔沒有回答，轉頭望向後輩，阿達心想這傢伙八成一直在摸魚，沒留意這些細節。

「不、不清楚，現在是辦公時間，訪客不用登記……」年輕的警衛愈說愈小聲，就像生怕被阿達這位長官大人追究責任似的。「不過應該沒有什麼突發事件，我們沒收到報告。」

阿達瞥了一眼櫃檯後嵌入牆壁的時鐘，模擬行針鐘的ＬＥＤ短針正正指著「３」，時間是下午三點整。

沒辦法了，只好逐間查探吧——阿達心想。雖然不知道這些公司的下班時間，但假如氣球人的目標在其中一家公司上班，那下手的時間很可能只剩下兩至三小時。

「你們聽好，十六樓目前可能捲入嚴重案件，我不知道犯人是否已經潛入科創中心，所以現在起禁止任何人進出大樓……」

「長官，這很為難喔。」建叔兩手一攤，說：「我們又不是警察，哪來的權力要求一般人留下來？」

「那就想辦法拖延一下，說門鎖出問題正在修理之類的！萬一有人死掉，你能夠為那條人命負責嗎？」雖然阿達不想擺官威，但秀才遇著兵，此時只能板起臉用這種藉口施壓。

建叔和阿興聽到「人命」兩個字，面面相覷，神色不禁一變。

「可是……長官，」建叔指了指偌大的玻璃自動門，「科創中心是沒有門禁的商業大樓，大門根本沒有門鎖啊！門外有電子鋼閘可以關上，但上司吩咐過，除非遇上劫案、暴動或恐怖襲擊之類，否則不能動那道鋼閘。您要我關上那個嗎？」

建叔說罷，伸手打開櫃檯後控制面板上的一個保護罩，亮出一個紅色的開關。薑是老的辣，建叔一副「搞砸了便全是你的責任」的態度，讓阿達猶豫起來。事實上，比起責任問題，阿達更擔心關上鋼閘這種大動作會讓調查行動曝光，為葛警官和同僚帶來不必要的麻煩。

「那麼，你們拉上圍欄繩，找個藉口要所有人留下個人資料才放行，這總辦得到吧？」阿達邊說邊抬頭望向大廳天花板的每個角落，在靠近大門的一角發現監視器鏡頭，心想即使有可疑人物留下假資料，總會在櫃檯前多逗留一、兩分鐘，被鏡頭拍攝到樣子。

建叔摸摸下巴，對阿興說了幾句，對方便跑到大廳另一邊扛出幾根附有伸縮帶的黑色欄杆座，把保全櫃檯右邊拐彎後通往電梯間的穿堂圍住，留下一條狹窄的通道。

「我的同僚正在趕來，他們來到便會接手。」阿達邊說邊往電梯間走過去。

「長官，請等等。」阿達剛要轉彎便被建叔叫住，「電梯按鈕在那兒。」

阿達循建叔所指的方向一看，發現自己左後方牆上有一個觸控螢幕，上面顯示著一個數字盤。

「這是智慧電梯。」建叔從櫃檯後跨出幾步，在數字盤上按下「1」和「6」，再按下「確認」按鈕，數字盤上方的方框亮出「16」兩個數字後，蹦出一個箭頭符號和英文字母「C」。

「電梯C，靠近盡頭的那部。」建叔往彎角後指了指。

阿達這時才想起科創中心配備了這系統。由電腦控制的電梯能按照人群想去的樓層分流，有效率地讓乘客快速到達目的地，縮短等候時間。每層的電梯間都有相同的觸控螢幕，電梯裡就只有開門、關門和求助的按鈕——除非使用者在搭乘時改變主意要到另一層，否則對一般人來說這設計可是方便至極，減省上下班惱人的排隊擠電梯時間。

電梯前有四男一女正在等候，其中一個戴太陽眼鏡、穿黑色外套的長髮男人在阿達走近時不自然地從眾人身邊移開數步。出於刑警的直覺，阿達覺得這個長髮男有點可疑，多瞧了兩眼；對方似乎是察覺到阿達的目光，刻意扭頭迴避。正當阿達想換個位置再打量對方時，電梯C傳出清脆的「叮咚」聲響，電梯門緩緩打開，衡量形勢後他便放棄盤問對方的念頭。阿達知道，單純因為舉止有點鬼祟便認定對方是氣球人的想法十分愚蠢，而且假如他真的是氣球人，阿達現在先到十六樓部署會讓自己更具優勢。

一高一矮的兩個男人從電梯出來，跟門前眾人擦肩而過，長髮男像是在等候另一部電梯似地繼續佇立一旁，其餘四人則魚貫步入電梯。阿達稍微再向那可疑傢伙瞄一眼後，便跟著前方的人們走進電梯。

「前往、十六樓。」電梯關門後，天花板傳來柔和的女聲。在只有三個按鈕的電梯面板上方有一個十五英寸螢幕，畫面正中播放著講述利用人工智慧深度學習分析名人的錄音片段、將語音分解重組去模擬本人聲線的技術「深假語音」的研討會花絮，側欄顯示著日期時間、天氣資訊和電梯正在經過的樓層數字。

雖然阿達兩眼直盯著螢幕，但畫面上那些科技宅的話都沒有流入他的耳朵裡——阿達正在盤算到底氣球人的獵物在三間公司之中的哪一間。

櫻桃遊戲工作室、EZ系統顧問公司和金門橋創投基金會。

毫無疑問，可能性最大的是基金會。凱撒跟金門橋一樣有投資新創企業的金融業務，兩者顯然是競爭對手，縱使阿達從沒在凱撒的資料中見過「金門橋」這名字，但假如兩間公司同時看中某家潛力豐厚的網路服務公司或小型軟體開發商，秦寶城以殺人為手段妨礙敵對公司運作、趁機挖走客戶就很容易理解。

「可是目標在其餘兩家也不無可能……」阿達心想。

櫻桃遊戲工作室這名字就連阿達都聽過，近月爆紅的手機遊戲《殺戮求生・最後生還者》便由他們開發，盈利相當驚人，有分析師預測全年營收可高達八位數。凱撒有投資遊戲業，為了剷除分薄自己旗下作品利潤的敵手，幹掉對方的首席遊戲設計師便萬事大吉，這也構成充足的動機。

餘下的ＥＺ系統顧問公司則不明朗，由於阿達不知道對方的業務範圍，所以無從估算。秦寶城曾對一些顧問公司老闆下殺手，但那些是和凱撒有利害衝突的投資顧問專家，並非替機構提供系統支援的ＩＴ顧問。當然阿達不敢掉以輕心，他知道先入為主的想法很容易導致無可挽回的後果。

只要到了十六樓，逐一查問便會清楚——阿達瞧著電梯螢幕，看著跳動的樓層數字。8、9、10……阿拉伯數字有節奏地變換著，但阿達仍嫌電梯上升得太慢，恨不得立即飛躍到十六樓。

十六樓。

想到這一點，阿達赫然愣住。

他站在電梯門旁邊、螢幕正前方，其餘四名乘客都站在他身後。剛才在一樓電梯門關上時，系統說出「前往十六樓」，即是首個停頓樓層就是十六樓。然而，科創中心樓高只有十六層，換言之，這電梯裡的所有人正前往相同的頂樓十六樓。

換作平時，阿達只會當成巧合，但今天他擔心這個巧合是老天爺的惡作劇。

——氣球人會不會就在電梯裡？

線報透露氣球人今天會下手。目標在十六樓。十六樓至今仍未發生事故。距離下班只有兩個鐘頭……

即使沒有任何證據顯示「氣球人就在電梯裡」，齊備的條件卻讓阿達無法忽視那微乎其微的可能性。

阿達深明氣球人的可怕之處。身為刑警，窮凶極惡的犯人他已見怪不怪，但氣球人的恐怖在於警方至今仍查不出行凶手法，殺人於無形，彷彿對方是個通曉魔法的惡魔，有辦法以極度殘酷、痛苦的方式致人於死。

簡直就像從地獄來的死神。

「咕嚕。」阿達不自覺地吞了一下口水。假如上天真的跟他開玩笑，這個冷血的殺人鬼正瞅著自己的背脊，他就像被蛇盯上的青蛙一樣危險。阿達不知道對方是否認得他，畢竟氣球人曾對他施毒手，萬一對方察覺電梯裡有一個正在追捕自己的警探，為了隱藏行蹤一定會殺人滅口。

阿達右手悄悄伸往外套裡，緊緊握住手槍槍柄，心裡卻掙扎著，無法鼓起勇氣回頭察看那四個人。他記得四人裡有三名男性，由於葛警官曾跟氣球人「背面」交鋒，確認對方不是女人，那他要提防的就只有三人。撇除那個穿紅色連身裙的金髮女郎，剩下一個是穿灰色西裝的上班族，一個是戴鴨舌帽穿「飛馬快遞」制服的快遞員，最後一個是揹著大背囊、腰間掛著一大串光纖纜線和各式工具的網路維修技師。阿達印象中三個人的年紀也是二十至三十來歲，但畢竟剛才進電梯前只瞥了半眼，難保自己弄錯。

那三個人之中，有一個會是氣球人嗎？

「自然地回頭望一眼，要自然地回頭……」

阿達在內心不斷重複這句話。

三年前險死的經歷讓他心有餘悸，但身為刑警的他無法逃避這份正視危險的責任。他緩緩地扭動脖子，眼角先瞄到站在他左邊的金髮女，然後繼續向後——

「轟隆！」

阿達差點本能地拔出手槍，不過他勉強忍住，因為千鈞一髮間他察覺剛才的一聲巨響並非來自背後那三人。聲音從電梯上方發出，同時電梯震盪了一下後便突然停住，天花板上的省電燈管半數熄滅，環境剎那間變得昏暗。

「咦，怎麼了？」

說話的是西裝男。因為有他這句話，阿達反而能夠堂堂正正轉身面向身後眾人。他故意微微低頭讓瀏海蓋過眼睛，降低被氣球人認出的可能性。西裝男、快遞員和金髮女都露出詫異的表情，緊張地左顧右盼，但維修技師只是皺一下眉頭，盯著阿達頭頂上方的電梯螢幕。

「電梯故障了？我們被困了？」快遞員問道。

他的口音有點特別，彷彿就是故意裝出來似的。

阿達掃視眾人一遍，確認沒有即時危險後，維持警覺再回頭瞥了電梯螢幕一眼。講座影片定格止住了，正在說話的工程師張開嘴巴的模樣像個白癡，不過阿達只在意顯示著樓層的數字：「13」。

十三樓。雖然情勢險峻，但也算是危中有機——阿達想，這意外或許是場及時雨。若氣球人真的在電梯內的話，只要拖延一下，葛警官一到場主持大局，就能來個甕中捉鱉。

當阿達正考慮著下一步時，西裝男冷不防地猛然踏前一步，趨近阿達。

「幹什麼！」阿達右手沒有離開槍柄。

「先生，你先借過，你不按求助鈕就別擋路嘛。」

被西裝男一說，阿達才想起電梯的按鈕面板在自己身後。他移過一步，讓西裝男走到面板前。

「嗨，警衛先生，我們被困了！」西裝男按下按鈕，對著面板上的對講器嚷道。電梯門外隱約傳來警鈴聲，可是警衛沒有回應。

「警衛先生？嗨，有沒有人啊？」相隔十幾秒，西裝男再按住按鈕大嚷，可是面板上的喇叭保持沉默。無論他怎麼樣叫喊，依然徒勞無功。

阿達想過用手機聯絡消防署，但他怕節外生枝，他可不願意馬可波羅飯店的事件重演。由於線報源頭十分可靠，他深信氣球人今天會動手，萬一警方無法阻止那殺人鬼，猶如魔法的殺人現場將再次被跑社會新聞的記者拍攝到，葛警官和警隊面臨的壓力肯定有增無減。

幸好這些傢伙沒想到報警求助，否則也不知道如何壓下他們的聲音才好——阿達暗自慶幸。

「不好意思！」忽然間，喇叭傳來建叔的聲音。

「警衛先生！我們被困——」

「我們已經知道了！抱歉大廳有點混亂……」阿達霎時明白，混亂是因為自己下了要求所有進出者留下資料的命令，兩個警衛正手忙腳亂地應付著。「我們已經聯絡電梯公司的人員，請忍耐一下，他們會在半小時之內趕到！你們之中有沒有人受傷？」

阿達和所有人互望一眼，沒有人作聲。

「沒有啦！」西裝男對著面板說道。

「那有沒有人身體不適，需要緊急處理？」

眾人彼此再互望，同樣沒有人說話。

「也沒有！不過麻煩你趕快讓我們出去吧，這兒好狹窄，空氣好悶，燈又壞了一半，很不舒服啦！」

「明白了，請忍耐一下！我們會盡快讓你們脫困！」

建叔話音剛落，電梯裡就陷入一片沉默。阿達背靠著電梯門，面向其餘四人——金髮女在他右邊的角落，西裝男在他左邊螢幕旁，快遞員和維修技師分別站在另外左右兩個牆角。五人就像圍著圓圈佇立著，留下電梯正中央一片小小的空間，形成微妙的領域割據。金髮女雙臂抱在胸前，低著頭不時偷瞄身旁的阿達，就像討厭對方靠得太近；快遞員挨在牆角上，一臉無奈地抱著一個印著公司商標、跟籃球差不多大小的紙箱，偶然稍稍抬頭望向天花板，彷彿在看那些壞掉的燈管；西裝男和維修技師則掏出手機，自顧自地在按動，不過阿達隱約覺得後者不時望向前方，不曉得看的是阿達還是他身後的電梯門。

阿達冷冷地掃視眾人。他知道自己的眼神並不友善，但他管不了那麼多，畢竟他無法確定自己是不是跟那個殺手被困在同一個不到兩平方米的空間裡。這時他終於可以仔細觀察面前的傢伙們——金髮女臉上的妝化得很濃，肩上掛著一個黑色名牌包，那襲紅色裙子與這棟商業大廈格格不入，阿達覺得她更像在夜店上班的陪酒女郎。維修技師身材略胖，加上那個脹鼓鼓的背包和累贅的工具腰帶，只讓人想到「臃腫」這個形容詞。快遞員身上的制服有點褪色，帽子邊緣更脫了線，阿達心想「飛馬快遞」很可能是那種員工不足五人、只有三台機車的小小快遞公司。西裝男則沒什麼特別，就是儀容整潔、平平無奇的上班族，那身灰色的西裝既不名貴也不便宜，是很普通的貨色。然而，就在阿達打量西裝男的時候，他赫然發現一個事實。

他見過對方。

他無法記起自己在哪兒見過這長相，但他肯定有看過。

「先生，怎麼了？」西裝男察覺阿達緊盯著自己，語氣略帶防範地問道。

「沒——」

「啊呀！」正當阿達思考如何找藉口脫身，維修技師忽然怪叫一聲，眾人望向他。

「小心，這傢伙有槍！」技師指著阿達嚷道。阿達這時才留意到自己稍稍轉身望向西裝男時，被右手握著、外套左襟下的槍柄正好朝向技師。

「別誤會！」阿達無奈放開手槍，一邊高舉右手一邊用左手撥開外套，露出警章。「我是警察！」

其餘四人臉上換上訝異的表情，但阿達此刻亦異常緊張。他很清楚接下來萬一說錯話，就可能招來殺身之禍——他必須隱瞞目的，讓氣球人認為他不至於構成危險才能保命。在短短三秒之間，阿達的腦袋飛快運轉，找尋那一條絕無僅有的活路。

「我是商業犯罪調查課的警探。」阿達靈光一閃，掏出名片，分別遞給四人。「櫻桃遊戲開發的《殺戮求生》近日有大量玩家資料被盜，我就來了解一下。你們都是到十六樓吧？有人在那兒上班嗎？」

四人搖頭，阿達心底不由得高聲喊了一聲好。為了不讓可能在場的氣球人起疑，阿達決定運用他的部門身分來釋除對方的戒心，再胡扯一起不存在的案子，徹底轉移視線。然而萬一面前四人裡剛好有人在他選的公司上班，那他的謊言就很容易露餡，於是他在短短三秒之內分析了他該選ＥＺ、櫻桃還是金門橋——快遞員和技師都不可能是員工，所以只要西裝男和金髮女不在他選的公司中工作就行。遊戲公司的員工大概不會像西裝男穿得那麼整齊，也很難想像金髮女與開發遊戲的宅男工程師為伍，於是阿達冒險選擇了櫻桃遊戲工作室。

結果他押對了。

「我是一六〇二室的ＥＺ系統顧問的執行長，敝姓甘。」西裝男向阿達遞上名片，就像收下名片不回敬一張有違商業世界的規則似的。

阿達轉向金髮女，等待她的回答，可是她卻皺起眉頭，遲疑了數秒才開口。

「我約了一六〇三的金門橋基金談生意。」金髮女只說了一句。她的聲線有點沙啞，阿達猜想這女的可能是個酒鬼，喝酒太多弄壞了嗓子。

「甘先生，你有沒有留意到櫻桃那邊有什麼不尋常的事？」阿達回望西裝男，問道。既然演戲，就要演到底。

「沒有，」西裝男神態自若地微笑一下，「不過盜取個資應該都透過網路吧，小偷怎可能親自來到辦公室呢？」

「也是啦。」阿達做作地搔搔頭髮，回報一個微笑。他抓住這個自然對話的機會，向其他兩個目標發動攻勢。「那你們呢？要到哪家公司去？你們應該不在這兒上班，但姑且問一問吧。」

快遞員怔了一怔——雖然那只是很微小的表情變化，但逃不過阿達的法眼——他似乎不知如何回應，維修技師卻先開口：「我今天按指示到ＥＺ更新網路系統。」

阿達轉頭望向西裝男，對方也似乎有點錯愕。「咦？是……是今天嗎？」

「對，今天，約了下午三點到四點的時段。本來說是下星期一的，但昨天接到電話，要求提早。老實說這預約是硬擠進來的哪，主任都不管我們這些跑前線的死活……」

「哦……可能是我祕書要求的吧。」西裝男沒理會技師的碎碎念，只歪一下頭，聳一下肩。

阿達感到當中有點異樣，可是他更在意剩下的那傢伙，於是無視西裝男和技師，向快遞員問道：「你要送件到哪家公司？」

「嗯……」快遞員從口袋掏出類似手機的儀器，按了幾下，說：「是……黑、黑白科技有限公司。」

阿達聞言愣了一愣，回頭望向西裝男。「十六樓有這家公司嗎？」

「黑白在六樓。」插話的是技師，「六〇三室。」

「咦、咦？不是十六樓嗎？」快遞員一臉驚訝，將臉貼近手上顯示客戶地址的儀器。

「哎，我不小心弄錯了……」

這場小小的騷動過後，電梯內再度恢復沉靜。眾人彼此有了初步的認識，氣氛理應較和緩，可是阿達反倒覺得有股緊張感隱隱瀰漫在空氣當中。西裝男和技師繼續各自滑手機，金髮女和快遞員依然故我，待在自己身處的角落默然地靜候救援。

而阿達幾乎肯定這些傢伙之中有人有所隱瞞。

他說不出理由，但在舉止談吐之上，他覺得剛才的對話有某些不自然的元素混了進去。每一個人似乎都散發出某種不可靠的氣息，縱使阿達理智上知道自己未免過於疑神疑鬼，但他總覺得氣球人會為了殺人而使用偽冒身分。排除金髮女郎，勉強說的話，就只有西裝男身上的疑點比較少。其餘兩人之間，阿達鎖定了他覺得最不對勁的傢伙。

快遞員。

雖然說任何人都會忙中有錯，但快遞員身上那件明顯洗了很多次、有點褪色的制服，說明它的主人不該是會犯看錯樓層這種低級錯誤的新丁。那頂鴨舌帽壓得很低，像是故意要人不容易看清楚他的樣子。他偶然瞄向電梯天花板，可能是漫無目的地打發時間，也可能是在觀察監視鏡頭的位置。

最重要的是，阿達嗅得出他洩露出來的那一絲慌張。

也許是感覺到阿達不友善的目光落在自己身上，快遞員無意識地將包裹從右手換到左手，打算換個站立姿勢，卻一個不小心，啪一聲地把紙箱掉到地上。

紙箱像骰子般在地上滾動了兩下才靜止。

「那是空的……？」阿達在吐出這句的同時拔出手槍，緊張地以雙手緊握，指向對方。

「別動！你到底是誰？」

眾人看到阿達拔槍無不吃驚，西裝男和金髮女更僵住不敢亂動，彷彿剛才的警告是衝著自己說的。快遞員一臉驚呆，不知道該拾回紙箱還是高舉雙手投降。

「我、我就是飛、飛馬快遞的……」

「你快遞一個空紙箱嗎？還撒什麼謊？」

「不……不、不是送件……是、是收、收……」

「收什麼收！」

「刑警先生，他應該是想說『收件』吧。」技師突然插話道，「客人要寄件但沒有紙箱，都會讓快遞員帶箱子給他們嘛。」

快遞員用力點頭。看到對方一副快要哭出來的樣子，阿達內心再次動搖。氣球人該不會這麼窩囊吧？但假如這些全是演技呢？我會不會反過來露出馬腳了？阿達心裡七上八下，不知道如何解釋拔槍這行為。

「警察先生，查個個資失竊，犯不著拔槍吧。」西裝男一臉疑惑地說。

事到如今無法隱瞞了。

「好吧，我就告訴你們。」阿達沒放下手槍，環顧一下眾人，「我收到線報，有一名危險人物今天潛進了科創中心。」

一開始眾人聽到阿達這句話都愣住，但不久便亮出笑容——除了仍被手槍指著的快遞員。

「先生，這樣子也不用拔槍嘛，」西裝男笑道，「商業犯罪又不會出人命——」

「會。」阿達斬釘截鐵地說。

西裝男狐疑地瞧著阿達，一臉不解。

「那危險人物要殺害某個在十六樓工作的人。」阿達將槍管微微向下，但仍警戒著。「我估計，目標會是那三間公司的老闆之一。」

「也就是說，我的處境很危險嗎？」西裝男態度依舊輕鬆，大概覺得阿達只是誇大其辭。

「甘先生，假如你真的是ＥＺ的老闆的話，對，你有危險。」

「真可笑，你的意思是我可能不是ＥＺ的老闆？」

「對，我不知道。我不知道你會不會是冒牌貨。」

「拜託！你打開手機上我們公司的網頁就會看到我的樣子，怎麼可能冒充啊。」西裝男稍稍皺眉，一副啼笑皆非的樣子。

一語驚醒夢中人，阿達單手掏出手機，打開搜尋網頁，很快找到ＥＺ系統顧問公司的網頁。雖然網站十分簡陋，但在吹噓著「超一流伺服器部署」、「極完善網路工程」、「無敵ＩＴ風險評估」等浮誇說詞的業務介紹頁面中，確實有西裝男的大頭照。

「很好，那你的嫌疑便——」

「砰！」

阿達的話沒能說完，突如其來的一記猛響使電梯劇烈搖晃，接著在半秒間急速下墜。

「哇！」

電梯內一下子亂成一團，阿達一屁股跌坐地上，金髮女惶恐地緊靠著牆邊，西裝男也一個踉蹌快要跌倒，但快遞員伸手扶住了他。只有維修技師穩住陣腳，身型龐大，重心也較穩定。

在那麼一瞬間，阿達以為自己要死了。十三樓的高度，足夠讓人粉身碎骨，可是電梯急墜了四層後便煞停，螢幕顯示著「9」這個數字。

「你們還好吧？」阿達喊道。

維修技師點點頭，其餘三人則驚魂未定，沒能做出反應。

阿達站起來按下求助按鈕，高聲喊道：「救命！」

「你們有沒有受傷？」這次不用兩秒，建叔的聲音便從喇叭傳出。「系統發出警告，顯示電梯急促下墜……」

「不用你說！」雖然建叔沒有惡意，但阿達對那種置身事外的語氣頗為不爽。「電梯突然掉了四層，在九樓停下，到底發生什麼事？」

「我不知道……啊，等等——喂！你們要先寫好資料才可以離開，別跑！」建叔的聲音有點遠，阿達猜想大廳的情況比之前更混亂。

「電梯公司的人來了沒有？」西裝男憂心忡忡地插嘴問道。

「還沒到，可能塞車吧……」聲音換成那個叫阿興的年輕警衛。

「再掉九層我們都要死啦！」阿達罵道。

「我們想想辦法……」

警衛們傳來的最後一句話，始終無法令人安心。雖然直覺上電梯像一個穩固的房間，但阿達眼下才發現乘坐電梯根本和將自己的性命垂在一根不知道有多粗、何時會出意外斷掉的鋼纜之下沒兩樣。

屋漏偏逢連夜雨，阿達面前的眾人仍一臉驚懼，來回瞧看電梯螢幕和阿達手上的手槍；而阿達也擔憂著，不知道會被氣球人先殺死，還是跟對方一起被莫名其妙的電梯意外幹掉同歸於盡——

同歸於盡？

「咦？」阿達不自覺地讓心底的驚詫吐了出來，這低聲的驚呼也勾起其他人的注意，可是面對一連串的奇詭意外，他們都沒有作聲。

我們被困，或許根本不是意外——阿達此時才想到這個可能。根據過去的經驗，氣球人下殺手的案子中都會發生不少意外，而過後警方會發現，那些意外都是犯人故意製造出來的，從來不是巧合。

阿達赫然聯想到一個嚇人的畫面。他憶起不久前電梯在十三樓停下來的一瞬，最先聽到的是從上方傳來的一記轟鳴。

他倒抽一口氣，緩緩抬起頭，將手槍舉向天花板。

「警察先生？」西裝男看到阿達的舉動，不由得依循他的視線向上看。電梯的天花板平平無奇，壞掉的燈管偶然閃動，但角落間那扇約半公尺乘半公尺、可以掀開的隱蔽式活門的後面，彷彿藏著某種無以名狀的恐怖之物，一直在等待獵物走進這金屬牢籠，獻上自己的生命。

弄錯了。懂得甕中捉鱉這招的，可能不止警方。

阿達一直認為，氣球人會用毒藥之類，讓受害者以怪異的死法死去，可是他現在想到這是一個盲點。氣球人是殺手，藥劑只是一種手段，魔術般的手法也只是一種演出，警方可不能排除對方使用一般的、更直接的方法殺人。讓目標在電梯意外中跌死，不正是一種好方法嗎？

「那傢伙可能在上面。」阿達壓下聲線說道。其餘四人聞言都驚愕地瞧向上方，本來仍然站著的維修技師也立即蹲下，就像害怕有怪物會從上突襲而來。

阿達示意眾人讓開，讓他踏上電梯牆壁上的金屬扶手。他用力踩了一下，確保扶手能承受他的體重，再踏上另一隻腳。他以左手輕輕撐著天花板上的活門，右手舉著槍，瞄了身後眾人一眼，準備用力往上一推——

「砰砰砰砰！」「阿達！」

一個熟悉的聲音打斷了阿達的動作。聲音來自電梯門外，伴隨著一連串的拍打聲。阿達沒想到聲音的主人會出現，因為對方不是氣球人調查小組的成員。

「大石？是你？」阿達從扶手躍下，趕緊走到門前，確認自己沒有聽錯。

「阿達！你們還好嗎？」的確是大石。聲音來自接近門頂的位置。

「你找到組長了嗎？」

「我已經聯絡到他了，他正趕來，但叫我先過來支援你！樓下的警衛說你被困在電梯，我就一口氣跑上來嘍。」大石毫無緊張感地嚷著。大石天生嗓門大，即使隔著電梯門，聲音仍非常洪亮。

「你帶了多少手足過來？」

「沒有啊，就我自己一個！」

阿達聞言差點沒吐血，大石四肢發達，只懂得依命令而行，不曉變通。

「嗨！警衛先生，你怎麼跑得這麼慢啊！」阿達聽到大石在門後朝另一方向嚷道。不一會，門後傳來另一個人聲。

「吁、吁……長、長官，是您、您跑得太快吧……」說話的是年輕警衛阿興。

「阿達，警衛帶來了鐵撬和電梯鑰匙，我們現在就開門救你們出來！」

喀喀——門外傳來不知道是插進金屬鑰匙還是鐵撬的聲音。

阿達早知道警衛有方法弄他們出來，但任何保全管理公司在同樣的情況下都一樣不會動手，因為電梯由電梯公司負責，假如警衛沒有充分理由——例如被困者需要急救——擅自撬開故障的電梯門，若有什麼損毀便由保全公司承擔。假如過程中出了任何傷亡意外，保險公司亦大可以推說超出了承保範圍，拒絕賠償。大石的出現，打破了這個責任問題的困局，建叔可以卸責到警方身上。

但在這一刻阿達並沒有細想這些細節。大石和阿興的聲音來自門外上方，也就是說電梯目前並非準確地停在九樓，而是比九樓略低一點的位置。

換言之，只要大石和阿興撬開九樓的電梯門，便會面對電梯轎廂的上方。

氣球人可能正潛伏著的地方。

「大石！住手！」

「嘎！」

阿達沒來得及喝止對方，電梯門便霍然打開，亮出半面電梯槽的內壁，以及牆壁上方「洞口」中的大石和阿興的下半身。

「咦……阿達你怎麼拔槍了？」大石抓著鐵撬，蹲下歪著頭向著電梯裡的阿達問道。

「上面！電梯頂！」阿達焦急地回望天花板的活門，舉槍向上戒備。

「上面？」大石站直身子，兩秒後再蹲下，說：「電梯頂上有什麼？」

「上面沒有人嗎？」阿達愣住。

「沒有喔。」大石掏出手電筒，往電梯槽照射過去，探頭探腦地朝上瞧了老半天，也沒看到任何異樣。

阿達一時間無法反應過來，但刑警的本能讓他迅速回復應有的警覺性。既然氣球人不在電梯頂，代表那傢伙很可能就是快遞員或維修技師其中一人——

然而他回望兩人時，又不禁猶豫起來。面對大石打開的那個缺口，兩個人流露出一副得救的神情，阿達直覺上認為他們真的擔心過會在電梯裡一命嗚呼。到底自己的推理是不是出錯了？被困電梯真的是意外嗎？所以偽冒成訪客的氣球人也是這場意外的受害者嗎？抑或是氣球人根本還沒抵達，自己只是因為一連串巧合而自尋煩惱？

陷入混亂的阿達無法理出頭緒。他恨不得葛警官這時在場，他知道在推理能力上自己遠不如經驗豐富、觀人於微的組長，唯有葛幸一才能透過重重疑雲看穿真相。

由於電梯停在比九樓樓地板低的位置，眾人只能靠大石和阿興蹲下身子、一左一右伸手逐個攙扶協助離開。阿達擔心過電梯會在某人被拉出時突然下降，電梯口就會變成鍘刀一樣將人攔腰斬斷，但他顯然過慮。就算沒有那個年輕警衛幫助，孔武有力的大石也能輕鬆將眾人救出來，每人經過那個八十公分左右高低差的出口根本不用半秒鐘。技師本來想率先離開，但西裝男伸手阻止，說該讓女士先行，還裝紳士地扶了金髮女一把。阿達故意留到最後，因為他怕事情生變，但直到所有人回到九樓的地板上都沒有任何異樣，就像一場普通的電梯被困意外和尋常的獲救經過。

「大家有受傷嗎？」大石環顧眾人一遍，問道。阿達望向走廊兩邊，發現有些上班族站在辦公室門前看熱鬧，議論紛紛，似乎剛才的小騷動引起了他們的興趣，而阿興則取出印著「危險勿近」的黃黑雙色膠帶封條，橫向貼在打開的電梯門上，防止這些好奇心比貓還要重的無聊傢伙之後誤墜。

「沒有，」西裝男搶白道，「不過這位先生胡亂拔槍，情緒不太穩定，他是你的同僚吧？麻煩你留意一下，我要先回辦公室處理要事……」

「不行！」阿達聞言喝止。雖然他已收起手槍，但他仍有隨時拔槍的覺悟。「甘先生，我剛才的警告不是說笑，你可能有生命危險，請你別輕舉妄動。」

「我回公司也是輕舉妄動嗎？」西裝男有點不悅。

「是。」阿達斬釘截鐵地答，「還有你們，我要確認你們的身分才容許你們離去。」

阿達指了指快遞員和維修技師。

「這、這是非法禁錮！」快遞員抗議道。技師倒默不作聲，只是冷冷地盯住阿達。

「警察先生，那我可以離開吧？」金髮女面無表情地說，「那家基金公司的經理正在等我，有什麼閃失的話，我代表的集團會向警方追討損失。」

阿達沒想到金髮女也懂得擺出這副咄咄逼人的態度，不過考慮到氣球人的性別，讓她離開也沒差。她在牆上螢幕按下「16」兩個字，不到數秒，另一部電梯便應召而來，她離開前還以睥睨的眼神瞅了眾人一眼。

「長、長官，我也要回到一樓，大廳有很多人不願意留下資料便跑掉，訪客又各種為難，我的前輩一個人應付不了……」阿興說道。

「嗯，那你……」阿達本來想允許對方離開，可是他覺得阿興的說法有點奇怪。「等等，為什麼那些人會為難你們？不過是留下個資而已？」

「我也不清楚，但他們就是不願意，大概是重視隱私吧？」

「嗯……你還是先等一等，待我確認這兩人沒有問題後，你再回去。我的同事會替你們處理那些不合作的傢伙。」阿達指了指大石。阿達沒明說的，是他害怕發現快遞員或技師其中一人是氣球人後，自己或大石會遭到暗算，到時只能眼巴巴看著對方再次逃跑。雖然阿興看起來手無縛雞之力，但他好歹是名保全人員，危急之際多少能派上用場。

「警察先生，你還是先說清楚，」西裝男插嘴說，「你到底憑什麼說有人想要我的命？」

「警方收到可靠的線報，知道某個殺手今天會到科創中心作案。」阿達冷眼掃視快遞員和技師，「目前已有好幾間公司的老闆或行政人員遇害，所以甘先生你很可能也是目標。這傢伙神出鬼沒，殺人如麻，能夠使用奇異的手段殺人於無形……」

「你怎麼說得像是都市傳說一樣啊？就像那個啥鬼氣球人傳說……」西裝男笑道。

「正是，可是那不是傳說，是事實。」

西裝男和快遞員聽了都露出不可置信的表情，只有技師嗤笑一聲，說：「刑警先生，你腦袋秀逗了嗎？氣球人？那不過是騙小孩的鬼故事！而且商業罪案什麼時候跟都市傳說中的殺人魔扯上關係了？你要撒謊也該撒個高明一點的嘛！」

「信不信由你，我只知道這是逮捕那傢伙的機會。」

「這位警察先生，」西裝男無視阿達，轉向大石，「你的同僚是不是真的有病啊？這是什麼妄想症嗎？我看你還是先收下他的手槍，萬一他待會失常，我們都小命不保……」

「呃，這個……」大石一時語塞，他不知道該不該向平民透露氣球人小組的消息，尤其他是個局外人。即使他頭腦不靈光，也曉得有些情報不能公開，只好少說少錯。

「長、長官，你剛才說收到線報，內容是什麼？」在西裝男和技師為阿達和大石添亂的當下，阿興按捺不住好奇心，悄聲問道。

「就是說那個殺手今天會到科創中心十六樓——」

阿達沒有把話說完，腦海中猛然閃過的一個念頭使他愣住。恍神一秒後，他回頭望向電梯。

——「氣球人的下個目標在科創中心十六樓，今天便會下手。」

線報是「目標在十六樓」，並不是「目標在十六樓工作」。

阿達赫然想起秦寶城曾下令殺死不少大企業的要員，而剛才金髮女郎似乎正是前往跟基金會洽談合作的公司高層——

「不好！」阿達按捺著激動的心情，往螢幕上按下「16」兩個字，再緊張地張望。

「阿達，怎麼了？」

「那女人有危險！她可能才是目標！」阿達盯著顯示電梯位置的螢幕，可是一台停在一樓完全不動，另一台正緩緩地從七樓下降至六樓。他知道自己不跑樓梯便可能來不及了。

「大石！」阿達衝進梯間前，指了指西裝男他們三人，對大石喝道：「你給我好好看管他們三個！有什麼不對勁別遲疑，先開槍再說！」

西裝男他們固然大聲抗議，但阿達沒有聽到，眾人叫嚷時他已一口氣爬上一層樓梯。七層樓梯說長不長、說短不短，阿達速度再快，也得花上超過一分鐘。他喘著氣，拔出手槍，推開十六樓樓梯間的門。十六樓走廊沒有人，他看到牆上指示著一六〇三室金門橋基金會的方向箭頭後，在轉角確認沒有人埋伏、基金會辦公室沒有異樣便疾步衝過去。

「您好，請問有什麼——啊呀！」在「金門橋創投基金會」的牌匾下，接待處的女子本來笑臉迎人地對阿達打招呼，但當她看到阿達手上的手槍立時花容失色，驚惶得想蹲下來躲在櫃檯後。

「我、我是警察！」阿達舉起警章，女生才定過神來站直身子。「那個金髮女人還在嗎？」

「金髮女人？」

「剛才不是有一個金髮女人到訪，要跟你們談生意嗎？」

「我們今天沒有訪客啊？」女生一臉不解。

「沒有？可是……」

「警察先生，你說金髮嗎？」一名本來在辦公室裡工作，因為聽到接待小姐驚呼而走出來看看的男生說道，「我剛才上洗手間，回辦公室時在走廊看到一個穿紅色連身裙的金髮女子搭電梯上來，可是她離開電梯後只在數字盤上按了一下，便乘同一部電梯回去了。你是指她嗎？」

「咦？」

阿達腦海一片空白，然而上天沒有賦予他思考的餘暇。

「叮咚叮咚叮——」

阿達的手機響起，他茫然地從口袋掏出，驚覺來電者是大石。

「喂？」

「阿達！你快回來！麻煩大了，人要死啦！」

手機裡傳出大石焦灼的聲音，阿達更聽得出他的語氣帶著一絲駭然。在大石的聲音以外，背景還有一串有如呻吟的奇詭嘈雜聲，阿達無法想像九樓到底發生了什麼事。

比起向上跑七層樓梯，往下奔跑快得多，阿達差點滾著回到九樓。當他推開樓梯間的門，他便知道剛才電話中那些背景聲是什麼。

縱使那是常人無法想像的情景。

西裝男躺在地上，臉色發紫，雙手抓著衣領，身體微微顫動著。雖然他仍然活著，但阿達看得出他距離死亡不過一步之遙，也知道他已經沒救了。西裝男的脖子像牛蛙般脹起，鼓起來的部分使他的頭顱看起來比平時大了一倍，嘴巴還被塞了一大團不知名的粉紅色物體，將他的下顎撐至幾乎脫臼。阿達定睛看了兩秒，才驚覺那團大小如葡萄柚的粉紅色物體並非異物，而是西裝男的舌頭——他的舌頭嚴重發脹，壓住他的氣管，甚至讓他的下巴幾近脫臼。

「大石——」

阿達轉頭望向另一方，只見大石跪坐地上，抱著同樣被自己腫脹的舌頭塞喉的快遞員，正嘗試用方法讓他呼吸，可是徒勞無功。警衛阿興跌坐在一旁，一臉驚懼地瞧著這詭異的光景，而在大石身旁還有業已斷氣的維修技師，死狀跟另外兩人一模一樣。

「大石！發生什麼事？」

「我不知道！」大石只瞟了阿達一眼，一邊繼續用手指努力扒開快遞員的嘴巴，一邊慌張地說：「穿西裝的那個人突然怪叫，之後他的舌頭就腫起來，整個人倒在地上掙扎！阿達你叫我提防他們，我本來以為有什麼陰謀，可是剩下兩個人接著都出現相同徵狀！我見他們喘不過氣，便想方法替他們急救，可是不行了……」

有一剎那，阿達以為自己的舌頭也要腫脹起來，死神重臨索命，可是他沒感到身體有任何異樣。確認自己沒有遭到毒手的那一刻，他立即察覺自己犯了一個先入為主的觀念錯誤，從而下了一個錯誤的決定——

他不該因為「性別」而排除「金髮女」的嫌疑。

「大石，叫救護車！」阿達只丟下一句，沒理會大石便回頭往梯間向下跑。

阿達甫衝回大廳，建叔便立刻抓住他，向圍在身旁、面露不悅的兩個男人說：「就是這位長官說要留下資料的！冤有頭債有主，你們要追究便找他，別問我！」

「警察先生！你知不知道要求訪客留下資料嚴重影響我們的業務？」一個穿T恤牛仔褲的高個子挺著胸膛向阿達質問：「匿名性是網路時代的特質，假如不能保護客戶的隱私，我們的損失——」

阿達沒讓那男人說下去，將他一把推開，直瞪著對方雙眼，厲聲吐出一個字：「滾。」那兩個男人大概沒料到阿達反過來耍狠，其中一人還想反唇相譏，但另一人趕緊拉住同伴。他察覺到阿達深藏的怒火。

「剛才是不是有一個金髮的女人離開？」阿達緊捏住建叔手臂，疾言厲色地問道。

「女人？金髮？」

「穿紅色裙子的，走了不到三分鐘！」

「啊……那個啊？我攔不住她啦，這兩位先生老纏住我，她沒留下資料不是我的錯……」

「我不是跟你說這個！」阿達幾近咆哮地大嚷：「我是問她往哪兒走了！」

「她啊……對，她在門外坐上一輛計程車，往市中心的方向離開了。」

阿達沒回頭便往門外直奔，打算衝回自己的車子時，卻看到三輛黑色轎車疾速駛至——帶頭的那輛正是葛警官的座駕。他連忙揮手截停，直接跳上後座，只見葛幸一訝異地瞧著自己。

「阿達？你——」

「市中心方向！計程車，三分鐘前開走的！」阿達對負責開車的同僚嚷道。開車的刑警跟阿達共事多年，頓時了解阿達的意思，直接踩下油門讓車子往前疾衝。

「阿達，氣球人在前面？」葛警官沉住氣問道，而阿達點點頭。「肯定沒錯？」

阿達簡潔地將九樓三名受害者的狀況向組長說明，再補充了剛才被困電梯的經過。

「但……女人？」葛警官狐疑地問。

「我大意了，」阿達悻悻然道，「那可以是男扮女裝啊！」

阿達想起金髮女沙啞的聲線，不由得感到悔恨，自己竟然被露出大腿的連身裙和豔麗的濃妝騙倒。他自責應該小心一點，禁止那「女人」離開，如此一來，儘管西裝男他們可能仍逃不過被殺的宿命，他和大石也有機會跟犯人正面角力。就算最後讓氣球人逃走，只要他們其一倖存，記得那傢伙的長相特徵，也會是警方尋覓多時的突破口。

車子駛進市中心便遇上塞車，阿達打開車窗，探頭環顧四周的計程車，嘗試留意當中有沒有紅衣金髮女郎。當他望向前方街角，便發現塞車的源頭——該處發生事故，一輛計程車停在路上阻擋了一條車道，車門打開，旁邊有不少人在圍觀，拿出手機在拍照。

隨著葛警官的車子駛近，阿達看到計程車車廂裡那頭金髮和紅色的身影。他趕緊叫同僚煞車，車子還沒停定他已搶先躍出，舉起警章拔出手槍往計程車衝過去。

「讓開，讓開！」他驅趕人群令他們讓出一條路，然而當他走近時，卻看到意料之外的情景。

金髮女半倒在計程車後座的座椅上，鬢髮凌亂，右手緊捏胸前，兩眼反白，嘴巴被自己發脹的舌頭堵住，窒息而亡。

「警察嗎？你是警察嗎？」一個中年男子看到阿達的警章和手槍，臉色蒼白地步近，說：

「我不知道她為什麼變成這個樣子，與我無關！她上車時還沒有異樣，怎知道突然喊了一聲，我從後視鏡便看到她變成這副德性，我之後已經立即停車，但她……」

「你是司機？」阿達抓住對方的衣領，問道：「你是不是在幾分鐘前在科創中心接她的？」

「對啊，那時候她還好端端的嘛……」

「她一個人上車？有沒有同伴？」

「沒有，就只有她一個人……她說要到北區第六街，我便開車嘍……我真的不知道發生了什麼事……」

這傢伙不是氣球人——事情的發展一再推翻阿達的猜想，他無法理解哪裡出了錯。為什麼這些人全死了？這毫無疑問是氣球人的手法吧？可是對方是如何下手的？對方利用電梯那個密閉空間下毒？某種神經毒氣？可是同樣被困在電梯裡，為什麼自己沒有中毒？還是說，他們被困前已中了暗算，氣球人早在自己未到場時已完成任務了？

阿達想到這兒時，腦海赫然浮現他走進電梯前，那道曾令他十分在意的神祕身影——

那個戴墨鏡的長髮男人。

十五分鐘後，救護員分別趕赴兩個現場，可是四人已回天乏術。法醫後來檢驗，無法找出死者舌頭脹大的原因，葛警官遂判定元凶是氣球人。氣球人調查小組根據阿達的證詞，大規模搜索那個長髮男的身分和去向，可是處處碰壁，調查毫無寸進——科創中心大廳的監視器拍到嫌犯在阿達進入電梯後不到一分鐘便離開大樓，他在保全櫃檯留下的資料全是偽造，而且大樓沒有租戶認識這名男子。

更大的問題是阿達發現他被困電梯期間，願意在保全櫃檯留下個人資料的人當中，有一半以上填的都是假資料。

葛警官發現科創中心近月有大量身分不明人物進出，原因是大樓三樓有公司裝設了加密貨幣兌換提款機，不想在金融機構留下兌換加密貨幣紀錄的人，都來進行不記名的現鈔交易，葛警官估計當中有不少是從事黑市買賣或洗黑錢的地下業者，增加了調查難度。阿達追趕金髮女時在大廳遇上的那兩個男人，便是這家兌換公司的經營者，他們當然對阿達要求訪客留下個資大感不滿，畢竟使用服務的，大都是不願意身分曝光的傢伙。

追捕凶手一事上，警方束手無策，可是在調查死者身分上，卻意外釐清不少案情。直至案發翌日，阿達仍認為氣球人受僱於秦寶城，奉命殺死西裝男，為了製造混亂故意殺害其餘三人——縱使他無法解釋金髮女、快遞員和維修技師的種種怪異行為表現——警方拿到四名死者的個人檔案後，阿達才發現令他啞然的真相。

線報「氣球人的下個目標在科創中心十六樓」確切無誤，錯誤的是阿達的理解方式。目標不是「人」，而是「公司」。

表面上ＥＺ系統顧問是替企業提供ＩＴ支援的小公司，實際上那只是用來掩飾身分的門面——ＥＺ是一支商業駭客團隊，專門盜竊企業情報、竄改數據庫資料、挖掘高層幹部祕密。簡而言之，就是商業間諜。

而四名死者就是ＥＺ的全部成員。

西裝男是主腦，快遞員和維修技師是前線技術支援——就是潛入目標辦公室裡安裝間諜儀器或偷看密碼的人員——金髮女則主攻美人計，直接在夜店或酒吧釣那些色瞇瞇的董事長，打探消息。金髮女並非男扮女裝，她的聲線沙啞的確是喝酒太多害的。阿達覺得西裝男面熟，是因為他曾在過去的商業案件中見過對方的照片。西裝男雖然年輕，在相關業界卻已是老手。

阿達了解這些事實後，終於推敲出被困時感到不對勁的緣由。他估計那四個人剛完成某項委託，所以快遞員和技師仍穿著偽裝的服飾，而礙於這副裝扮，他們四人只好假裝互不相識，畢竟他們幹的是非法勾當，讓陌生人——阿達——留意到只會搞砸自己的生意。當阿達向他們表露身分時，他們更加提高警覺，作出防避——阿達的名片上，正好印著「商業犯罪調查課」。面對「天敵」，四人自然不得不小心，不惜撒謊混淆視聽。他們以為阿達的追捕目標是自己。

阿達訛稱調查櫻桃遊戲個資失竊，四人已有所警惕，懷疑阿達所言不實，各懷鬼胎找藉口脫身。西裝男沒必要隱瞞身分所以直言，金髮女為了避嫌於是祭出金門橋的名字。快遞員資歷淺，遇上這種緊急狀況不懂應對，在技師搶先說出到ＥＺ修理網路後，不知道選哪個答案才是正解，情急下只好丟出他記得的一家位於六樓的公司名。阿達甚至快遞員都不知道的是，在電梯裡西裝男和技師一直以手機傳訊息，商量如何化解眼前的危機——警方在調查死者遺物時，在手機裡找到這些對話紀錄。阿達知悉眾人身分後不禁責罵自己愚笨，回憶起被困時技師與西裝男的對答明明有著矛盾，自己卻大意沒發現——既然ＥＺ系統顧問本身也提供「極完善網路工程」服務，那何須多此一舉另聘維修技師上門更新網路系統？

然而電梯發生意外的原因，阿達和葛警官仍茫無頭緒。物理上的原因警方是查得出來的——科創中心的電梯系統被駭客惡意修改，透過網路加入了使電梯故障的指令，甚至可以讓它失控下墜。不過，電梯本身有安全裝置，防止災難發生，即便電梯急促下降，電梯軌道的煞車機關也會自動生效，而這正是阿達他們從十三樓急墜至九樓後電梯煞停的原因。然而犯人的動機則無法得知，這做法充其量只會為電梯乘客帶來短暫的不便，不會奪去被困者的性命。正因為這緣故，比起認為始作俑者是氣球人，阿達覺得這更可能是科創中心某些租戶搞的鬼——科創中心聚集了大量科技專才，其中不乏駭客和以入侵系統為樂的系統專家，也有像研發「深假語音」這類落在灰色地帶技術的科研公司。或許有人像西裝男他們一樣，透過大廳的監視器發現商業犯罪調查課的刑警趕至，以為要對付自己，慌忙執行電梯故障的指令，困住阿達，好爭取時間消滅罪證。

至於EZ全體成員為何被秦寶城買凶，葛警官和阿達猜測他們曾對凱撒集團出手，跟秦寶城結下仇怨，招來報復，可是無法找到任何證據。這一場警方與氣球人的對決，以後者獲得完全勝利告終，調查小組得到的新線索只有監視器影片中戴著太陽眼鏡、面目模糊的十數秒片段，以及訪客紀錄簿上一手故意隱瞞特徵、寫得七歪八扭的潦草筆跡。

最教阿達感到氣餒的，是這回不單讓氣球人逃之夭夭，還無法阻止秦寶城繼續作惡。他不知道直到秦寶城病發喪命之前，還有多少人會遇害。

「辦妥了嗎？」坐在駕駛席的仲介人問。

「嗯。這次的委託者安排周到，一切都預約好了，自然沒問題。」氣球人關上副駕駛座的門，摘下假髮，解開領帶。

仲介人開車，離開凱撒集團大樓的地下停車場。

「你這次沒有像上星期科創中心那樣子弄得那麼大陣仗吧？」仲介人駛上公路時笑道。

「拜託，那又不是故意的，就說是逼不得已的嘛。」

氣球人再次想起那樁麻煩的委託和出乎意料的危險。

──「這項委託有特別的要求，需要『同時』剷除目標四人，不能讓他們當中有人落單，發現自己有生命危險，留下訊息。」

警方查不出來的是，EZ並沒有對付過凱撒、跟秦寶城結下梁子，相反地，EZ過去半年受聘於秦寶城，盜取了不少敵對企業的情報，又暗中以電腦病毒和勒贖軟體破壞了好幾個競爭對手的資訊系統。秦寶城之所以要幹掉姓甘的一夥，全因為四個字──兔死狗烹。利用完了，知情太多，自然要殺人滅口，杜絕後患。

氣球人原來的計畫是讓四人當晚各自回家後因心臟病發或腦動脈破裂等「意外」而死，這樣子便神不知鬼不覺，然而他沒料到下手當天有警察殺到。

那傢伙還是曾經見過他但沒死的刑警。

三年前在馬可波羅飯店事件中，他不殺阿達是出於計謀的一部分，但也令對方成為少數曾被自己輸入指令卻沒嗝屁的傢伙之一。氣球人很擔心對方會認得自己，畢竟他的最大優勢就是「藏葉於林」，以不起眼的外表接近獵物，萬一樣子被警方知道，那往後麻煩就極大。

更糟糕的是，那個警察是衝著自己而來，知道他當天要下手。

由於委託人要求「滅口」，加上行動已被警方知悉，所以氣球人只能使用「被舌頭哽噎而死」這種奇詭的手法去殺人——一來不但要殺死目標，更要防止他們在彌留臨終之際吐出委託人的名字，洩露情報；二來，既然警察已知道目標被買凶，讓他們死於「自然」反而暴露了自己的殺人手法特質。警方可不知道氣球人能令人出現「腦瘤爆破」的假象，一旦知曉，便能夠將更多舊案子歸納起來，獲得額外的線索。

「『同時滅口』有夠麻煩的，」氣球人扭開一瓶礦泉水，喝了一口，「假如下次再有同類的委託，還是幫我推掉吧。」

「但我看你做得不錯喔。」

「可是實在划不來嘛！」氣球人搔搔頭髮，不滿地說：「雖然委託人特意安排讓目標四人同時回到大樓，給我製造下手機會，你又提供了技術支援讓我用遙控器使電梯失靈，但要我待機等候一整個月，老天，你知道我多辛苦？這陣子我還要替委託人幹掉其他目標，日夜出勤，我快累死了……」

「嘟嘟嘟嘟——」

一串手機鈴聲打斷兩人對話。氣球人撿起放在身旁的一支手機，瞄了一眼，嘆了口氣再說：「看，還有這種纏人的善後工作，你說是不是划不來？」

氣球人按下接聽按鈕，換上另一種語調。

「嗯，老闆！是是……不啦，謝謝讚賞，但我不再做了，反正沒過試用期對不對？不用一個月前提出辭職信吧？嗯……建叔他太誇獎我啦，可是老闆您不用再挽留，我真的另有打算。對了，我要出國一陣子，這手機門號之後會沒人接啦……好好，後會有期！再見！」

氣球人掛掉電話，想起當天在大廳聽到阿達說出「人命」二字，不由得項脊一涼，差點以為對方來逮捕自己。眼看阿達早不到、晚不到，偏偏碰巧跟目標共乘一部電梯更是超級大意外，他差點想打退堂鼓，可是四人同時現身的機會絕無僅有，只好硬著頭皮執行原定計畫，還得求神拜佛那些傢伙不會笨得被阿達抓辮子，察覺他們跟凱撒的雇佣關係。為了確認警方知道多少，他甚至在攙扶一眾目標離開電梯、同時輸入「五分鐘後舌頭充氣二十倍」的指令後，冒險向阿達探問「線報內容是什麼」。那時萬一讓阿達想起三年前見過自己、跟自己握過手，那就萬事休矣。

真是划不來的工作。

「唉，也許警方已經盯上我了。」氣球人嘆道。

「安啦，我收到的情報是，他們仍在追查那個想到三樓換錢的男人，以為他是你。」

「說不定你收的是假情報喔。」

「總之放心吧，反正秦寶城不會再下令，按照警方慣例，事件會不了了之。你確定你剛才的工作辦妥了，就沒有問題啦。」

氣球人點點頭，望向車窗外的藍天白雲，思緒徐徐遠去。秦寶城明天便不會再下令殺人了，因為他將會失去殺人的理由——十二個鐘頭後，秦寶城的接班人兒子便會因心肌梗塞「意外病逝」。

今天滅口的是幹髒活的低層小人物，難保明天殺的是出謀獻策擔當左右手的自己——所有位高權重的大人物，身邊總有密謀後路但求自保的心腹啊。

5

謀情害命

我在這個車廂後座裡，已經等待了差不多一個鐘頭。為了不讓人察覺，我弓著背，蜷縮著身子，整個人幾乎躺在座位上。夏天的車廂非常悶熱。即使車子停在室內停車場，沒有被太陽直接照射，那股熱力仍教我汗流浹背。我想車廂裡的氣溫有攝氏四十度以上——雖然我也明白，這熱度很大的原因是發自我的身體。人類的正常體溫有三十七度，密封的車廂就像一個保溫瓶，而我就是當中的發熱體。

我很想打開空調，可是我知道這是不可能的事。開空調要啟動引擎，引擎一開，他人便會注意到我了。

媽的，電影中的殺手這些時候不都是很帥的嗎？為什麼在現實裡實行起來卻如此狼狽？再這樣下去，恐怕我要在這輛陌生的車子裡昏倒了。

話說回來，這車子真是豪華，不愧是德國名車。座椅寬敞、軟硬適中，而且座位外面包的是真皮，觸感舒適，跟我車子的「仿真皮」座椅感覺上有天壤之別。車廂的空間很大——如果換成我家那台小巧的日本車，恐怕我在半小時前就已經悶死了。

「踢躂……」我豎起耳朵，車外傳來腳步聲。聲音清脆，步幅不大，腳步聲的主人應該是穿高跟鞋的女人。很可能是我的目標。

我沉住氣，把身子縮得更低。腳步聲愈來愈近，最後停在駕駛席外。

「嗶。」那個人按了防盜遙控器的按鈕，車子就像回答主人似的，發出愉快的聲音。

我的心裡也同時發出愉快的聲音。

車門喀的一聲打開，那個女人坐進駕駛座。一如所料，她只有一個人。她戴著做作的紅框太陽眼鏡，濃妝豔抹，頭戴一頂白色的寬緣帽子，身穿白色的洋裝，脖子掛著一串明亮圓潤的珍珠項鍊。如果我沒猜錯，光那頂帽子的價值已足夠支付我一個月的生活費，那串珠鍊足夠我買兩輛車子。

女人沒察覺我這個躲在後座的不速之客。我稍稍坐直身體，盯著後視鏡中她那姣好的臉孔。

她關上車門，插進鑰匙啟動引擎。這個蠢女人至今仍未看到我。我再把身子坐直一點，挺起胸膛，雙手交疊放在大腿上。

她繫上安全帶，再調整一下後視鏡⋯⋯

「哇！」

她終於看到我了。

「你、你是誰！」她嚇得整個人向前傾，一手握著車門門把，卻忘掉自己扣上了安全帶，即使打開門也逃不了。

「別緊張，郭夫人。」我笑著說：「妳忘了嗎？是妳約我的啊。」

「我約你？」她仍握著門把不放。

「我是氣球人。」

「你就是那個⋯⋯殺手？」她壓下聲音問道。

「沒錯。」

「我不是約你兩點鐘在西區的車站見面嗎？」

「妳認為我會在客戶預定的地點跟客戶碰面這麼笨嗎？就算對方不是警方臥底，萬一被設計怎麼辦？」我說。我知道她今天早上會到美容中心，所以早一步潛入她停在停車場的車子裡。「郭夫人，請妳明白，我們這一行做事必須小心一點，畢竟動手的是我，有些愚蠢的客戶以為只要我完事後被滅口，他們就可以一勞永逸。」

「你怎麼有辦法走進我的車子裡？」

「這些防盜工具只是小玩意，認真一點就能解開。」我掏出一個遙控器，「問題是這小工具的價錢不菲，一般盜匪才不會花大錢買這種東西。」

「那麼，我們現在到哪裡……商談？」郭夫人問。

「就在車廂裡談好了，」我指了指前方，「不過麻煩妳一邊駕駛一邊談，這樣子我們既不會被騷擾，也不用擔心有第三者聽到我們的對話。我想妳也明白，殺人和教唆殺人同樣大罪，我這個殺手萬一有什麼下場也可說是意料之中，可是妳貴為富豪企業家郭慶言的妻子，最後有個不光采的結局就未免太悲哀。」

郭夫人點點頭，表情有點慌張。她將車子駛離停車場，往高速公路駛去。

「還有一件事我希望妳馬上做。」我說。

「什麼事？」她緊張地問。

「麻煩妳把冷氣開大一點，我快熱死了。」

車子駛上高速公路。週三下午一點多的高速公路上汽車並不多，燦爛的陽光照射下，遠方的山巒呈現一片閃亮的綠色。

郭夫人的心情似乎已平復下來，她脫下太陽眼鏡，氣定神閒地聊著一些瑣碎的事，還不時從後視鏡偷瞄坐在後座的我。

在我潛入車子前，我已調查清楚郭夫人的底細，而事實上，她的底細可說是人人皆知。她原名丁婕雯，今年三十五歲，是企業家郭慶言的第三任妻子，三年前郭氏的第二任妻子死去後，她在翌年嫁入郭家。雖然丈夫比妻子年長差不多三十歲，這場婚姻在當時亦引起不少羨慕目光——女人都嫉妒丁婕雯可以嫁給亞洲二十大富豪之一、全球第二十六位最有影響力華人、家財超過一百億美元的慶鴻集團創辦人郭慶言；而男人則羨慕郭慶言可以娶到選美出身、被稱為二十一世紀性感尤物的影壇美女丁婕雯當妻子。

雖然他們宣稱「愛情與財富、年齡無關」，但任何人都知道，如果郭慶言不是如此有錢，丁婕雯才不會對他看上眼；而如果丁婕雯不是擁有36D的身材和標緻的臉蛋，郭慶言亦不會在對方身上大灑金錢。

我透過後視鏡仔細端詳郭夫人的樣子。她真人比雜誌照片更迷人，即使年屆三十五，外表就像一個二十出頭的少女。不過，她擁有少女沒有的嫵媚，在她豔紅的嘴唇上，流露出一份成熟女性的妖嬈。

我想起一個老套的說法——薔薇都是帶刺的。這麼動人的美女，現在正面不改色地委託我這個殺手，去幹掉一個她討厭的人。

「我想你替我殺掉綺嵐。」

「郭綺嵐？令千金？」

「請你搞清楚，她只是我丈夫的女兒。」

雖然有點意外，但看樣子，又是老掉牙的戲碼吧。

郭綺嵐是郭慶言的獨生女，是郭慶言的第一任妻子所生，而這位夫人在綺嵐出生後不久便因急病死去。郭慶言一直醉心事業，在四十多歲時才得此女兒，疼愛得不得了，媒體都形容她是郭氏的掌上明珠。她今年十七歲，在名門女子高中就讀。由於她青春可人、樣子漂亮、禮儀端正，對人有禮又沒有富豪二代的架子，深受媒體和宅男喜愛。

「妳要我幹掉她，是為了妳丈夫的財產嗎？」郭慶言的親人就只有妻子和女兒，這種猜測雖不中亦不遠吧？

「那……是理由之一，但不是重點。」郭夫人露出厭惡的表情，說：「雖然我入郭家門已有兩年，一直以來我也以為自己是郭家人，但我上個月才知道，對他們來說我還是外來者。那對父女根本就沒有把我放在眼內。」

「發生什麼事？」

「我丈夫……他患上癌症。還是末期的。」郭夫人眉頭緊皺。

「哦？坊間沒有這消息喔？」

「連對我這個妻子也不肯說，你認為他會告訴別人嗎？」郭夫人的聲調漸漸提高。「慶言他竟然只把這消息告訴女兒，對所有人都守密！我這個妻子，他根本沒放在心上……」

「那妳怎麼知道的？」

「有天我偷聽到綺嵐講電話，對方好像是慶言的醫生，內容提到什麼報告、什麼末期、什麼不可以讓我知道……後來我趁著綺嵐不在家，偷偷打開她的抽屜，發現那份報告。」郭夫人的語氣帶著惱怒，「上面寫著，慶言只餘下半年的壽命。我不敢拿著報告跟他對質，只好以試探的口吻去問他身體有什麼不妥，他卻裝作沒事，還發怒罵我多管閒事。」

「所以妳知道丈夫快死，要把另一位合法繼承人幹掉就是了。」我淡然地說。

「我就說不是那樣子！」郭夫人大嚷：「我最受不了的是他們兩父女瞞著我！就算我嫁給他兩年，跟他出席大大小小的場合，他還是把女兒放第一位！」

換言之，是妒忌吧。女人的心理都是如此。

「好吧，總之殺掉郭綺嵐就行，對不對？」為了安撫對方，我把話題轉回她的目標上。

「不，我不要這麼簡單殺死她。」郭夫人目露凶光，說：「我要製造一個場景，讓她充滿戲劇性地死去。」

媽的，麻煩又來了。為什麼我老是碰上這種要求多多的客人？我當殺手當了七年，七年間總是遇上這些傢伙。拜託，讓我簡簡單單乾乾脆脆把目標做掉，皆大歡喜就不行嗎？

「妳想要什麼『場景』？我擅長將死者偽裝成意外致死，成功率可說是百分之一百……」

「我想你先去綁架她，然後撕票。」

靠。

「綁架？」我問道。

「不是真的綁架，先幹掉她再把屍體綁走也可以。我只是要教訓慶言，既然他如此溺愛女兒，就讓他感受一下女兒被綁、生死未卜的滋味，然後在知道女兒被殺的一刻崩潰。」

「這樣做對妳來說沒有什麼好處啊？」

「當然有，」郭夫人露出狡猾的笑容，「我要慶言在死前的這半年裡，知道在絕望的時候，就只有我能夠給他安慰和支持。」

女人的獨占欲真是可怕。

「那麼說，妳想我替妳殺害郭綺嵐，再偽造綁架的跡象，數天後才讓屍體曝光？」

「就是那樣子。」

我嘆了一口氣，說：「明白了，我就照著辦。」

「真的沒問題？」郭夫人好像對我如此爽快答應感到訝異。

「沒問題。雖然工夫不少，要花點時間準備，而且我另外還有委託，但應該沒問題。」

「另外還有委託？」

糟，差點說溜了嘴。向第三者透露客戶資料是我們這一行的大忌。

「啊，郭夫人請妳放心，我是專業人士，即使同時處理三宗甚至四宗委託，也會順利完成。」

其實我最討厭一心二用，可以的話我也不想同時接下兩份工作啊。

「關於費用方面……」我說。

「錢的方面你不用擔心，」郭夫人嘴角微微上揚，「我的私房錢不少。我聽說公定價是五萬美元，我要求你加上偽裝綁架，我出雙倍，十萬。如何？」

「不，我這次想收的報酬有點不一樣。」

「哦？是黃金？還是珠寶？抑或是車子或不動產？房子有點麻煩，因為會有契約的問題……」

「我想要妳的身體，一次就好。」我臉不改色，在後視鏡中盯著她豐滿的胸脯。

「你……你是什麼意思？」郭夫人顯然沒想過我會這麼說，臉色一陣紅一陣白，結結巴巴地說。

「丁婕雯小姐，」我特意叫她的本名，「妳以前在娛樂圈中，不是靠陪睡才得到那些片約、那些機會嗎？妳當年選美得到冠軍，在好萊塢的電影中客串一角，都是用身體換來的吧？妳不用隱瞞，我老早查得清清楚楚。」

郭夫人沒有即時回答，沉默數秒，說：「我已經很多年沒有那麼做了。我可以給你更多的錢，二十萬？三十萬？」

「我不要錢，我只要妳。」看到她的窘態，不禁讓我得意起來。「錢我隨時可以賺到，但讓妳有求於我，機會難逢。其實妳應該覺得這交易划得來啊，只要陪我睡一次，就可以省下十多萬元。妳以前的價碼也沒有這麼高吧？我知道妳曾替某位牽線的工作，跟好些有勢力的男人有過……『關係』啊。」

郭夫人在後視鏡盯著我。她雖然一副嗔怒的模樣，但仍無法遮掩天生的豔麗。良久，她輕嘆一聲，問道：「只是一次？」

「只是一次。」

「好吧，反正我又不是什麼黃花閨女。」郭夫人的表情閃過一絲苦澀，再疾言厲色地說：「但你得保證，你會完成工作。」

「我向妳保證，我收取妳的『報酬』時，郭綺嵐一定已經不在人世了。」我露出誠懇的笑容。

跟郭夫人首次碰面後的第五天，我再次約她見面，講述計畫。

「怎麼這次不在我的車子談？」甫坐下她便問道。我們身處一家高級法式餐廳內，坐在看得到海景的落地窗前的一張桌子旁。

「這表示我信任妳。」我回答。這間餐廳當然是我挑選的，客人不多，而我戴上假髮、架上眼鏡、穿上筆挺的西裝，一副公子哥兒的模樣。

郭夫人回頭張望，看到我們附近一個客人也沒有，服務生也站得老遠的，登時露出放鬆的表情。「你準備得如何了？」

「大致上已準備妥當。」我說，「不過我們先點餐，吃過東西後再慢慢談。」

我招來服務生，點了幾道名貴的菜色，再開了一瓶紅酒。我很少嘗到這些佳餚美酒，覺得舌頭上享受得不得了，但郭夫人卻對前菜和甜品甚為挑剔，說這間餐廳的質素不如外界所說般出色。

吃過飯後，我搖著酒杯，跟她談論殺人大計。

「我的計畫是這樣，」我掏出一張名片，「妳是這間俱樂部的會員吧？」

名片上寫著「比佛利山俱樂部」。這是一間以名人為顧客對象的私人休閒會所，有高爾夫球場、泳池、健身房、按摩中心、餐廳酒吧等設施，會員非富則貴，是有錢人聯誼娛樂的熱門地點。

「沒錯，是鑽石級的會員。」

「妳女兒也是會員吧？」

「那個丫頭不是我的女兒，」郭夫人露出憎惡之色，「不過是的，她也是會員。」

「我調查過了，郭綺嵐小姐從暑假開始，每個星期二和星期五早上都會到俱樂部游泳一個鐘頭，鍛鍊身體。」為了避免刺激郭夫人，我用上郭綺嵐的全名。「她沒有約朋友，只是自己一個人游泳，而俱樂部在平日早上客人不多，那是下手的良機。」

「你打算在泳池下手？」

「我沒有這麼大膽，別忘了妳提出的要求，我們要『綁架』郭綺嵐，不是單單把她殺死。在泳池裡殺人我當然做得到，但當著救生員和其他客人面前大剌剌地抬走屍體，不太可能吧。」

「那麼……」

「下手的地點是更衣室。」我啜了一口紅酒，說：「等她游泳後到更衣室換衣服時，我把她殺死。這個時段更衣室人不多，要動手不太難。把她殺死後，我偽裝成清潔工，將屍體塞進放毛巾的手推車，然後往停車場，把屍體搬上車子。當妳丈夫發現女兒失蹤後，俱樂部職員會察覺她遺下的衣服和物品，到時就會知道她被綁架。明天就是星期二，我打算明天動手，而且我調查過了，明天俱樂部有維修工程，有一批工人會進入會所工作，發生『綁票案』，他們有最大的嫌疑。」

「好，那就拜託你了。」

「不，郭夫人，妳誤會了，我叫妳出來是因為明天的工作妳也有份。」

郭夫人眼睛圓瞪，一臉詫異地看著我。

「我有份？」

「比佛利山俱樂部是私人會所，我獨個兒走進去很困難。可是，妳是會員，只要妳帶我進去就沒有問題。」

「笑話，為什麼我僱用你，反而要我冒險？」

「郭夫人，我這一個要求只是專業判斷，認為是成功率最大的方法。妳的女……郭綺嵐出入俱樂部有司機接送，她很少有機會落單，想在平時下手相當困難，即使成功在街上綁走她，也會留下大量證據。警方一旦追查起來，麻煩不少。」

我頓了一頓，再說：「而我要求妳協助的只是很輕鬆的部分。我扮成妳的朋友，跟妳一起駕車進入俱樂部，到酒吧喝酒，席間我離開十分鐘下手，把郭綺嵐殺死放進後車廂，然後跟妳會合，駕車離開。沒有人會想到妳的車子裡藏著妳丈夫女兒的屍體吧？」

郭夫人有點猶豫。

「如果妳拒絕的話，我可以再想其他方法，但很可能要多花一、兩個月來調查和準備。」我挨在椅背上，說：「因為妳說過，妳的目的是讓只餘下半年性命的丈夫投向妳，我想妳非常重視『時間』這因素，期望我盡快完成工作，所以我才提出這個有點冒險的計畫。妳放心，明天妳的任務就是陪我進出俱樂部，以及在俱樂部酒吧喝上一、兩杯罷了。」

看來「時間」一詞相當有力，郭夫人遲疑數秒，還是點點頭，表示答允。

我舉起酒杯，說：「讓我們預祝計畫成功。」

郭夫人微笑著，跟我乾杯。

談了差不多兩個鐘頭，確認每一個細節後，我們準備離去。我招招手向服務生示意結帳，然後對郭夫人說：「這一頓，妳不會讓我請客吧？」

郭夫人嗤笑一聲，一臉「不過是小數目」的樣子，從手袋掏出信用卡，遞給服務生。該死，那張信用卡是黑色的，就是傳說中「尊貴身分的象徵、信用額無限」的黑卡。早知道我就開一瓶貴十倍的酒。

我吩咐郭夫人打電話回家，訛稱將車子借給朋友，叫司機來接她。為了明天的工作，我必須在車子上作一些準備。

「我想，妳不會希望郭綺嵐的屍體在妳車子的後車廂裡留下血跡或毛髮吧？」

於是，這一天我駕著一輛德國名車回家。我不想太招搖，但為了工作，沒辦法吧。還好我沒有鄰居，而房東這陣子跟兒子媳婦去旅行了。

星期二早上九點，我駕著車子，跟郭夫人會合。我仍戴著那頂假髮和扮裝用的眼鏡，在這種炎熱的天氣下套一個厚厚的假髮，真是教人渾身不自在。

我接到她後，往比佛利山俱樂部駛去。駛進俱樂部大門時如意料中順利，警衛看到郭夫人的車子當然不會攔下來──雖然我留意到他們眼光中的訝異，畢竟今天駕車的是我這個陌生男子，而郭夫人坐在我身旁。

「你要駛到哪裡去？我的專用車位在左邊。」郭夫人看到我把車子轉往右邊，問道。

「我之前查過俱樂部的平面圖，在更衣室附近有一扇側門，把車子停到那兒比較方便。」我笑著說：「我不想推著藏屍體的手推車逛大街。」

郭夫人點點頭。從剛才開始，她的表情就很緊繃，緊張得不得了。

「郭夫人，請妳放鬆一點。這樣子會引起他人懷疑喔。」

我把車子停好後，提著運動用的手提包，跟郭夫人並肩走進俱樂部大樓。由於她是常客，接待員不但沒要求她登記，更沒有過問我是誰。嘿，看來拿黑卡的人真是特別尊貴，哪管她的黑卡只是附屬卡。

今天我一身休閒服裝，郭夫人也穿著輕便的連身裙，就像結伴到俱樂部打球的樣子。我先到男更衣室，將手提包放進貯物箱，拔出鑰匙，回到大廳，再跟郭夫人一起走進俱樂部的酒吧——由於現在是早上，酒吧只有我們兩位客人——坐在窗前。俱樂部的酒吧設在二樓，從窗戶可以看到俱樂部的游泳池，正好讓我們監視著郭綺嵐的一舉一動。

「一杯瑪格麗特，一杯長島。」我對女侍說。

雞尾酒送上來後，我們側著頭，注視著泳池的情況，偶爾說幾句話，在服務生面前裝作熟絡。雖然郭夫人按捺著焦躁，裝出一副從容不迫的樣子，但她不用一會就喝光了她的瑪格麗特。

「我的也拿去吧，酒精可以減輕妳的緊張。」我把喝過兩口的長島冰茶推到她面前，她呆看著杯子一會，便啜了一口。長島冰茶的酒精度比瑪格麗特高得多，不一會，郭夫人滿臉紅霞，話也變多了。

「來了。」我看到郭綺嵐走進泳池的範圍。她穿著一件連身的粉藍色泳衣，身材雖然沒有郭夫人那麼凹凸有致，但以一位十七歲的女生來說已是相當有看頭。泳池裡有兩位六、七十歲的老伯，加上在泳池邊的救生員，我的視野裡只有四個人，要監視目標的行動可說是易如反掌。

郭夫人也透過玻璃瞪著郭綺嵐，她的眼神充滿妒忌和恨意。女人真是可怕。

郭綺嵐在游泳池來來回回地游著，期間我不斷留意著有沒有其他人走進泳池，以及郭夫人的樣子。我不時提醒她裝作友善，偶爾要露出微笑，以防服務生覺得奇怪。她只好刻意發出笑聲，還裝模作樣地掩著嘴巴，演技有夠爛的，不過我相信可以瞞過他人的眼睛。說起來，她的演技這麼爛，難怪要陪睡才搶到片約。

四十五分鐘後，郭綺嵐離開泳池，抓起放在躺椅的毛巾擦擦頭髮。接著她朝通往更衣室的通道走過去。

「我要工作了。在這兒等我。」我對郭夫人說。

我離開酒吧，到男更衣室取回手提包。手提包裡是一件灰色的連身工作服，我沒脫下身上的運動裝，直接把工作服套在上面。我再脫下眼鏡和假髮，放進手提包裡，然後戴上工人的帽子。

我確定走廊沒有人後，走進雜物房，把收集毛巾的手推車推出來。這手推車除了支架和輪子外由帆布組成，長寬高都有一公尺，只要蓋上一堆毛巾，別說一個，就算收藏兩個甚至三個十七歲的女生也綽綽有餘。我再順手從架子取下一個告示牌。

我把手提包丟進毛巾車，謹慎地推著，走到女更衣室前。俱樂部有數個更衣室，而這個設在游泳池旁，剛才我沒看到其他女性泳客，我幾乎可以肯定裡面只有郭綺嵐一人。不過，以防萬一，我仍小心翼翼地推開大門，窺看裡面一下後，在門前放下「清潔中」的告示牌，才躡手躡腳地推著車子走進去。

更衣室裡真的沒有人，甚至連郭綺嵐也不在——然而在角落淋浴間傳來淅瀝的水聲。我慢慢地走到轉角，透過毛玻璃，看到一個赤條條的身影正在沖澡。

我不能確定那是不是郭綺嵐，所以只好在一旁窺伺著。三分鐘後，水聲中斷，那個赤裸的輪廓轉過身，伸手打開玻璃門。

那是郭綺嵐。

她一絲不掛，清爽地從淋浴間走出來。她的肌膚上留著一件式泳衣的曬痕，小麥色的手臂和大腿跟嫩白的纖腰和胸脯形成強烈的對比。水滴從她的腋窩經過乳房流向小腹，沿著身軀劃出一道道迂迴的曲線。她從掛勾取過浴巾，輕輕抹過那些水點，然後往胸前一圍，向我這邊走過來。

我不再躲在角落，踏前一步，突然站到她的面前。

「哇！」

郭綺嵐本能地發出驚叫。我連忙伸手捂住她的嘴唇，一手抱住她的腰，讓她動彈不得。

「早安，郭綺嵐小姐，我是來殺死妳的。」確認她的叫聲沒有引來警衛後，我帶著笑意，以幾乎臉貼臉的距離，直視她的雙眼，緩緩地說。

「郭夫人，我們該走了。」我只花十分鐘便完成工作，回到酒吧。而且其中有兩分鐘花在戴假髮上。

「咦？已經……完成了嗎？」郭夫人有點驚訝。

「我的效率一向很高喔。」我笑著回答。

「你有沒有留下指紋？」她問。

我伸出右手，說：「我在指頭上塗了特製的膠水，不會留下指紋的。」

我陪著郭夫人走到停車場。當我打開車門時，郭夫人心不在焉地盯著後車箱的位置。

「沒錯啊，就在裡面。」我壓下聲音，「不過放心，死人是不會跳出來對付妳的。」

郭夫人慌張地坐進副座，我微微一笑，坐到駕駛席上。剛才推著毛巾車出來時沒遇上半個人，這次的工作滿順利的。

我駕著車子，離開俱樂部，十分鐘後駛到一條杳無人煙的郊外路上。從走上車子開始，郭夫人一言不發，眼神飄忽不定。

我把車子停在路邊。

「為什麼停在這兒？」郭夫人不安地問。

「讓妳驗貨嘛。」我邊說邊打開車門，走到車後。郭夫人惴惴不安，跟在我的後方。

「屍體就在裡面，」我敲了後車廂兩下，說：「妳要不要看？」

郭夫人露出猶豫的表情。拜託，人是妳要求殺的，現在才給我害怕？

「好，我要看。」郭夫人一咬牙，狠狠地點頭。

我打開後車廂，郭夫人隨即發出微微的驚呼。裸體的郭綺嵐以奇詭的姿態，側身蜷伏在黑色的塑料布上，她的雙手屈曲交疊在胸前，膝蓋頂著胸部，把乳房擠到一邊。她的頭埋在拳頭和大腿間，只露出小半邊臉龐，一頭散髮搭在肩膀上。本來圍在身上的浴巾掉落了一半，只圍在腰間，半遮著私處，卻露出大半邊臀部。

「剛才為了方便把屍體塞進毛巾車，我把她弄成這個樣子。」我對郭夫人說：「如果妳想看清楚她的樣子確認一下，我可以把脖子扳過來，不過老實說，死人的表情不大好看。」

「不用了……這臭ㄚ頭化了灰我都不會認錯。你是用什麼方法殺死她的？」

「唔，妳就當我用毒吧。」我才不願意向她解釋我的異能啊。

「嘿……綺嵐，妳現在後悔也太遲了。」郭夫人自顧自地說道。我很想告訴她，我們不是在拍電影，這種無意義的爛對白沒有人會欣賞。

「好了，」我把後車廂關上，直盯著郭夫人的俏臉，說：「現在我要收取『報酬』。」

「現在？」郭夫人愣住，高聲地問。

「我辦好工作，人也死了，我收報酬可說是天經地義啊。」

「可、可是……不用這麼急吧？讓我先有點心理準備，改天我再給你，好嗎？」郭夫人有點窘困，雙手抓住裙襬，就像一位不知所措的小女生。

「郭夫人，妳沒留意我們這場交易裡，我給了妳很大的讓步嗎？」

「什麼讓步？」

「我沒先收妳的『訂金』喔。」我以不懷好意的眼神，掃視著她全身上上下下。「一般來說，工作要先收一半訂金，但我一直沒提出要求，因為我不想無賴地在工作前先要妳跟我睡一次。我冒很大的風險完成工作，順著妳的意思弄成綁架的樣子，如今妳還要跟我找藉口？丁婕雯小姐，這未免太不公道了吧。」

郭夫人無言以對。

「丁小姐，我現在就要妳跟我上床，妳願不願意？」我對我這時仍能裝出紳士的語氣，暗暗感到不可思議。

「我明白了……」郭夫人露出覺悟的表情，說：「但我從來沒在車上做過……」

「我說現在，並不是指在這兒呀。」我失笑地說：「我又不是車床族。」

郭夫人紅著臉，不好意思地低下頭。我想，她的粉絲大概連性命也可以不要，來換取我現在的位置吧。

我駕著車，二十分鐘後回到市區，來到一間不起眼的愛情賓館前。我把車子駛進狹小的停車場，然後跟郭夫人走向大廳。

「妳去登記。」我說。

「我？」

「我想妳駕輕就熟吧？」我以嘲諷的語氣說，「記得用假名啊。」

郭夫人一副受委屈的樣子，不情不願地獨自往櫃檯訂房。讓這個充滿自尊心的女人折服，令我有一股說不出來的快感。

不一會，她拿著鑰匙，默默地走過來。

「給我表現得歡愉一點好嗎？我完美地替妳完成願望了啊。想想妳最討厭的傢伙已經不在人世、妳的丈夫在剩下的日子只有妳、在他死後由妳繼承過百億美元的財產，妳這時候應該開懷大笑嘛。」

郭夫人勉強地笑了一下。雖然她仍是面有難色，但我知道，剛才我提到綺嵐的死、繼承遺產等等，她的表情起了一點變化。

我們走進房間內。房間裡有一張偌大的圓床，天花板鑲著鏡子，床頭架子放了兩盒保險套。浴室就在玄關旁，不過浴室的牆壁都是透明玻璃，從房間可以一覽無遺。

「妳先去洗澡吧。」我說。

縱使不是自願，郭夫人仍如我所言，放下手提包，慢慢鬆開肩帶，脫下連身裙。裙子往下褪，郭夫人的肌膚逐寸逐寸地展現眼前，她穿著粉紫色的名貴內衣，豐滿的胸脯幾乎要從胸罩蹦出來，小巧的內褲遮掩不住她那渾圓的屁股。

或許她回憶起數年前「工作」的經驗，她的動作漸漸變得俐落。她輕輕解開胸罩的釦子，轉身背著我脫下內褲，然後對我投過一絲柔柔的眼波，稍稍掩著胸前和私處，走進浴室。

我坐在房間裡的沙發，透過玻璃，清楚看著她沖澡。她以香皂擦過脖子，緩緩滑向乳溝，揉一下胸脯，再往大腿內側移過去，似是在誘惑我。水蒸氣慢慢讓玻璃起霧，她還特意用手擦乾淨，讓我繼續欣賞她那像舞姿的表演。靠，這傢伙當年用這招擄獲了多少男人？比起她那破爛的演技，這真是高竿的演出。

洗了一刻鐘，她從浴室出來。她以浴巾遮掩住身前，但又沒有把浴巾圍上，走過來時浴巾左搖右擺，她修長的大腿和潔白的小腹若隱若現地暴露在我眼前。

「妳以前就是靠這樣子賺名氣吧。」我笑道。

「別說掃興話。」她對我亮出一個深邃的表情。「該你去洗了。」

「我不想洗澡。」我從沙發站起來。

「我討厭滿身汗臭的男人。」郭夫人嘰嘰嘴。她這個表情，真的不像三十五歲。

「我就是不想洗，難道妳要幫我洗嗎？」我揶揄道。

「那……算了吧，不洗就不洗。」郭夫人跪坐在大床上，右手仍抓住浴巾，蓋住乳房和腹部。她裸露的背脊在牆上的鏡子映照出來，比不少模特兒的身型還要漂亮。

我連鞋子也沒脫，坐在床緣，伸手奪去浴巾，丟在一旁。她緩緩躺下，赤裸的胴體就在我眼前，香皂的氣味和她的體味混合，形成一種教人意亂情迷的芬芳。她輕輕喘著氣，眼睛半闔、嘴唇微張，酥胸隨著呼吸微微顫動，加上仍未消退的酒意，這一刻的丁婕雯散發著女性誘人的氣息。

我執著她的手腕，將她按住，臉孔靠近她……

「抱歉，我還是不跟妳做。」我說。

當我放開她，站起來待在床邊時，她如夢初醒，對我的行動亮出不解的神色。我想，面對如斯尤物，我是第一個臨崖勒馬的男人吧。

「為、為什麼？」郭夫人撐起上半身，訝異地問。

「因為妳要死了。」

我話音剛落，郭夫人猛然按住胸口，痛苦地掙扎。她努力地喘著氣，但空氣卻無法抵達她的肺部似的，只見她在床上滾動了一、兩分鐘，然後一動不動，死了。

我在剛才輸入了「冠狀動脈充氣形成空氣栓塞」的指令，這也是我最擅長的指令。

我從口袋裡掏出一個塑膠袋，從中撿出兩、三根頭髮，散在郭夫人赤裸的屍體旁。仔細檢查一下房間裡沒有遺下證據後，我走到房門前，從窺視孔確認外面沒有人後，走到房外，再低頭急步離開。

回到停車場，我連忙走上郭夫人的車子，離開賓館。我駕著車子到剛才停過的郊區公路上，不同的是，這回我停下的位置在公路上一個偏僻的停車處，旁邊泊著我那輛廉價的日本車。我確認附近沒有車輛和路人後，關掉引擎，離開車廂。

我走到車後，打開後車廂，動作詭異的郭綺嵐仍蜷縮在裡面。

「完成啦。」我說。

郭綺嵐的眼珠微微轉動，然後伸直手腳，探出裸露的身子，一臉不耐煩地說：「你怎麼弄這麼久啊！害本小姐要悶死啦！」

「別胡說，我給妳預備的氧氣瓶足夠妳用十個鐘頭，現在不過是一個小時左右，再關妳半天也不會有問題。」我作勢要關上後車廂的蓋子。

「好啦，好啦，別鬧了。先給我一點穿的可以嗎？」郭綺嵐往我身後瞄了一眼，拉起浴巾遮住一邊乳房。

我走到自己的車子旁，打開車門，拿出大小姐要求的東西。

「拿去。」我給她遞過一雙鞋子。

「你這傢伙！」

「妳之前預備的衣服在我車上，自己過去吧。我還有善後工作要處理。」

「真不像話，好歹我也是你的老客戶耶。」

雖然郭綺嵐嘴上這麼說著，她倒乖乖地穿上鞋子，圍著浴巾，半裸地往我的車子走過去。在陽光之下，她那兩截色的肌膚閃閃發亮，大概因為剛才在後車廂裡悶了一個鐘頭，身上沾滿汗水。

我先把後車廂的塑膠布和放工作服的手提包拿起，放到自己車子的後車廂裡，再將藏在塑膠布下的攜帶型氧氣瓶、小型二氧化碳過濾器和水壺拿走。

「妳竟然把水喝光了？我不是叫妳盡量少喝點嗎？萬一妳尿出來，我們就有麻煩了啊！」我罵道。

「因為太熱嘛！況且我又沒尿，你再抱怨我就在你的車子裡小便！」

媽的哪，什麼禮儀端正的千金小姐、什麼宅男女神，根本就是裝出來的。我一直很想跟郭夫人說，妳丈夫女兒的演技比妳高明太多了。

我從自己的車子取出手提吸塵器，把後車廂清潔一遍後，再把駕駛座、副駕駛座、後座一一吸乾淨。我的手指塗過膠水，不會留下指紋，只要把碎屑吸走，留下證據的可能性就更小。

當然，我還有好幾個保險方案。

我再次從口袋掏出那個塑膠袋，把裡面的頭髮散在車廂裡。這些頭髮都是我在公車座位、餐廳、戲院等等收集回來的，頭髮的主人是誰我壓根兒不知道，只是萬一警方懷疑案情不單純，這些頭髮足夠讓鑑識人員困惑好幾個月甚至好幾年。

我把車鑰匙丟在座位上，將車窗留下一線沒關，再關上車門。善後功夫已完成，之後就不是我可以控制的了，一切只能靠運氣。

我回到自己的車子，只見郭綺嵐仍一絲不掛地坐在後座，浴巾也被丟在一旁，而她的衣服就在她身邊。

「大小姐，妳幹嘛還光溜溜的啊？」

「好熱啊，先讓我涼快一下嘛，反正之前也給你看光了。來，給我把冷氣開大一點，我快熱死了。」

真是個難以捉摸的女生。我搖頭苦笑，只好照她的指示去做。

我脫下假髮和眼鏡，轉動車鑰匙，載著一個裸體的十七歲少女，離開這個停車處。

而這個女孩，是我的委託人。

兩星期前，她委託我殺死她的後母丁婕雯，也就是郭夫人。

我一向討厭同時處理兩宗委託，所以當仲介人交來第二個委託時，我本來想推卻，不過委託人的名字引起我的興趣。

丁婕雯？

不正是我要處理的目標嗎？

因為這個緣故，我決定跟她會面。出乎意料，她要求殺死的，正是第一委託人。本著先到先得的服務精神，我只能跟郭夫人說句抱歉了。

然而最令我訝異的，是她們兩人都要求殺人以外的服務。郭夫人要求偽裝成綁架，這還容易處理，郭大小姐的要求才教我頭痛。

「我想你替我殺死丁婕雯這個女人，而且要讓她死在跟情人幽會的時候。」

兩星期前，郭綺嵐跟我說。

「那麼，郭夫人的情夫是誰？」我問。

「沒有。」

「沒有？」

「沒有，她根本沒有情夫。」

「慢著，妳要我讓她死在幽會的床上，但她沒有情人？」

「沒錯。」

「天哪，我從哪兒變一個情夫出來啊？」

「我管你，你只要告訴我你幹還是不幹。我給你四倍的薪水。」

報酬實在豐厚，而且郭大小姐將來會繼承龐大的資產，可能的話我也想保留這位客戶。

「好吧，我安排一下，看看有什麼方法可以完成。」

所以當我知道郭夫人主動聯絡我時，我認為是一個可以利用的機會。也因此，我提出她用身體當作委託費用的要求。

提出這要求時，我沒有詳細考慮過做法，之後才想到每一個細節。我先戴上假髮和眼鏡，跟她到餐廳吃飯，更在餐廳裡讓她用信用卡結帳。當她的屍體被發現時，警方大概會調查她死亡前兩、三天的行程，信用卡紀錄便會說明「她曾和某位神祕男士聚餐」，而之後這男人駕著她的車子一起到俱樂部，親暱地把喝過的雞尾酒給對方喝，離開俱樂部後到愛情賓館，任何人都會猜這人不是男妓便是被包養的小白臉。從郭夫人死亡時的模樣，人們只會猜測她幽會時心臟病發，小白臉害怕起來，慌張地逃走。我知道賓館走廊和大廳有監視器，所以特意裝出落荒而逃的樣子。

小白臉驚惶地駕著郭夫人的車子逃走，丟棄在郊區公路的車子翌日被警方發現——這是基本設定一。如果警方認為郭夫人的死有疑點，想找尋那位情夫協助調查，車子上的毛髮應該能阻止警方找到我，這是基本設定二。最好的情況是設定三——我將車子留在停車處，沒關上車窗，就是想讓偷車賊出手。那個停車處是飆車族活動的黑點，天黑後好些混黑道的小伙子在那兒聚集，看到這樣一輛名車，不出手才怪。只要經過他們的手，就算之後被警方找到，車上的證據已被這些混混弄得一塌糊塗。

我在事前已跟郭綺嵐談好所有細節，甚至為行動進行演練。她在事發前四天已帶我到過比佛利山俱樂部，讓我實地觀察每一個細節，安排行動中的每個步驟。她也試過躲在後車廂，練習在黑暗中開啟氧氣瓶。我打開後車廂時敲兩下就是暗號，如果一切順利她就裝出那個蜷縮的怪模樣，如果有任何意外——例如氧氣瓶出問題——就把手繞到背後，我立即改變部署，先處理「屍體」，再殺死郭夫人。後車廂裡本身的空氣足夠一個人用二十分鐘，這個後備方案亦夠安全。

我跟郭綺嵐約好在更衣室見面，然後用毛巾車把她運到後車廂，不料這位大小姐自顧自地沖起澡來，真是給人添麻煩。而且這個笨蛋明知道我會出現，看到我時仍不自覺地大叫，萬一惹來警衛怎辦？幸好一切都有驚無險。

「大小姐，我現在載妳回去俱樂部，讓妳取回留在更衣室的衣服和包包……」我對在後座張開大腿在搧風、毫不知羞的郭綺嵐說。

「不用啦，放在貯物箱，沒有人會動。我改天去拿就行，反正也不是什麼值錢的東西。」

我想，對她這種世界級富豪二代來說，「值錢」的標準跟我們這些庶民想的大大不同吧。

「那麼妳想我載妳去哪兒？回家嗎？」

「別那麼掃興嘛！」郭綺嵐向前傾，靠著我的椅背，嘴巴貼近我的脖子，說：「我們先去什麼地方玩玩吧。」

「我可沒有這個心情。」

「呵，是因為剛才沒有先上我那位美豔動人的後母才動手，現在後悔了嗎？」大小姐調侃道。

「如果我真的幹了，就會留下大堆證據，我可沒有愚蠢得因為下半身的一時衝動危害自身安全。」

「那就是有後悔吧？」她再次以嘲弄的語氣說。

「我就說沒有。我可是專業的。」

「為了彌補你的損失，除了我應承給你的金額外，附送我這青春少艾的肉體，現在就在車裡讓你爽一下，好不好？」她在我耳邊吹氣，以挑逗的語氣說。

「大小姐，我不是車床族，而且我對妳沒有興趣。」我臉不改色，淡然地說。

「嘖，真是不解風情，暴殄天物。」郭綺嵐罵了一句，躺回後座的椅背上。雖然坊間以為她清麗脫俗，但她其實是個放蕩隨便得離譜的傢伙，時常扮裝到酒吧釣帥哥，和她有過關係的男人多如繁星。郭夫人跟她相比，簡直就是三貞九烈。

「妳還真是惡毒，想出這種方法來陷害郭夫人。」我改變話題。

「哼，我才沒有陷害她！她本來就是這麼下賤的女人！只有這樣做，爸爸才會永遠對她死心，我不會讓爸爸栽在這種變態壞女人手上！爸爸是我的！」這個濫交的戀父狂罵人下賤變態，我都不知道該不該吐槽。

「妳為什麼會想到讓她誤會郭老爺患上癌症呢？」郭慶言患癌的消息是假的，純粹是郭綺嵐欺騙郭夫人的手段，無論電話還是報告都是偽造的。

「我想讓那女人早一點露出狐狸尾巴！」大小姐擺出一張臭臉，說：「爸爸早前因為『雄風不再』，所以經常求醫，我就借這個機會製造他患絕症的假象。男人的自尊不會讓他對那女人說出事實，正好讓那臭三八胡思亂想，哼。」

她的做法某種程度上引出郭夫人的殺意，不過到底誰是因誰是果，我就說不出來了。無所謂吧，反正我只是個打工的。

「搞不好郭老爺明年再娶一個更幼齒的進門，到時妳有什麼打算？」我問。

「如果看不順眼，那時又要拜託你啦，帥氣的氣球人大哥。」郭綺嵐光著身子，擺出嬌媚的姿態，露出小惡魔般的笑容。

三年前，我已替她解決了前一任的後母。當時她只有十四歲。

那時她也是帶著這個小惡魔的笑容來委託我。

如果說郭夫人是帶刺的薔薇，那郭大小姐便是含有劇毒的秋水仙、夾竹桃吧。漂亮無垢的外表下，其毒無比，足以致命啊。

Shall We Talk

一定是弄錯什麼了——葛幸一警官心想。

坐在冰冷的石床邊緣，葛警官只能茫然地盯著面前的牆壁或左前方的灰色鋼門，腦袋一片空白。在這個不足六平方米的拘留室裡，除了石床外只有一組不鏽鋼馬桶和洗手盆，因為房間位於地下一樓，所以連半扇窗戶也沒有。白色的牆壁日久失修，長滿壁癌，天花板上一根燈管發出照亮這密室的刺眼光線。緊閉的鋼門門板上有一扇高五十公分、寬二十公分的玻璃監視窗，用途大概是給警衛檢查被囚者的舉動；門框上方有一道通風口，不過上面焊接著鐵絲網，從斑駁的鏽跡和卡在網眼的厚厚灰塵看來，這拘留室一直乏人打理。

——比起警局的拘留室，這兒更像監獄的單獨牢房。

這是葛警官對這空間的第一印象。

過去三十多年，他抓過不少歹徒惡棍進這種拘留室，他卻從沒想過自己有反過來被關的一天，而且更是臨近退休才晚節不保。

一個鐘頭前，疲憊的葛警官剛下班，卻在家門前被三個不速之客攔住。

「葛幸一警官，我們懷疑你跟一宗刑事案件有關，請你跟我們回警署協助調查。」領頭的便衣警員舉起警章，對一臉錯愕的葛警官說道。葛警官不認識對方，只能從警章知道這年輕警員隸屬北方警區的凶殺組，倒是對另外二人略有印象，葛警官依稀記得他們是總部內部調查科的成員。

「什麼案件？」葛警官狐疑地問。

刑事警員正要開口，卻被內部調查科的其中一人插話打住。

「我們回到警署再說明。」那個理平頭的傢伙冷漠地說，「麻煩你合作。」

無可奈何之下，葛警官只能隨對方乘上警車。車子往北行駛，經過隧道和高速公路，花了四十多分鐘來到北方舊城區。葛警官多年來職位只在總署各部門調動，幾乎沒到過偏僻的北警區辦案，就連自己正前往哪一間分局也不曉得。

「媽的，有記者。」警車拐過一個街角時，內部調查科的平頭男罵了一聲。葛警官仍沒來得及反應，連串閃光伴隨著快門聲從前方射進車廂，另一個內部調查科的警員立時將一件外套蓋在葛警官頭上。

「那些天殺的混蛋從哪兒收到消息啊……」平頭男嘀咕道。

葛警官本來想說自己用不著遮臉，但平頭男和他同僚的態度讓他察覺事情比他預想的嚴重得多——這樣子防止媒體拍到照片，代表葛警官在他們眼中不是「協助調查者」，而是「嫌犯」。

接下來他的遭遇更說明了他的預想沒錯。

警車停下後，葛警官被警員們一左一右架著肩膀，繼續以外套覆蓋頭顱，半推半拉地往前走。「別擋路！」「滾開！」在平頭男的吆喝下，他們急步走進室內，撞開幾扇門，轉進梯間。快門聲漸漸從身後遠離，平頭男拿走外套，葛警官才發現自己已來到地下一樓。他在牆上看到「B1」的字樣，旁邊有一個指示牌，上面寫著「拘留室」，文字後還有一個指向通道的紅色箭頭。

「拘留室？」葛警官怔了一怔。

「今天抓了很多人，這分局的偵訊室不夠用，請葛警官你屈就一下。」平頭男以不帶感情的聲調說道。他們通過分隔拘留區與梯間的閘門，沿著牆壁粉刷成灰白色的走廊向前走，拐過彎角來到盡頭一間拘留室的鋼門前方。

葛警官被關進拘留室前，沒有辦正式的逮捕手續，警員只扣押他的手槍、警章和手機，就連皮夾和手錶也沒拿走。他無法理解這是什麼意思，依照警方守則，協助調查和被捕是兩碼子的事，如此曖昧不清的做法令他惱火。

然而獨處於拘留室內，葛警官漸漸冷靜下來，開始思考目前的處境。

到底自己涉及什麼案件？

談到北區，葛警官很自然地想起黑道，畢竟昔日城中勢力最大的黑幫家族就扎根於此地；然而自從十多年前這家族意外瓦解後，其他小幫派紛紛割據地盤，北方舊城區由黑道「驃馬幫」掌控，無論人數、財力或影響力亦無甚威脅，而且葛警官近日也沒聽過什麼涉及黑道的凶殺案，所以他現在的狀況應該跟黑道無關。

那還有什麼案子？葛警官不斷回想近日的新聞，一起事故赫然浮現腦海——上個月有一名在警務部財政課擔任文書工作的警員被刺殺，第一現場正是位於北區的死者住所。雖然警隊內部知道受害者是誰，但因為案情敏感，媒體都只以「警員A」作為死者代號。半年前警方爆出私刑虐打社運分子的醜聞，警民關係陷入低谷，不時有民眾包圍警局抗議示威。警察以武力鎮壓示威者，拘捕後再傳出被捕者失蹤被殺的傳聞，造成惡性循環，愈演愈烈。據說警方高層認為該凶殺案是仇恨警察的極端分子所為，於是以防範再有警員被殺為理由禁止媒體披露案情細節。

倒是警察內部瀰漫著一股不安的氛圍。因為即使凶殺組沒公開，局內人也聽過關於案件的流言——警員A不是被一刀刺死，凶手像是施以酷刑般刺上三十多刀，令A失血過多、受盡折磨而喪命。

就像為了替曾被虐待的受害者報復一樣。

說到近期北區最嚴重的案件，葛警官只想起這樁。但假如真的是這謀殺案，那為什麼要自己「協助調查」？

想到這兒，葛警官不由得眉頭一皺，想起那兩個格格不入的傢伙。

那兩個來自內部調查科的警員。

他們出現，代表案件跟警察內部有關，犯人或共犯可能是警隊中人。

不會吧？

葛警官沒有天真到以為警隊裡所有成員都是正直善良、廉潔奉公的好警察，可是他認定「殺害同袍」遠超任何警員的底線，不可能發生。虐打社運分子事件曝光後，縱使表面上警隊上下一心，實際上警員分裂成支持及反對兩派，有同情社運分子的警察向媒體洩漏消息，讓內部調查科插手調查洩密，這是不少警員也知道的事。葛警官理解洩密者的心情，但假如說當中有人協助仇警分子，提供情報或製造機會讓同夥下手，那實在難以置信。

然而即使如此，自己是嫌疑人之一嗎？葛警官尤如丈二金剛，摸不著頭腦。

葛警官入職以來從沒行差踏錯，他雖然不是逢案必破的神探，但成績在刑事警官之中尚算中上，他更自豪於自己從來沒耍陰招奧步，堂堂正正地搜證、偵查、捉拿犯人。他肯定自己的個人檔案裡沒半個汙點，若然內部調查科盯上他甚至抓他回來「協助調查」，便代表他們掌握了某些很確切的證據。

什麼證據？

葛警官思前想後，仍無法理出半分頭緒。

「唉。」他想到自己明明快退休，卻在職業生涯最後一年遇上這種倒楣事，不禁嘆了一口氣。

這幾年間，上天似乎有意跟葛警官作對，不幸接踵而至。先是在一次追捕犯人的過程中傷及膝蓋舊患，害他無法再上前線；然後是誤信銀行投資某新興市場債券，結果財產一夜之間蒸發了九成；再來是跟妻子屢生齟齬，導致熟年離婚……在這三、四年間，葛警官就像被噩運盯上似的，生活中每一個能出差錯的環節都出錯。

而最令他痛苦的，是失去女兒蔚晴。眼看她以資優生身分越級就讀音樂大學、畢業成為矚目的鋼琴家之際，她的人生樂譜卻驟然打上休止符。就算這悲劇不是葛警官跟妻子離婚的主因，也絕對是導火線。如今他每天下班，回到空無一人的家都讓他感到抑鬱，為此他寄情工作，將警務當成他人生的全部。

到底從何時開始，他的人生變成了下坡道？

都是那混蛋氣球人害的——葛警官心想。

十年前他向上級成功爭取成立氣球人調查小組，卻沒料到整整十年間仍無法逮捕犯人歸案。小組和氣球人曾多次交手，但結果總是功虧一簣，被對方逃之夭夭，甚至無法查清對方的犯案手法。縱使葛警官在其他案件中表現出色，屢屢在短時間內偵破懸案，但事情只要一涉及氣球人，葛警官便變得像誤上職業擂台的業餘拳手，只有捱打的份。

他當年曾認定氣球人是他的「宿敵」，但原來對方是他的「天敵」才對。

「阿葛，你知道我一向支持你的調查小組，不過你要緊記保持低調，假如被媒體盯上，發現我們一直抓不到這殺人魔，警方的面子掛不住。」數年前葛警官的上司、刑事部姜部長如此叮囑道。警方高層接納葛警官的建議成立氣球人調查小組，是姜部長大力遊說的結果，對今天已晉升至副處長的這位上司，葛警官可說是感愧並交，一方面感激對方的支持，另一方面對久久沒能逮捕氣球人歸案而慚愧。近年警方因為醜聞備受壓力，姜副處長更是焦點人物，媒體記者全天候追訪，本來鐵定能在兩年內到手的處長一職，如今也可能失之交臂。

葛警官心想，也許氣球人不但會殺人，更懂得下咒，追捕他的警察全都交上噩運。

氣球人調查小組多年來替換過不少成員，有人在其他案子中受傷提早退役，也有人因為心灰而向葛警官請辭。在缺乏人手的劣勢下，葛警官只好招攬舊部加入，就連傻愣愣的大石也正式成為小組成員之一，跟十年前小組成立時的精英小隊有著天壤之別。幸好幹勁十足的阿達仍留在小組裡，對葛警官來說是一大安慰。

但也只是聊勝於無的安慰。

工作上的不順遂影響了葛警官的性格，他由原來的沉穩務實變得神經兮兮。那次膝蓋受傷，是因為臨時收到氣球人的情報害他分心所致的吧？投資失利，是因為只顧著調查氣球人忽略財務安排而造成的吧？跟妻子關係破裂，是因為自己過度投入追查氣球人才疏忽導致吧？

葛警官不是個小家子氣的男人，他知道這些想法不過是藉口，但這些念頭一直揮之不去。而教他最難以接受的，是近幾年氣球人似乎消失了。

小組仍不時收到情報，但結果都是不實的消息，氣球人沒有像以前一樣明目張膽地犯案，或是作出預告殺人。他就像對這場追逐戰感到厭倦，單方面決定中止遊戲，讓警察們對著一大堆舊檔案乾著急，自己躲在暗處嘲笑著。

葛警官對此感到懊惱。他不知道自己退休後氣球人是否會再次犯案，到時自己只是平民，沒有介入調查的權力。而且，在退休前無法捕獲對方，那會是他人生一大遺憾。

可是這一刻他的想法有一丁點變化——他沒料到自己會被同僚抓進拘留室。這幾年間已遭遇過太多不幸，誰還會在乎某個神祕殺手是否逍遙法外？

「在人生遺憾清單上多添一筆也不痛不癢吧……」瞧著白色的牆壁，葛警官喃喃自語道。

「……嗨。」

拘留室裡忽然響起一聲呼喚。聲音雖微弱卻很清晰，葛警官赫然抬頭望向鋼門，懷疑人聲是從門上的通風口傳進室內，可是他將臉孔湊近門上的監視窗卻不見外面有半個人影，甚至沒看到負責看守的警員。

「嗨。」

站在門旁的葛警官赫然回頭，因為聲音從他身後傳出，可是拘留室裡明明只有他一人。

他謹慎地往房間盡頭走過去，眼睛打量著室內每個角落。

「嗨——」

當第三聲響起時，葛警官朝聲音來源瞧過去，發現源頭就在不鏽鋼洗手盆下方的牆上。靠近地面的牆角有一個比拳頭略小的洞，他不曉得那是排水孔還是老鼠洞。

「誰？」

葛警官朝洞口輕聲喊了一句。他跪在地上，將臉龐貼近地面，嘗試望向牆洞的另一端，可是洞中一片漆黑。他猜想洞的彼方是相鄰的拘留室，但由於看不到洞裡有光線，那麼這牆洞很可能是排水孔，管道彎曲延伸連上相同的汙水渠。假如被扣押的嫌犯故意堵塞洗手盆的排水口，地上又沒有這排水孔的話，只要打開水龍頭便可以使房間淹水，製造麻煩。

「是葛幸一警官嗎？」

葛警官愣了愣，心想為何對方知道自己身分，但回想到剛才平頭男在走廊說了句「請葛警官你屈就一下」，那旁邊房間的囚犯聽到並不出奇。牆壁後的拘留室應該是靠近走廊閘門那邊的第二間，而葛警官身處的是第四間。

「嗯，你也是被內部調查科抓來『協助調查』的手足嗎？」葛警官不嫌髒，靠在牆邊、坐在地上反問道。他想起平頭男說偵訊室全滿了，那很可能有其他被調查的警察跟他一樣，給丟到這地下一樓的拘留室乾等。

「葛警官你不認得我的聲音嗎？」對方輕鬆地回答，「我是氣球人。」

一開始，葛警官沒有反應過來，但一秒後他猛然站起，驚異地直盯著牆角的排水洞，再

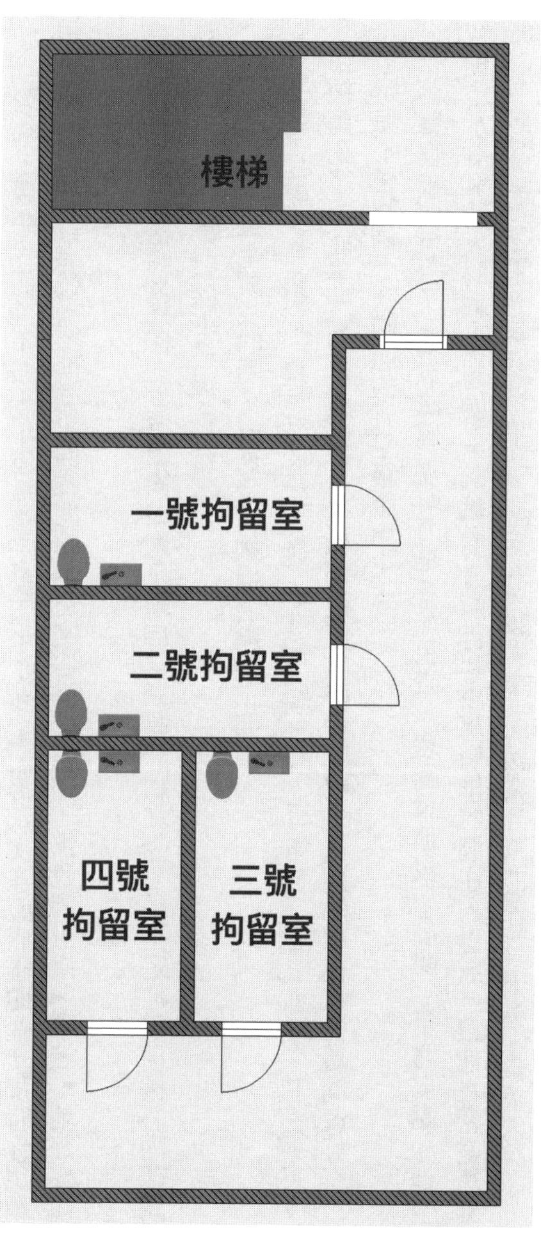
樓梯
一號拘留室
二號拘留室
四號
拘留室
三號
拘留室

霍然轉頭望向鋼門，警戒著他的「天敵」會否在下一秒闖進來對他不利。

「你──你是氣球人？」葛警官確認鋼門外的走廊沒有動靜，深呼吸一口氣，強裝鎮定地問道。

「對啦。我想我們差不多十年沒這樣子聊天了？我還記得那次在飯店碰頭喔，那時你用槍指著我的背脊，機關槍似地老是問我問題；這回你沒槍在手，那我們可以『平等』地好好傾談啦，哈哈。」

葛警官感到項脊發涼。那個魔術殺人鬼跟自己只有一牆之隔，說不定他不用擔心內部調查的事，他的人生只餘下最後數分鐘。

「你……你是來殺我的嗎？」葛警官按捺著顫抖，問道。

「才不是哪，我跟你一樣，待在這鬼地方不過是身不由己。我這邊的馬桶有一股尿騷味，我快被熏死了，能早一刻脫身就好……你那邊應該好一點吧？假如能和你交換房間就好了，可惜這兒不是我們上次碰面的五星級飯店……」

葛警官啞口無言，他無法確認對方是否在說謊，意圖讓他放下心防，暴露弱點。他至今仍不了解氣球人的殺人手法，不曉得對方能否利用那個排水洞注入毒氣，讓他在密室裡暴斃──拘留室的空氣中似乎飄散著一股淡淡的酸甜味，他暗想自己也許已中毒，命不久矣。

然而，就在他感到焦慮的同時，他察覺這是千載難逢的機會。

他有可能反過來套對方的話，解開多年來的疑團，刺探對方的身分和來歷，以及那神祕不可思議的殺人手段。

更重要的是，他有可能趁這機會抓住對方。

縱使葛警官每次跟氣球人對決都是吃敗仗，他仍掌握部分線索。他知道氣球人是個性情乖戾的殺手，估計話匣子一開便會侃侃而談。

「你怎麼被抓了？」葛警官以平板的語調問道。

「哎喲，你想套話嗎，葛警官？」對方嗤笑一聲，「你不如先問一下你自己為什麼被關起來吧？」

「我沒有被關，只是來協助調查。」葛警官嘴硬地反駁道。本來他不想回答，但對方那一句反問實在刺到他的痛處。

「嘿，『協助調查』。那我也是來『協助調查』罷了，呵。」

那輕佻的語氣令葛警官反感，但他決定無視，繼續刺探對方。

「你向我承認身分，不怕我待會告訴同僚嗎？」

「以閣下目前的處境，你認為他們會相信你嗎？你跟他們說：『隔壁拘留室裡的傢伙就是那個傳說級的殺手氣球人！』他們只會以為你胡說八道企圖轉移視線、找藉口脫罪吧？」

「我有什麼罪要脫？」葛警官反駁道。

「北區凶殺組找你『協助調查』，你認為呢？」

這傢伙比我知道得多——葛警官心中一凜，他沒料到對方知道那些警員裡面有凶殺組成員。

「哈，我沒涉及任何凶殺案，才不擔心。」葛警官笑道，雖然連他也覺得自己的笑聲不自然。

「嗯，對啦，這個世上沒有冤案，監獄裡的全是十惡不赦的壞蛋，無辜者一定會得到公平公正的審訊，而且警察都會如實記錄所有供詞，不會為了邀功安插罪名。」

葛警官知道對方故意說反話刺激自己，決定反客為主，不讓對方繼續牽著自己的鼻子走。

「你這兩、三年怎麼消失了？」葛警官問。

「我退休了。」

「哼，殺人魔也會退休？忍受內心沸騰的殺人欲望不辛苦嗎？」

「葛警官，你這樣看我實在教我好傷心喔。」牆壁後的聲音緩緩地說：「你以為我享受殺戮嗎？我才不喜歡，殺人麻煩死了。我跟你沒什麼不同，一樣是時勢所迫，不得不出賣勞力努力工作賺生活罷了。」

「呸，我跟你怎可能一樣！」葛警官怒道，「你是殺人如麻的罪犯，我是維持治安的警察，你哪能說什麼鬼『賺生活』來跟我相提並論？」

「假如這世上沒有罪犯，那警察也會消失，你的身分就是要有我這種人存在才有意義，否則你只是個一事無成的廢人。」

「但這世上罪惡永遠無法根除！就是因為社會有邪惡，我們才有必要去撲滅它——」

「對，無法根除，所以一定有人要幹壞事，用來彰顯你們這些英雄有多正義、多偉大嘛。既然如此，上天選中我擔任歹角，我也是無可奈何的啊。」

「你說什麼狗屁歪理！」

「對你而言的確是歪理，但對我來說卻是很自然的事。」對方頓了頓，語氣中減少了半分輕浮。「善惡是什麼？道德是什麼？我從來搞不懂。葛警官你知道嗎，我從事這行業多年以來，見盡了人間百態。我的委託人以千奇百怪的理由委託我去幹掉目標，有些以你的標準而言大概滿『合理』，像是復仇、嫉妒、搶奪金錢或權力；然而更有一堆莫名其妙的，假如我說出來，你一定會驚訝於人們怎麼為著芝麻綠豆的小事希望另一個人從世上消失。」

「所以那些人跟你一樣是變態——」

「葛警官你的所謂『正常』跟『變態』，只是以歷史和宗教建構成的價值觀訂定，你沒有方法去證明那觀點是『正確』的。對你來說，人命是最寶貴、最值得保護的事吧？可是換個角度看，一切只是統治者考慮族群整體利害得失而硬擠出來的藉口。由於活在某個群體之中，所以考慮到群體的最大利益而必須尊重彼此的性命，但只要細心一想，便會發現人類其實都是混蛋，是貪得無厭的掠奪者，因為這說法代表了人類只須保護同族生命，卻可以任意殺生、剝奪其他物種的生存權。你吃牛排時有感謝那頭為你奉獻血肉而死的牛嗎？你開車時有想過廢氣造成全球暖化，讓北極熊、鯨魚、蜜蜂等等大量物種瀕臨滅亡嗎？你沒有，因為人類都是自私鬼，是偽善者。」

「你難道不是人類嗎？你不自私、不偽善嗎？」

「我很自私啊，我從來殺人也只是為了自己，但我不是那些以殺人為樂的傢伙，假如在這個烏煙瘴氣的混帳社會我可以不用殺人而活得安好，我才不會去幹那些吃力不討好的麻煩事。」對方忽然換了語氣，略帶笑意地說：「至於我是不是人類嘛，嘿，我真的不知道。坊間不是一直這樣說嗎？說氣球人是都市傳說。我可能已經不是人類，化成另一種形而上的存在吧？既然如此，我殺人跟你捏死一隻螞蟻不過差不多而已……」

接下來一分鐘，二人無言。雖然葛警官想找方法套話，但對方的一番話顛覆了他過去對氣球人的行為側寫。他不完全相信對方的說法——也許那傢伙正在胡扯，盤算著殺死自己逃離現場的陰謀——但萬一那是真正心聲，那就超越了他的想像。

——氣球人不是愉快殺人魔，對權力沒興趣，只是極端的利己主義者和反社會主義者。

過去，葛警官和下屬覺得氣球人是個強大、可怕、狡詐、無惡不作的殺人鬼，可是如今回想，調查小組會不會過度神化對方，自亂陣腳，無法客觀地看破真相？氣球人會不會渾身弱點，其實一直懼怕警方的追捕？那些引人注目、將死者像變魔術般殺死的例子，會不會另有目的？相比起這些高調的案子，氣球人是否有低調的殺人方法，那些誇張的屍體是用來掩飾他的其他行動嗎？

葛警官幾乎忘了目前的處境，全心投入思考氣球人的事。

「你到底用什麼方法殺人？」葛警官開口問道。

「噯，我十年前不是已經說過那是『商業機密』了嗎？」

「你……是用法術或巫術殺人的吧？」

「任君想像。」

「你——」

「嘎——」

當葛警官正要追問，走廊盡頭處通往梯間的閘門傳來開門聲，似乎有人要過來。

「糟糕，我們花太多時間閒扯淡了——」牆後的聲音變得著急，「聽好，接下來的盤問你可以如實作答，但假如涉及金錢，即使你明明不知情也要裝出一副了然於胸的樣子！」

「什麼？」

「你想平安無事就照我的指示去做！我跟你現在同坐一條船，我們能否及早離開這臭氣沖天的監倉，就看你的表現了！你別忘記這世上可是有冤獄這回事！」

「慢著，你知道他們正在調查哪一樁案子？」

「還有哪一樁？當然是警員A！」

「等——」

葛警官把喊到唇邊的話吞回肚子，因為腳步聲已來到鋼門外，他連忙坐回石床上，裝出一副若無其事的表情。

「咔——」

鑰匙打開門鎖，開門的是內部調查科平頭男。葛警官站起來，準備跟對方離開前往偵訊室，平頭男卻伸手示意他坐下。

「樓上暫時沒有空房間，我們在這兒做筆錄。」

葛警官愕住，疑惑地盯著平頭男。

「這兒？」

「葛兄，反正只是協助調查，不用太正式。」平頭男身後冒出一道聲音，葛警官定睛一看，才發現站在平頭男身後的正是內部調查科科長施警官。人稱「老施」的施科長比葛警官還要年輕四歲，警階卻高一級，雖然職務上沒交集，但二人曾在警界的聯誼酒會碰面，有過數面之緣。老施身旁還有一個穿制服的年輕警員，葛警官猜想是這分局派給內部調查科科長做跑腿。

「施科長？怎麼要勞煩你……」葛警官沒想到堂堂內部調查科的指揮官親自到場盤問自己，但他不願意說出「盤問」這二字，話說到一半便止住。

「事關重大，而且我怕這些小咖不懂規矩冒犯葛兒，只好親自跑一趟。」老施聳聳肩，面露微笑。他身後跑腿的警員端來一張椅子，放在打開了的鋼門旁讓老施坐下，自己和平頭男則站在老施身後。

葛警官只好坐回石床上，心裡七上八下。他實在難以接受在拘留室接受查問——在拘留室偵訊的通常都是重犯，他過去就提交過不少在拘留室拍攝的盤問影片給法院當證供，被告清一色是殺人凶嫌——可是連施科長也願意「紆尊降貴」親自跑來查問，他也不好吭聲。

「葛兒，」老施從平頭男手上接過一份文件，戴上從胸前口袋掏出的老花眼鏡，「上月二十五號星期四晚上九點到翌日凌晨四點，你在哪裡？」

聽到老施不加修飾的詢問，葛警官不由得皺一下眉。

「我是嫌犯嗎？」

「啊，不，不。」老施抬頭一笑，「保險起見，按慣例要問問。葛兒，二十五號星期四晚上九點到翌日四點，你在哪兒？」

「二十五號……我在家。」葛警官無奈之下只好如實作答。他感到老施友善態度之下的那一份強硬。

「唉，沒有不在場證明啊。」老施搖搖頭，嘆道。

「施科長，我們到底是談什麼案件？」

「葛兄，你是聰明人，應該早猜到啊。」

「警員A？」

「還有別的嗎？」

葛警官不記得警員A被殺的日期，但如此一說，上個月二十五號晚上九點至翌日清晨四點便是法醫推斷的死亡時間。

「你們懷疑我是凶手？」葛警官緊張地問。

「不，不，葛兄，那只是姑且一問。」老施笑著搔了搔下巴的鬍子，再說：「就算我們知道你在嫌犯的可能範圍裡，我也不認為你涉及案件。」

「什麼範圍？」

「有證據顯示，凶手是你們那個什麼『氣球人調查小組』的成員。」

葛警官大感驚詫，他沒料到這節骨眼上會冒出「氣球人」這名字。

「我、我們小組成員？」

「葛兄，請先讓我繼續發問吧。」老施瞧回文件，「根據紀錄，上月二十六號你們小組召開了會議，對不對？」

一個月前葛警官收到情報，懷疑南區某律師之死是氣球人所為，但調查後發現真凶是死者的妻子，她因為聽過「氣球人傳說」，毒殺丈夫後故意將屍體布置成奇詭的狀態，企圖誤導警員。解決案件後，葛警官召開報告會議，日期便是上月二十六號。

「對……那會議是在上月二十六號……等等，你想告訴我我們弄錯了真凶？那律師的命案真的是氣球人所為？他跟警員A有關？」

「葛兄，我對什麼氣球人、皮球人沒興趣啦，」老施語氣似乎有點嘲諷，「我只想知道那場會議上有沒有成員表現異常？」

葛警官聽罷問題，才曉得對方壓根兒不相信氣球人的存在。雖然氣球人多年來犯案累累，一般人卻不知道這殺人鬼正潛藏於社會一隅，就連警隊裡面也只有真正見識過氣球人可怕手段的警員才支持葛警官的調查小組。葛警官慶幸自己沒有向對方透露「氣球人就在隔壁拘留室」這驚天情報，縱使不服氣，他也認同那惡魔的說法很有道理，說出來的話老施一定會覺得他在胡扯。

「那天的會議……我沒察覺有任何不對勁。」

「哎，是這樣嗎？犯人可是在你們開會的數小時前以行刑般的手法折磨、殺害了一位手足，假如還能逃過葛警官你的法眼，那傢伙可真不簡單啊。」

「你憑什麼確定凶手就在我們小組裡？」

老施將文件放在大腿上，直盯著葛警官的雙眼。

「好吧，雖然本來是機密，但我不告訴你你一定不死心。」老施邊說邊脫下眼鏡，「媒體以為警員A被殺是因為極端分子向警隊報復吧。」

「不是嗎？」

「不是。A在被殺前，向內部調查科告密，指警隊內部有人勾結罪犯。然而他在跟我們見面、提供證據前便被滅口了。」

葛警官感到一股不安直衝腦門。

「A說跟罪犯勾結的同僚是氣球人調查小組成員？」

「嗯。」

「不可能！我挑選的手下都是忠誠依法、大公無私，沒有人會做出這種傷天害理的事！」

「你組裡有一個組員叫阿達吧？」老施戴回眼鏡，向文件瞄了一眼。

「他是我的手下之中最有幹勁的成員，我退休後他會接管調查小組——」

「他去年在商業犯罪調查課處理的一宗案件，因為下屬處理程序失誤導致法官宣布被告無罪。」

「那又如何？」

「假如那失誤是他指使手下故意製造的呢？」

「阿達不會做這種事！他才不會指使部下瀆職！」葛警官激動地站起來。

「葛兄你先坐下。」老施沒被對方的舉動影響，淡然地說：「我只是提出一些可能性而已，換你坐我的位置，你也會如此思考吧？」

葛警官很想否認，但他知道對方言之成理，只好悻悻然地坐回石床上。

「另外你的手下中有一個叫志宏……」老施翻過文件第三頁，「他半年前曾被交通部的同事逮到超速駕駛，因為他和交通部某位警官有交情，結果取消了罰單。」

「那……那只是單一個案！超速和殺害同袍程度上也相差太遠了吧！」

「還有這個叫大石的。」老施揚起一邊眉毛，「他有多次擅離職守的紀錄，理由最唬爛的一次是『揹一個行動不便的老婆婆到醫院』，結果讓監視中的毒販逃跑。」

大石就是這種笨蛋啊——葛警官本來想如此反駁，但說出來的話，大抵只會雪上加霜，讓對方對小組成員有更強的偏見。

「施科長，我以人格保證大石是好警察，他或許有點笨，喜歡多管閒事，但勾結罪犯之類的指控不可能是事實。」

老施閉嘴不語，雙眼瞇成一線，盯住葛警官。他翻開文件的下一頁，再說：「葛兄，那你又如何？」

「我？」

「你之前在高展銀行投資債券，差不多虧了全副身家吧？」

葛警官倒抽一口涼氣，他沒料到對方連自己的財務狀況也查得一清二楚。然而與此同時，十幾分鐘前那句他幾乎已遺忘的「指示」遽然在心中浮起。

——假如涉及金錢，即使你明明不知情也要裝出一副了然於胸的樣子。

「那是事實，又如何了？」葛警官如實承認。他不願意依從「天敵」的勸告行事，但他對自己的投資很清楚，所以根本不用假裝知道。

老施從文件中取出兩張紙，遞給葛警官。葛警官以為是自己的戶頭資料，卻沒想到完全是別的東西，而且定睛一看，更令他頭皮發麻。

那是氣球人調查小組的開支報告和撥款單據。十年前葛警官成立小組，自然向財政課申請撥款津貼，用來支付成員的加班薪金、線民報酬以及一切公務開支等等，每年撥款不多，他現在手上的去年開支報告就詳細列明每筆款項的資料；然而，在另一張財政課的撥款單據上，卻有一個數字教他大吃一驚——財政課撥款單上的銀碼多了一個零，小組收到的錢應該是原來的十倍。

小組裡有人做假帳，虧空公款。

葛警官幾乎想衝口而出，大嚷他沒見過這單據，可是剎那間他冷靜下來。

——這不正是氣球人指示的情況嗎？

對這筆款項他毫不知情，按道理他要大力否認，據理力爭，證明自己清白，可是這一刻他彷彿覺得按常理行事只會掉進萬劫不復的境地。他無法解釋原因，可能是生物本能的危機感，也有可能是潛意識被那句荒謬的指示影響，但總之他知道他正站在人生的抉擇點之上。

要聽從死敵的話嗎？

「那……又如何？」葛警官作出選擇，裝出一副平淡的表情向老施說道。

「你沒看清楚嗎？兩邊的金額對不上。」老施訝異地問。

「對不上又如何？」

「也就是說你們之中有人報假帳，中飽私囊！」

「當然不是，我很清楚當中的理由。」葛警官不知道如何回答，只好胡扯。他漸漸覺得自己做了一個飲恨終身的錯誤選擇。

「什麼理由？」

「事涉機密，無可奉告。」

老施瞠目結舌，平頭男和制服警員面面相覷，似乎無法理解目前的情況。老施和平頭男交換了一個眼神後，從椅子站起，脫下眼鏡，對葛警官說：「葛兄，你這樣不合作讓我們很為難。我先給你一點時間好好想一下，待會再來問你，希望到時你能坦承一切。」

眼看著三人正要離開，葛警官打破沉默，說：「慢著。」

「怎麼了，你想跟我們說明了嗎？」

「不，我想知道你們今天還抓了哪些人進拘留室。」葛警官以拇指指了指身後的牆壁。

「我這邊跟你一樣，『事涉機密，無可奉告』。」老施亮出一個帶敵意的笑容，關上鋼門。

葛警官聽到走廊另一端傳來鬧門的關門聲後，他走到鋼門前，透過監視窗確認門外沒有人。緊張過後，不禁嘆一口氣。

「葛警官，你幹得好好喔。」來自排水口的聲音再度響起，「不過你太調皮了，竟然想打聽我的身分。」

「哼，我一定是失心瘋才會聽從你的話。」葛警官坐到洗手盆旁的地上，背靠著牆壁，低頭對著牆洞罵道。

「但你現在了解麻煩有多大吧？」

葛警官不由得語塞。他仍信任部下，可是那張撥款單據說明了另一個事實——他身為小組指揮官，帳目文件只要簽名核實，歸檔、存檔、遞交財政課等等工作都由下屬處理。假如說中間有人私吞款項，那負責的成員便最有嫌疑。

而負責這工作的，正是大石。

問題是，葛警官不相信大石會做出這種事，或者該說，大石的頭腦可沒靈光到懂得這樣做。

「你知道做假帳的犯人是誰？」葛警官喪氣地問道。

「我知道，但因為你剛才嘗試探聽我的身分，為了懲罰你我才不要跟你說。」

「混蛋。」葛警官本來就沒期待對方會說真話。「那傢伙便是殺害警員A的凶手嗎？」

「對。」

「你為什麼知道那麼多？」

「我雖然退休了，但我依然掌握很多情報，好歹我曾是地下業界的頂尖人物嘛。」牆後的聲音變得很愉快。「話說回來，姓施的說你的部下勾結罪犯，殺死A滅口，你沒考慮過那個『罪犯』正是在下嗎？也許你此刻正愚蠢地被罪魁禍首擺布啊？」

「肯定不是你。」葛警官想也沒想，回答得乾脆。

「為什麼？」

「假如你要殺人滅口，犯不著用刀刺殺，那不是你的作風。」

「哈，想不到我在警界也有知心友哩。」

「少往自己臉上貼金，我有機會逮到你，一定把你大卸八塊。」

「葛警官你真愛開玩笑。」

「你為什麼要我撒謊說知道帳目的事？」葛警官話鋒一轉，問道。

「因為這樣做我和你才能平安無事離開這鬼地方……不，應該說『你』才能平安無事離開，我總有辦法全身而退，只是得花上更多時間，而我實在不想繼續待在這個教人倒胃口的房間了。」

「我是問，為什麼我假裝對帳目知情能讓我離開？」

「你待會就會知道了。」

「待會？」

「等那姓施的回來，你便會知道原因。」牆後的聲音頓了頓，再說：「葛警官，你與其探究這個，不如好好推理一下警員A的案子吧？你不覺得案情上有很明顯的矛盾嗎？」

「什麼矛盾？」

「枉你自命神探，這個也看不出來？就當是我給知音人的獎勵，送你一個小提示——你好好想一下，為什麼犯人要用那種方法殺死A？」

葛警官對這譏諷有點惱怒，但他沒作聲，因為經對方提點，他也察覺乍看合理的事件有它的不自然之處。警員A被殺，一般人以為是仇警分子為了復仇行凶，但老施如今指出犯人是葛警官小組的成員，殺人動機是為了滅口，那案情就有一個怪異的地方。

為什麼要行刑似地刺上三十多刀來殺人？

葛警官很清楚，這種手法代表了兩個可能性，一是凶手對死者有血海深仇，為了洩憤故意折磨對方；二是凶手以此逼受害者說出祕密，簡而言之就是拷問。問題是，如今兩者都不合理——警員A發現有同僚瀆職，基於職責向內部調查科報告。假如說犯人因此懷恨在心，殺人滅口之餘還耗費如此長時間去慢慢折磨死者，犯人的動機和行為未免過於不相稱；而若然說是為了迫使死者交出犯罪證據，那又多此一舉，因為內部調查科已鎖定凶嫌範圍，作為罪證的帳目亦明顯不是犯人能消滅的東西，財政課的電腦裡一定有副本。

說到底，這根本不像是以「滅口噤聲」為目的的凶殺案。

凶手想在A身上取得什麼情報？

再者，一般受刑者在透露祕密後、沒有利用價值便會被殺，A挨了三十多刀才失血過多而死，即是說他沒有招供，犯人沒有得逞。換言之犯人大概仍未掌握那項資料，或是沒拿到那東西。

葛警官無法猜想當中的理由，他不斷地思考不同的假設，判斷下屬之中誰最可疑，但任憑他如何努力仍沒法理清頭緒。比起家庭他更重視工作，他對部下的信任遠勝於對妻子和女兒的了解，也因此他完全不能想像阿達、大石或志宏他們會瞞著自己盜取鉅款，甚至為了自保殺人滅口。

——其他人現在是不是也被抓來協助調查了？

葛警官心思一轉，突然想到這點。他知道換成他當調查者，他也會同時間將所有嫌犯逮捕，以免洩漏風聲，萬一案件涉及複數犯人也能一網打盡。平頭男說過偵訊室全滿了，那很可能今天被抓到這分局的，正是氣球人調查小組全組十幾名成員。

當想到這點，葛警官猛然站起，驚懼地瞧著牆洞。

——氣球人是我的部下之一？

這念頭浮現之際，葛警官渾身起雞皮疙瘩，然而不到數秒他的理智告訴他這不可能。因為他對部下比對家人還要熟識，他有自信能認出對方的聲線和語調，十年前一役可能沒察覺，但今天跟那傢伙隔著牆聊了這麼多，假如對方是跟自己共事的部下，他有自信識破身分。

然而，假如氣球人不是自己的部下卻一樣是警隊成員……

葛警官陷入沉思。考慮到氣球人的狡詐特質，對方說自己「退休了」，很可能是指「我從殺人的工作退休了，現在換了跑道」，他不能排除那傢伙混進警方的可能性。也許他跟警員A的案件無關，卻被內部調查科歪打正著，一併當成嫌犯抓來，如今正在擔心自己的過去曝光。為了掩飾，對方一定偽造了不少文件，不盡快洗清嫌疑，那些文件被老施盯上是遲早的事。

「喂，你說你退休了，之前殺人賺的錢賺夠了嗎？」沉默了老半天，葛警官對牆洞問道。

「還好啦。」

「現在百物騰貴，今天覺得足夠的積蓄日後很可能不夠用，畢竟你沒有退休年金。」

「你怎麼知道我沒有？」

「你是公務員嗎？」

「葛警官你又搗蛋了，想試探我嗎？」對方嘲笑道：「你死心吧，我早看穿你現在的想法，所以我說的一切也可能是謊話。我勸你別將心思放在我身上，好好考慮自己的處境，畢竟你還要應付待會的盤問。」

葛警官碰了一鼻子灰，只好閉嘴。他感到一個頭兩個大，一方面想偵查他追跡多年的罪犯，另一方面卻要面對被偵查的不利處境，進退維艱。

然而在這片迷霧裡，另一個猜想赫然冒起，甚至讓葛警官陷入更深的疑惑。

牆後的人真的是氣球人嗎？

那傢伙的語氣的確跟十年前在飯店遇上的那人相像，可是事隔多年，記憶不大可靠。雖然對方能說出十年前的事，但葛警官曾在調查報告中記錄對峙經過，任何讀過那份報告的警員都能說出相同的事實。迄今為止，牆後的人沒有說出能證明他便是氣球人的關鍵證據。

——假如他不是氣球人，那主動跟我搭話的目的為何？

是內部調查科的詭計？是北區凶殺組的計謀？是跟罪犯勾結的部下的同夥，為了擾亂調查故意誤導自己？又或者，那傢伙真的是氣球人，而警員A凶殺案的確是他所為，用刀刺殺是為了製造混亂？

葛警官愈想愈亂，他不知道是自己漸漸失去推理的能力，還是這侷促狹隘的環境令他的腦袋難以好好運作。

「嘎——」

走廊彎角後的閘門再度傳來聲響，葛警官從沉思中甦醒過來。他瞄了手錶一眼，時間已接近午夜，距離上次偵訊差不多已有一個鐘頭。

「他們來了？」葛警官不自覺地對牆洞說了一句，可是，牆後沒有回應。

「嗨，混蛋？」他壓下聲音再說一句，但牆洞依舊沉默。腳步聲漸近，他也不管隔壁那傢伙是否真是氣球人、自己是不是被設計了，趕緊再次坐到石床上，掛回撲克臉。

然而鋼門被打開後，葛警官臉上不由得流露訝異之情。

「阿葛，辛苦你啦。」

站在老施和平頭男身旁的，是一直提攜葛警官的姜副處長。

「副處長，您怎麼……」葛警官連忙站起敬禮，但姜副處長微笑擺手，示意不用。

「處長責成我處理這案子，既然涉及高級警官，我自然也得親自上場。」姜副處長苦笑一下，「幹我們這一行，管你是低級警員還是處長，有需要的話凌晨也得當值啊。」

「不好意思，副處長……」葛警官不禁向對方鞠躬道歉，縱使他自問錯不在己身。

「不打緊，不打緊。」副處長輕鬆地點點頭，指了指身旁的老施和平頭男，「他們說你對關鍵的案情細節有所隱瞞，是嗎？」

「沒有，沒有。」

「葛兄，你剛才不是說什麼『事涉機密，無可奉告』嗎？你到底什麼時候察覺帳目有誤？為什麼你明知有人虧空卻不作聲？」老施咄咄逼人地問道。

葛警官理屈詞窮，只能呆站在石床旁邊，苦思如何作答。要坦承自己根本毫不知情，只是被他人唆擺煽惑，胡扯一番？然而那個「他人」正是自己追捕十年的殺人魔，對方目前更被關在隔壁拘留室……說出這些「事實」，不顯得荒謬絕倫，難以置信嗎？

「阿葛，你放心直說出來就好，多年來我對你充分信任，你不用擔心說出某些違規的事害自己惹麻煩，我這個副處長能作出保證。」副處長伸手攔住老施，讓情況降溫。「警界上下不分階級，只要是警隊中人便是手足，事情不是嚴重違法的話我都有辦法罩住。」

「我──」

砰！

就在葛警官打算說出自己其實一無所知之際，走廊傳出一聲巨響，像是有什麼東西撞上閘門。副處長、老施和平頭男不約而同地回頭張望，可是走廊呈九十度轉彎，他們看不到另一端的情況。

沙、沙──

似乎有什麼重物被拖行的聲音。

葛警官也因為那不尋常的聲音提高警覺，不自覺地向拘留室出口踏前一步，想一窺究竟，可是他的舉動被老施覺察。

「別過來。」老施不禮貌地伸出食指指著對方，就像警告意圖反抗逃走的犯人，但葛警官才沒有理會，站在門邊探頭，勉強瞄到走廊的光景。

「救……救命……」

隨著一聲近乎喘息般的低聲呼喊，一道人影蹣跚地從走廊彎角後現身──一個身穿制服的警員狼狽地拖著另一個穿便裝的男人的上半身，跌跌撞撞地向眾人所在的拘留室一步步走過去。警員雖然仍戴著警帽，但血流披面，左邊肩膀染紅了一片，腰間的槍袋空空如也，似乎剛經歷了一場死鬥；被警員拖過來的男人渾身血汙，地上被拖出一道長長的血痕，不知那人是生是死。

「有、有人襲擊……」不曉得是因為傷勢太重還是體力到了極限，警員甫拖著生死未卜的男人轉過彎角，吐出這半句話後便倒地不起。平頭男和老施見狀立即拔槍戒備，葛警官見狀也想上前幫忙，但他剛踏出一步便給老施擋住。平頭男將葛警官狠狠推回室內，關上鋼門，葛警官只能靠在門邊，焦灼地透過監視窗繼續觀察情況。

「你振作一點！」老施等三人趨前將倒地的警員和男人拖離開彎角，平頭男則緊握手槍，往前探視襲擊者有沒有尾隨那兩人而來。葛警官想起前陣子那些仇警分子曾揚言會對付警察，不確定他們是否挑這間分局進行突襲。

「他死了。」老施檢查過滿身是血的便服男人，吐出一句話。葛警官站在門邊，隔著玻璃目睹一切，就連他們的話也通過門頂的通風口聽得清楚。

「科長，似乎沒有人追——嗚呀——」

葛警官不曉得平頭男那聲慘叫代表什麼。他用力將臉貼上玻璃，可是礙於角度狹窄，他根本無法看到走廊彎角那邊發生什麼事。他只看到面前兩個倒地的染血男人，以及直瞪著平頭男所在之處、面露驚懼的老施和姜副處長。

「發生什麼——」

「嗚呀——」

就在葛警官面前，老施和副處長先後倒下。他本來以為二人被槍擊，但他沒聽到槍響，然後仔細一看，驚覺回憶中的恐怖片段再度在現實中上演——

「氣球人！」

葛警官狂怒的喊叫無法制止殺人魔術重現眼前，老施和姜副處長的脖子同時被一股隱形的力量扭斷。二人在地上掙扎著，手腳猶如痙攣般屈曲，手掌在空氣中亂抓，形成一副教人悚然的異常光景。頸椎骨折斷的聲音再次傳進葛警官的耳朵之中，他更看到姜副處長死前那張蒼白的臉和恇駭的眼神。他用力敲打鋼門，嘗試阻止敬重的上司被殺死，可是對方的頭顱像壞掉的發條玩具，整整轉了兩圈才停下。

「住手！給我住手——！」

葛警官大嚷，但為時已晚。隔著鋼門，走廊上躺著一堆屍體，而他不知道氣球人下一個目標是不是自己。

「媽的，氣球人！給我滾出來！我要將你這孬種碎屍萬段，拿去餵狗！」葛警官回頭對著牆洞憤怒地吼道。

「啊呀，葛警官，大家都是文明人，嘴巴放乾淨點比較好。」

無賴般的聲線再次響起，然而這個回應，讓葛警官背脊一涼——聲音是從他身後鋼門門頂的通風口傳進來的。他猛然回首，透過門上的監視窗，看到那個血流披面的警員緩緩爬起，拍打身上的塵埃。

「初次『見面』，葛警官，在下氣球人。」對方笑道。他將警帽的帽沿按下，讓葛警官無法看到他的雙眼，加上滿臉鮮血，對方難以看清樣貌。

「你、你……拘、拘留室——」葛警官不住回頭望向身後的牆壁，同時又警戒著門外的氣球人。他仍被眼前的光景震懾，無法把話好好說出——他不曉得明明被關在另一間拘留室的氣球人，怎麼搖身一變成了從外面跑進來、拖著另一個男人、頭破血流的警察。

「你以為我被關在隔壁的拘留室嗎？」氣球人聳聳肩，邊說邊背著門後的葛警官蹲下，檢查老施等人的屍體。「抱歉讓你誤會了，我之前的確待在那房間，但門可沒有鎖上。」

「沒……鎖上？」

「對啊，不過我和你一樣『被困』在這鬼地方，我沒完成委託殺掉目標可不能離開。那邊的房間尿騷味超重，被迫待上老半天，實在倒胃口。」

葛警官此刻才察覺這全是氣球人設計的一場戲，他老早裝扮成警察在二號拘留室等候，待目標人物現身、時機成熟便塗上血漿，假裝受傷讓對手鬆懈，再近距離下殺手。

「你——你被委託殺死副處長——」

「他是主要目標，還有姓施的，以及其餘一些警察。」氣球人頭也不回，繼續翻地上屍體的口袋。「這委託有夠誇張的，名單一整串長，還好這位副處長是最後的了，我可以好好休息一下。」

「你——你騙我說退休了。」葛警官本來想痛罵對方殘殺無辜，但他按捺著怒氣，因為他仍沒放棄逮捕對方的想法，尤其他首次如此接近這殺人鬼。

只要拖延便有勝算——他猜想氣球人之後還要面對如何離開這分局的難關，假如樓上有警員察覺地下一樓有異，那氣球人反而成為甕中之鱉。

「我沒騙你，我真的退休了，只是有一件以前遺留下來、不能推卻的委託。我跟你們這些警察不一樣，我很有職業道德的，答應過的承諾就算退休了也得完成。附帶一提，這委託我不但沒酬勞，還得自掏腰包花錢籌備，足足弄了一整個月，唉，只怪我人太好。」

「為什麼你要大費周章，裝神弄鬼在這兒殺害他們？」

「不是『他們』，」氣球人仍沒回頭，自顧自在搜死者們的身，「是這個姓姜的。記者們每天追著他不放，我根本沒辦法瞞過狗仔隊接近他……說起來，十年前那個醫生還好處理一點哩。」

葛警官想起副處長因為醜聞被媒體苦纏，沒料到這反而成了他的護身符，使氣球人缺乏下手的機會。

然而在這剎那間，即使細節仍未釐清，葛警官赫然發現一個事實。這事實教他眼前一黑，一股強烈的反胃感從喉頭湧上，五臟六腑像被絞住般難受。

「你、你、你這混蛋！你利用我引副處長出來！你叫我撒謊說知道帳目撥款什麼的，就是為了引副處長墮進這陷阱！」

「呵，是啊。」氣球人停下動作，回頭瞄了一眼。「謝謝你這麼合作，擔當幫凶這個角色。」

「我……害死了姜副處長……」葛警官難以接受事實，悲憤交加，雙手握拳不住搥打鋼門，指甲掐進手掌心，幾乎掐出血來。

「在這個人吃人的社會，假如你沒助我解決他，你也自身難保嘍。」氣球人輕描淡寫地說，「這是互惠互利吧。」

「我才不要你的幫忙！」

「你是個忘恩負義的自私鬼，我救了你你還在抱怨。」氣球人從老施的口袋搜出一支手機，一邊滑動畫面一邊回答道。

「你胡說什麼？」

「你還懵然未覺自己掉進了怎樣的一個陷阱。」氣球人站起來，低著頭走到鋼門前。「剛才我說過，做假帳的傢伙便是殺害警員A的人，嚴格來說不是『一個人』，而是『一群人』，而主謀正躺在我腳邊。」

「副……處長？」葛警官無法掩飾臉上的驚詫。

「嗯。而根據他們的劇本，數天後報紙便會刊出驚天大新聞——謀殺警員A的凶手竟然是屢破大案的著名刑事警官葛幸一。」

「我、我？」

「葛幸一警官虛構名為『氣球人』的都市傳說殺人鬼，成立裝幌子的特殊調查小組，十年來利用警方的經費漏洞私吞鉅額公款。財政課的警員A發現葛氏的罪行，嘗試告發，卻被葛氏和同夥先下手為強滅口，並且偽裝成仇警分子所為。在北警區凶殺組和內部調查科努力不懈下，終於揭發葛氏的惡行，將他和同黨一網打盡。」氣球人一口氣說道，「這樣的劇本不是很完美嗎？」

「我沒有做過！在法庭上我能自辯，證明這一切都是不實的指控——」

「死人如何自辯啊？」

葛警官目瞪口呆，他沒想過副處長和老施準備殺死自己。

「你今天被抓進這兒，本來就沒有機會活著離開。」氣球人笑道，「他們幹掉你後便會將你偽裝成自殺，配合一堆罪證，世人便會認定你是畏罪自戕。」

「我在警隊一向受敬重，同僚們都了解我的為人，那些帳目單據不足以將我定罪！」

「加上你認罪的自白，那便足夠了吧？」

「我哪做過什麼自白？」

「你沒有，但要偽造出來並不困難。」氣球人按下從老施身上取得的手機，將畫面貼在門上的監視窗。葛警官不由得怔住，手機播放著一條影片，主角正是坐在拘留室石床上的自己。

「葛兄，上月二十五號星期四晚上九點到翌日凌晨四點，你在哪兒？」

「我是嫌犯嗎？」

一個多小時前的盤問過程在手機畫面重現。葛警官沒留意當時有鏡頭在拍攝，但從影片的角度來看，鏡頭應該藏在站在老施身後的平頭男或年輕警員身上。看到這片段，他冷汗直冒，因為他回想起過往呈交給法庭的好些偵訊影片——那些在拘留室拍攝、盤問殺人犯的片段。

「但、但我沒有承認過任何罪行——」

氣球人拿走手機，在上面輸入一些文字。雖然葛警官看不到對方雙眼，但他目睹氣球人嘴角揚起，正不懷好意地笑著。

而當對方按下畫面某按鈕後，手機傳出的聲音令葛警官深感戰慄。

「是我指使部下殺害同袍……他太多管閒事。」

這句話的聲線和語氣，和葛警官一模一樣。

「看，我不就說『偽造不困難』嗎？」氣球人笑道，「近年有一種叫『深假語音』的電腦技術，只要輸入某人說話的樣本，就能使用人工智慧深度學習來模擬出那個人的聲線，東區科創中心就有一家公司專門研究這個。樣本愈多，合成出來的語調愈神似。」

葛警官憶起老施的盤問過程，想起自己曾說過的那幾句話，不由得打從心底發寒。

——阿達不會做這種事！他才不會指使部下瀆職！

——那……那只是單一個案！超速和殺害同袍程度上也相差太遠了吧！

——施科長，我以人格保證大石是好警察，他或許有點笨，喜歡多管閒事，但勾結罪犯之類的指控不可能是事實。

「這軟體可不是我故意安裝的，它本來就在手機裡。功能有點陽春，但看來是他們用來評估盤問取得的聲音樣本夠不夠偽造足以毀你清白的罪證吧，之後再讓同夥用電腦好好弄一遍，加上特效修改影片，稍稍改動你的嘴型，將偽造的聲軌嵌進去，那法庭就會有一件確鑿的證物……啊，不對，反正你人已死，讓這偽造影片『意外流出』，給媒體報導就行了，輿論將矛頭指向你，姓姜的安然無事，警隊剷除一匹害群之馬，民眾有怪罪的對象，皆大歡喜。」

葛警官一臉茫然。他不相信自己會被當成替罪羊，尤其氣球人聲稱主謀是他敬重多年的副處長。理智上他知道眼前一切證據吻合，感情上卻無法接受。

更重要的是，他沒忘記面前的人是他追捕多年的目標，即使自己陷入被誣害的圈套、同僚口蜜腹劍意圖致自己於死，他仍執著於抓住氣球人這殺人魔術師。

「我不相信。」葛警官說道，「這一切不過是片面之詞，天曉得你會不會是在誤導我，就像一個多小時之前一樣。」

「哎，葛警官，你可真頑固啊。」氣球人從口袋掏出一個小小的黃色信封。「這裡面就有你所需要的文件證據，證明警員A發現了什麼而招來殺身之禍。」

「既然你說副處長他們可以造偽證來冤枉我，那我怎知道這什麼鬼證據會不會是你假造出來的？」

「嗨，你這傢伙——」氣球人語氣有點不耐煩，但忽然頓了一頓，再說：「你……該不會是在拖延時間吧？」

葛警官被對方說破心事，不由得怔了一怔。

「我說啊，」氣球人換回輕鬆的語調，「你以為拖延時間，樓上的人發現不對勁，我就會在這兒被圍攻嗎？你太天真了，我既然完成了委託仍賴著不走，跟你繼續聊這些五四三，便代表我已準備好退路嘛——你以為樓上還有半個活人嗎？」

猶如上千隻螞蟻在背部往上爬，葛警官幾乎窒息。他記得氣球人有方法令目標在自己逃離一段時間後才死亡，那麼，他很可能潛伏在隔壁拘留室之前已對樓上的所有警員下殺手——雖然氣球人說他不享受殺戮，但只要擋在他面前，他才不管涉及多少條人命，都會一一剷除。

「你這惡魔……」葛警官咬牙切齒地罵道。強烈的挫敗感湧上心頭，他只能勉強站在門邊以言語發洩。

「我真是人太好，為什麼要花時間跟你說這些呢？」氣球人搖頭嘆道，「呵啊——算了，我還是快快了結，早點回家休息好了。」

氣球人撿起老施的手槍，隔著玻璃指向葛警官。

我要死了——葛警官心想。面對這殺人鬼，他雖然已置生死於度外，但被槍嘴直指，他仍本能地往後退了一步。

砰！

葛警官伸手往前擋住之際，卻發現沒有子彈從監視窗打進來，只見氣球人以槍柄敲碎玻璃。他以為對方準備用「殺人魔術」解決自己，將他的頭顱扭轉七百二十度，對方卻往室內丟進一件東西。

一串鑰匙。

「你手搆不搆得著門鎖我就不管了。」氣球人笑道，「最後送你一個小情報：檢查一下樓上那些死去的警察們的手臂，你會發現有趣的事。我先失陪，後會無期。」

「慢著！氣球人——」

葛警官的喊叫沒能阻止對方離開，當他伸手從破掉的監視窗摸到鋼門外的鑰匙孔位置、成功找出鑰匙串裡哪一支能打開門鎖時，已是十分鐘後的事。門外只有四具屍體，以及氣球人展示過、聲稱裝著證據的黃色信封。葛警官打開信封，裡面只有一張小小的記憶卡。

即便確信為時已晚，葛警官仍一鼓作氣地跑上樓上，期望有人能逃過氣球人的殺手。然而剛衝出梯間，眼前的景象教他大吃一驚。

葛警官面前的確橫七豎八地躺著一具具脖子被扭斷的屍體，可是令他吃驚的不是這些死者，而是周遭的環境。

這兒根本不是警察局。

一樓連接梯間的門廊堆滿紙箱和雜物，加上旁邊一些蒙塵的機器，這兒比較像廢棄工廠或倉庫。門廊左邊有一扇沒關上的門，葛警官跨過地上的屍體，發現門後是個像休息室的房間，除了排著幾張長沙發外，門口旁邊還有一個小酒吧。每張沙發上擱著幾具屍體，當中有男有女，男的有穿制服也有穿便服的，但女的都衣著性感，就像是夜店的陪酒小姐。地上散著碎掉的酒瓶、酒杯和小吃零嘴，而角落的一張沙發上有一對衣衫不整的男女，女的跨坐在男的大腿上，就像二人正在纏綿，可是他們的頭顱都像莖稈折掉的麥穗，無力地垂在彼此的肩膀上。最讓葛警官詫異的是，那男人可是穿著警察制服，縱然他的褲子早褪到小腿上，手銬則扣在自己的手腕上，而警帽卻戴在女方的頭頂。

葛警官退回門廊，往右邊走過去。他仍無法理解這環境，但當他穿過右邊的走廊，踏進那個像倉庫般的偌大房間時，他就明白一切。在那房間裡，除了地上的死者外，有一張張長桌子，桌上有一副副化學實驗室專用似的儀器，而接近房間入口的長桌上卻放滿一包包白色的粉末。

這是製毒工廠。

葛警官終於回想起在拘留室聞到的酸甜氣味是什麼，那是製毒過程中化學品散發出來的味道，酸的是安非他命，甜的是古柯鹼。包裝毒品的桌子上有一個死去的制服警員俯伏著，他身邊的另一個死者便是和平頭男一起抓葛警官來的北區凶殺組組員。

——檢查一下樓上那些死去的警察們的手臂，你會發現有趣的事。

氣球人最後擱下的話令葛警官十分在意，縱使他難以接受目前看到的一切所暗示的事實。他走到死去的凶殺組組員身旁，捲起對方的左手袖子，沒看到任何異樣，可是捲起右邊袖子時卻看到了。

在那條手臂上，有北區黑道「驃馬幫」的幫派紋身。

葛警官釐清案情的所有細節已是一週後的事。也因為這些細節，他猜想氣球人真的是個懂法術的殺手。

在那張記憶卡裡，記載了警員A被殺的理由——裡面有警察財政課多份文件拷貝，顯示警方在財政上有很大的人為漏洞，然而那些漏洞卻跟葛警官一開始想像的不一樣。

他本來以為氣球人調查小組的開支跟撥款單據有差異代表有人虧空公款，但結論完全相反。錢不是被偷走，而是增加了。

姜副處長利用警方來洗黑錢。

根據紀錄，這漏洞在葛警官初成立氣球人調查小組已被利用。副處長——當時仍是刑事部部長——跟黑道驃馬幫勾結，協助對方清洗販毒的黑錢，他暗中將警隊中的同夥加進葛警官毫不察覺存在、名義上隸屬氣球人調查小組的特殊隊伍名單，然後偽造撥款單據，將黑錢當成公務津貼發放給這些部下，部下們再將這筆錢全數存進警隊的儲蓄暨福利合作社。合作社委員會成員全是副處長的爪牙或同黨，他們有權選擇將合作社存款基金投資到什麼公司，結果款項回流到由驃馬幫合法經營、當作掩飾地下生意的財務企業去。

阿達任職的商業犯罪調查課再厲害，也沒辦法想像在同一棟大樓辦公的財政課會被用來洗錢。

製毒工廠裡除了葛警官外無人生還，死者共計三十六名，當中一半以上是警察；而同一天晚上還有四十七個警察離奇死亡，當中大部分來自北警區以及內部調查科，死者全是死於頸骨折斷。經調查後，所有被殺警察都在警員A調查到的名單之上，是收取不法利益、包庇黑道的腐敗警察，不少更是有雙重身分的黑道成員——事實上，弱小的驃馬幫早成為姜副處長的禁臠，部分警察和黑道早同化了。

葛警官被拘押的地點除了是驃馬幫的製毒中心外，亦是幫派提供警員「福利」的娛樂場所，黑警們可以在這兒獲得妓女或毒品的招待。調查發現，那個偽裝成拘留室的地下一樓本來是黑道用來監禁、拷問敵對組織成員的地點，而老施和同夥們過去曾不下一次利用它來禁錮無辜者，讓對方以為自己身處警局內——當然，那些被禁錮、吐露祕密的傢伙之後都人間蒸發，很可能被埋到了北區的樹林之下。

回想起被平頭男帶去「協助調查」的經過，葛警官不禁責罵自己太大意。搜查隊在製毒工廠找到一箱攝影機和閃光燈，葛警官此時才了解他在「假警局」外被記者突擊也是整場戲的一部分。他被平頭男用外套蒙頭，不是為了讓「記者」拍不到他的樣子，而是要妨止他發現那根本不是警察分局。

而他猜測，當時氣球人已偽裝成警員，穿著制服竄進工廠，並且殺死一人，和屍體一起在二號拘留室等候多時了。

除了葛警官被關的四號拘留室，其餘房間的門鎖都不能上鎖。他不知道本來黑道和黑警們一向只需要一個房間來演戲，還是一至三號拘留室的門鎖事前被氣球人破壞，逼老施他們選擇四號室，讓氣球人順利地反過來演另一場戲來欺騙對方。氣球人指示葛警官謊稱對撥款知情，正是知道老施他們擔心節外生枝，萬一葛警官早發現單據有異樣，曾對部下說明，那必須在殺掉對方前確認情報，堵塞漏洞。而要讓葛警官開口，只能依賴比他高級的警官，也就是這個犯罪集團的最高幹部姜副處長。

葛警官推測，氣球人花了差不多一個月來籌備，對數十名警察逐一下毒手，使所有人同一時間遇害——除了魔法或超能力，他想像不到第二個解釋。至於氣球人如何確知當天葛警官會被「拘捕」、副處長何時現身，葛警官無法想像出答案。也許對方倚靠運氣，或是有強大的情報網絡後援去推理出這個結論。

新上任的副處長十分感激葛警官揪出害群之馬——畢竟葛警官替他解決了職場上的競爭對手——但葛警官一直耿耿於懷。接受氣球人的恩惠本來已教他不快，更難接受的，是他發現那個裝著記憶卡的信封上面的地址。

那是葛警官的住址。

警員A本來是將證據寄給葛警官的，只是氣球人從他的信箱偷走了信。

警員A搜證歸納的名單之中，沒有姜副處長的名字，他只發現老施之上有一個「更高級」的警官涉案，可是不確定身分。他沒有笨到向內部調查科舉發老施這個科長，反而在察覺自己很可能被盯上時，將罪證寄給出名正直的葛警官。

老施等人拷問警員A，就是想知道他有沒有將證據給了誰，但他寧死不屈，沒有說出祕密。葛警官想到，假如氣球人沒偷走這封信，他看到罪證，八成會向自己最信任的副處長求助，那早在一個月前他已經繼警員A一命嗚呼。

氣球人不只救了他兩次，還為警員A討回公道。對方明明是十惡不赦的殺人鬼，在這案子裡更屠殺了接近一百人，葛警官卻無法指責對方邪惡——畢竟比他邪惡百倍的傢伙，一直披著正義之師的外皮和自己共事。

——人類都是自私鬼，是偽善者。

闔上案件的報告書，一個人待在總部辦公室的他想起氣球人這句話。

人類為了保護同族生命，可以任意剝奪其他物種的生存權，那對警察來說，這個「同族」的定義是不是縮小至同僚呢？對姜副處長來說，它的定義是否更小，只有那些同流合汙的手下才是「同族」呢？

葛警官沒法找到答案。

離退休只有一個月，他知道他這輩子也不可能抓住氣球人了，但經歷過這場險死還生的冒險，他也不再在乎自己的「遺憾清單」上有多少項。

「或者至少可以彌補一項吧。」葛警官想。

他打開手機，在通訊錄上找出離婚妻子的號碼，按下撥號。

7 最後派對

「珍珍、小寶，你們要聽爺爺的話，別調皮喔。」

「嗯！」「嗯。」

看著爸爸媽媽的車子遠去，珍珍更感鬱悶。因為工作關係，珍珍和小寶的父母要到外國出差半個月，兩小姊弟只好寄住在祖父的家。珍珍並不討厭她的爺爺——雖然他們一年只見面三、四次——但要她在暑假期間，離開自己的家到這個偏僻的郊區居住，跟同學朋友暫別兩個星期，對這個九歲的小女孩來說稱不上是什麼愉快的體驗。

「姊姊！這裡好多花草樹木啊！」六歲的小寶牽著姊姊的手，興奮地搖著她的手臂。

比起滿懷心事的姊姊，樂天的小寶對這個陌生的環境感到雀躍。在他的眼中，這個地方恍若天然的樂園，偏僻的社區就像神祕的村子，四間屋子好似四座古老的城堡，通往小山丘的道路宛如魔界森林的入口。透過豐富的想像力，小寶覺得這兒比位於市中心的家更好玩、更有趣。

這是珍珍和小寶第一次到祖父的家。每年春節、中秋等節日，祖父都會到市區跟他們吃飯，平日偶爾會跟兒子和孫兒通電話聊兩句，爺孫之間不能說是很要好，但亦不至於太陌生。珍珍聽父親說過，知道祖父是個有錢人，雖然外表看不出來，但他擁有這個郊區的大片土地，還有十多棟房子收租，租客都稱呼他「房東先生」。

每年珍珍和小寶生日，祖父都會託父親給他們大紅包，只是父母怕寵壞孩子，命令他們把九成的金額存起來——不過餘下的一成，也足夠珍珍購買讓同學們羨慕的巨大熊娃娃，以及讓小寶買最新款的動漫玩具。

祖父的家比珍珍所想的，亮麗得多。珍珍知道祖父住在偏僻的郊區時，還以為會是一棟破落的木屋，沒想到比自己所住的家還要豪華，客廳的電視比家裡的大上一倍，更有巨型的音響。這棟房子有兩層，一樓是大廳和廚房，二樓是寢室和客房。小寶看到房間時很高興，因為客房裡竟然放了兩部電視，還有兩台電腦。小寶的媽媽從來不准他每天看超過兩個鐘頭的卡通，週末才准許他打一會兒電動，他沒想過祖父的家除了神祕漂亮外，還有這麼「厲害」的設備。

「珍珍，小寶，你們幾點睡、玩多久、看多少電視都可以，」祖父對他們說：「不過如果你們睡過頭、遲了回來趕不上吃飯時間，你們就要餓肚子喔。」

珍珍和小寶點點頭。他們早聽過父親提及祖父的管教，知道爺爺喜歡訓練孩子自律。

「爺爺，我要到外面探險！」雖然室內的玩意很吸引人，但小寶對外面的環境更感好奇。

「這一帶很安全，沒有什麼車子，你們可以隨便逛，不過藍色那棟房子有一位租客，他在家裡工作，你們不要跑去騷擾人家，給人家添麻煩。」祖父指了指窗外，雖然從這房間根本看不到那間藍色的小屋。

「爺爺，我還要去森林！」小寶興奮地說。祖父和珍珍一時間也不明白「森林」是什麼，在小寶比手畫腳地說明後，他們才知道他說的是道路盡頭的小山丘。

「你們不要自己跑上去，那邊有野狗，我又怕你們迷路。我最近有點風溼痛，改天帶你們去走走，好不好？」

小寶大力點頭，眼神充滿著希冀。珍珍沒把心思放在什麼森林山丘，她只在盤算怎麼打發這兩個星期的時間，回家後跟好友小麗她們聚會。

「一個鐘頭後吃中飯，我煮了咖哩，別顧著玩耍忘了下來喔。」老祖父說完這句便離開房間。看到爺爺孤寂的背影，珍珍突然覺得有點慚愧。暱稱麗塔的奶奶在珍珍出生前已病逝，而爺爺一直堅持留在這個小社區當房東，不肯到市區跟兒媳、孫兒一起居住，這十多年來老祖父只是一個人孤伶伶地住在這僻靜的郊外。今天難得有機會跟孫兒生活，閒話家常，身為孫子的自己卻老是想著兩個星期後回家跟朋友見面，珍珍心想，自己未免太自私了。

當珍珍一邊打開包包、取出課外讀本和作業，一邊反省自己的態度時，小寶卻按下電視遙控器，蹦到床上，坐在電視前。

「小寶！看電視不要坐得太近。」

小寶聽到姊姊的話，連忙往後退，坐在床的另一端。

「怎麼沒有卡通啊？」小寶換了幾個頻道，電視上只播著肥皂劇和新聞。

「不要一直按，按壞了你要賠給爺爺喔。」珍珍嚇唬弟弟說。小寶吐吐舌頭，乖乖地放下遙控器。

「……昨晚在城南博物館發生的五屍命案，至今仍未有任何進展。現場消息指出，五名死者中，有三人是博物館的職員，兩人是參觀者，所有受害者皆死於心臟衰竭，手腳痙攣陳屍於博物館的大廳及職員室內。由於館內監視器被破壞，警方未能翻看事發的過程，而博物館館長路炳然博士透露，館內正展出的一批歐洲化妝盒遭盜，館方仍在清算損失。該批化妝盒由一位私人收藏家借出，估計市值六千萬元。雖然警方沒有在現場找到證據，但警方發言人表示相信五位死者死於中毒。另外有消息指出，有部分調查人員認為犯人與過去類似的離奇凶案有關，現正全力偵查中……」

電視傳來這樣的報導。珍珍沒有特別注意細節，但小寶津津有味地聆聽著。

「姊姊！這一定是表哥說過的那個『氣球人』做的！」

「別傻了，氣球人什麼只是表哥說來戲弄你的。」

「不是啦，表哥說過，那是一個連警察叔叔也不抓不住的大壞蛋喔！」

有時珍珍覺得自己的弟弟有點不正常。一個未滿七歲的小鬼，竟然對什麼殺人案件、都市傳說產生興趣，換作一般小孩，聽到這些話題都會哇哇大哭，這傢伙卻興味盎然地追問下去。不久前，十六歲的表哥在親戚的婚宴上跟小寶說「恐怖的氣球人」的故事，說什麼有一個擅長利用魔法殺人的殺人魔術師潛伏城市之中，犯下無數詭異的殺人案，沒想到小寶沒被嚇到，反而一直抓著表哥問長問短，煩得表哥要向小寶父母賠不是。珍珍猜想，小寶如此膽大一定是拜那些「名偵探什麼」的卡通所賜。在小孩子的認知裡，殺人犯跟警探的周旋，都變成遊戲似的對決。

珍珍經常無法理解小寶的想法。

——小寶真的是自己的弟弟嗎？

珍珍不下一次有過這樣的怪念頭。珍珍品學兼優，運動萬能，加上可愛甜美的笑容，在學校是萬人迷，受盡師長的寵愛、同學的愛戴。然而，小寶卻是個怪咖，小小年紀便經常闖禍，在學校裡弄哭同學，又讓老師氣得半死。兩姊弟的性格南轅北轍，珍珍精明幹練，小寶糊里糊塗。珍珍其實很清楚，弟弟的糊塗只是表象，小寶比同年紀的孩子都要聰明，只是他的想法十分古怪，就連爸爸媽媽也捉摸不到。

雖然珍珍和小寶性格迥異，但姊弟倆亦有一個共通點。

他們都很喜歡對方。

珍珍忘了從何時開始，弟弟時常牽著自己的手，跟著自己跑來跑去。就連跟著父母一起外出，小寶也喜歡牽著姊姊的手。有時小寶鬧彆扭，父母拿他沒法之際，只要珍珍開口，小寶就會乖乖聽話。縱使弟弟不大可愛，珍珍每次聽到小寶親熱地喊她「姊姊」，她都覺得心頭冒起一份溫暖。珍珍猜想，自己用功學習、行為端正，說不定是因為想立一個好榜樣給弟弟仿效。

一個鐘頭後，珍珍和小寶到大廳跟祖父吃中飯。電視上仍播著博物館事件的報導，但祖父沒有理會，只顧著跟孫兒邊吃邊聊天。珍珍覺得爺爺比平時話更多，他都在問兩姊弟在學校的生活之類。

吃過飯後，珍珍要替爺爺洗盤子，但老祖父說：「你們兩個去玩吧！別搶了我享受家務的樂趣。」

「姊姊，我們到外面探險喔！」小寶走到大門邊，伸手扭動門把。

「爺爺，我帶小寶出去逛逛！」珍珍向著廚房喊道。

「別走太遠！」廚房傳來祖父的回答。

珍珍牽著小寶，離開這棟白色的房子，站在庭園裡四處張望。小寶像隻猴子般蹦來蹦去，一時跑到房子後察看水管和排水溝，一時攀上欄杆遠眺樹叢後的風景。

「姊姊，我們來玩捉迷藏吧！」小寶突然說。

「你不是說要探險嗎？」

「捉迷藏更好玩喔！」

「可是我們連這附近的環境都不清楚啊。」珍珍環顧四周。

「就是不清楚才好玩呀！」小寶又一次說出超乎珍珍理解的話。珍珍好一會才明白，小寶是說比起早就知道每一個隱蔽的地點，對環境一無所知會更好玩。

珍珍本來想拒絕，但她靈機一動，說：「好，不過你先等我一下。」

珍珍回到房間，拿起一本課外書，塞進小包包裡，帶著包包回到庭園。

「你要當鬼吧？」珍珍問。

「不是鬼！是名偵探！姊姊是怪盜，我就是要把妳找出來！」

「好好，怪盜或什麼都好，總之我現在要躲起來了，你先闔上眼數一百吧！」

「姊姊不可以躲到爺爺不准我們進去的森林裡，或者跑回家裡看電視，讓我在外面一直找妳喔！」

「行了，我就會躲在這附近。」珍珍說。她倒沒想過，有先回房間躲起來這一招。

「我數了喔！一……二……」小寶面向玄關旁的柱子，手掌蓋著雙眼，慢慢地數數。

珍珍推開欄柵旁的閘門，躡手躡腳地往右邊走去。她沿著道路一直走，經過無人居住的綠色房子，來到藍色和黃色兩棟屋子前。她想起爺爺說過藍色屋子的租客在家工作，囑咐他們別騷擾人家，於是她悄悄走到藍色的房子後面，撥開樹叢，找到房子外牆和草叢之間一個小小的空間。她倚著牆壁坐在一塊磚頭上，然後從包包掏出書本，在陽光下看起書來。

珍珍本來不想玩什麼捉迷藏，但她想到這樣比帶著像頑猴一樣的弟弟四處「探險」來得輕鬆，她只要找一個地方躲好，就可以慢慢看書。祖父提過藍色房子有人住，珍珍猜小寶未必猜到她躲在這兒。等到小寶找到不自己，哭著要找姊姊時，她再跑出去露面。

珍珍想到這兒，滿意地露出微笑。

珍珍開始閱讀手上的課外書。那是一本簡譯版的《綠野仙蹤》，她來爺爺家前只讀了數頁，主角桃樂絲才剛「誤殺」了邪惡的東方女巫，被善良的北方女巫唆使強搶死者的銀鞋，踏上找尋奧茲國魔法師之旅。

「……也是時候吧。」

珍珍忽然聽到說話聲。她把視線從故事書移開，左右張望。她的前方是向上傾斜的陡坡，聲音並不是從那兒傳來的，她便抬頭向左右兩邊察看。透過樹叢間的空隙，她看不到任何人影，可是，聲音再一次傳來。

「你是認真的嗎？」

珍珍傾耳細聽，發覺聲音是從背後傳出。她的身後便是藍色屋子的牆壁，向上一看，發覺原來上方有一扇窗子。雖然玻璃窗緊閉，但聲音還是從房子裡跑出來。

「幹了這麼多年，夠了，而且再幹下去……我怕失手。」

從聲音可以知道，房子裡有兩個男人，他們正在交談。珍珍覺得偷聽他人的隱私很不道德，於是站起來，打算找另一個地方躲起來繼續看書，可是當她聽到下一句話時，卻不由得僵住。

「真不像你，昨天博物館的差事就幹得很漂亮啊？五條人命，咻的一聲便解決了，愚蠢的警方至今還一頭霧水呢。」

博物館？警方？五條人命？珍珍想起之前看到的新聞報導，感到疑惑。

「不，我覺得那已經是極限了。」

「但你最後不是幹掉目標人物，完成委託了嘛？」

「話是這麼說……」

「你是我遇過最好的殺手，這些年來，我介紹給你的工作你全都完成得乾淨俐落，幾乎沒留下半點證據。如果你現在退下來，大客戶找我，我都不知道要把委託轉交給哪個人好了。」

珍珍驚惶地掩著自己的嘴巴，額上冒出一滴滴冷汗。房子裡的人是殺手！是昨天在博物館殺死五個人的殺手！為了聽得更清楚，她把耳朵貼近牆壁，專心地聆聽著二人的對話。

「我近來覺得有點力不從心，」另一人說：「你當中間人，不用上前線，當然覺得無所謂，但我要應付所有突發情況啊。就像昨天，我本來預計館內只有三名職員和那個人，怎麼料到原來有一個無關的客人在廁所。如果我一時大意，沒發現他，我今天搞不好已被逮捕了。長期躲在後方的你又怎會明白我的難處呢……」

「阿……」珍珍聽不清楚對方的話，他似乎在叫那個殺手的名字，「雖然我只負責接頭，但我也要下很多工夫，確保你的身分不致暴露啊。」

「總而言之，我決定退休了。」

「我手上還有好幾個委託，其中有兩個想給你，你不妨考慮一下？報酬方面我可以再提高一點。」

「我就說不是錢的問題！」那人怒吼。

啪。

一隻手掌突然搭在珍珍的肩膀上，嚇得她幾乎尖叫出來。

珍珍駭然地回頭一看，只見小寶天真無邪的笑容。

「找到妳啦，姊姊……」

小寶話未說完，珍珍連忙把他拉住，捂住他的嘴巴，緊貼著牆壁，縮到一旁。

這時候，她才猛然驚覺自己的處境非常危險。

不到兩秒，她聽到有人走到窗前，伸手打開窗戶。幸好窗台稍為向外凸出，她跟小寶縮在牆下一角，剛好身處於一個盲點。

「怎麼了？」房間裡其中一個人問。

「沒什麼，我想我聽錯了。可能是野貓。」那個人關上窗子，說：「看，我已經變得這麼神經兮兮了，再幹下去一定會失手。」

「唉，無論如何，我不會死心的。或者你先休息幾個月，我之後再跟你談吧。」

珍珍聽到兩人往房間的另一端走去，按捺著忐忑不安的心情，伸長脖子，從窗戶的邊緣偷看屋內的情況。她看到在玄關前，一個三十來歲的男人正跟一個長鬍子的大叔握手，那男人說：「好，我們之後再談，就當我放一個長假。」

「嗯。之後再聯絡，阿誠。」鬍鬚男說。珍珍這一刻聽清楚那個殺手的名字，他大概叫「阿成」或「阿誠」。

鬍鬚男離開屋子，男人關門後，開始收拾桌上的咖啡杯。

「嘿，再談？今晚你就會心臟病發嗝屁，這樣我就可以安心退休了。」男人自言自語道。

珍珍感到莫名的驚懼，她再一次蹲下，回望自己緊抱著的小寶，只看到他以不解的眼神盯著自己。她不敢鬆開手掌，生怕一放手，小寶說話會引起殺手的注意。

「只要被發現，就死定了。」珍珍寒毛直豎，眼角滲出淚水。她知道這時候要盡快離開，可是她雙腿發軟，而且她覺得只要發出丁點腳步聲，就會被屋子裡的人發現。

「沙……」屋子裡傳出水聲，那個人進去浴室，開始洗澡。

「珍珍，要趁現在逃跑啊！」珍珍在腦袋中對自己說，可是雙腿就是不聽使喚，沒有半點要動的意思。「現在不逃就沒有機會了！」「妳還要待多久啊？」珍珍不斷責罵自己軟弱，但她就是沒有勇氣踏出第一步。

「唔……」小寶搖搖頭，看著珍珍，不懂她在掙扎什麼。

「為了小寶，一定要逃跑啊！」珍珍心底突然冒出丁點勇氣。她奮力站起來，仔細聽著房子裡的水聲，然後抱住小寶，戰戰兢兢地離開那個樹叢和牆壁之間的小空間。

當她走到道路轉角，離開藍色屋子庭園有一段距離時，她拖著小寶，頭也不回地狂奔，一口氣跑回祖父家門前。剛才從屋後走到屋前，其實不用二十秒，但她覺得那二十秒就像一個鐘頭那麼長，那麼可怕。

「姊姊，發生什麼事啊？」小寶仍是一臉純真，對珍珍剛才陷入的恐懼一無所知。

珍珍本來不想說，但她害怕小寶會胡來，於是把聽到的對話告訴對方。

「那個人就是殺人的壞蛋嘍？」小寶訝異地問。

珍珍點點頭。

「我們快告訴爺爺，讓他報警。」珍珍說。

「不要啊，萬一警察叔叔不相信我們，那個壞蛋就會害姊姊跟爺爺了。」小寶說。

珍珍沒想過這個可能，但仔細考慮一下，情況真的如弟弟所說。警察會相信兩個小孩的話嗎？如果警察不相信，驚動了殺手，他們就會變成滅口的目標。

畢竟那傢伙連接頭的中間人都解決了。

「姊姊，我們要先找到證據，警察叔叔才能夠逮捕犯人啊。」小寶抬頭跟姊姊說。珍珍有點詫異弟弟懂得那麼多，連「逮捕」這種詞語都懂得說，不過細心一想，大概是從那些偵探卡通學到的。

「別幹危險的事啊！」珍珍焦急地說。

「我們回去好好想一下法子吧！姊姊這麼聰明，一定會想到方法的！」

珍珍對小寶這時候仍氣定神閒，再次覺得弟弟是一個怪咖。不過，她想這也是最合理的做法，雖然鄰居是個危險人物，但看來沒有立即的危險，先待在祖父家，至少能確保弟弟的安全。

晚上，珍珍和小寶待在房間，思量對策。雖然吃晚飯時祖父覺得孫女神情有異，但他只以為是孩子想家，沒有在意。

「不如當作什麼都不知道吧！反正我們半個月就回家了。」珍珍說。縱使這做法很消極，但對兩個十歲不到的孩子而言，這或許是最好的決定。

「萬一那個壞蛋以後要害爺爺，怎辦？」小寶冷靜地說。珍珍皺起眉頭，覺得很不安——沒錯兩星期後他們便離開了，但祖父還繼續待在這兒，而那傢伙是個連夥伴也會殺掉的狂魔啊。

「告訴爺爺不行、裝作不知情又不行，該怎麼做才好啊……」珍珍哭喪著臉說。

「我就說，由我們找證據嘛！」小寶樂天地說。

「小寶，這是現實，不是卡通漫畫啊！」珍珍板起臉，認真地對弟弟說：「我們怎麼可能找到殺人證據？」

「姊姊，我們不是要找殺人證據喔！」小寶說：「電視說那個壞蛋除了殺人外，還偷了東西嘛！我們只要找到那些『賊倉』就有證據了！」

「你是說『賊贓』吧……」珍珍想了想，反問道：「你怎麼肯定他還沒賣掉贓物啊？而且說不定那些財物在中間人手上呢？」

「當然在他手上啊，如果在中間人那裡，他就不會殺死中間人嘛。」小寶一臉輕鬆地說。

珍珍怔了一怔，覺得弟弟言之有理。她沒想到小寶從那些卡通裡學了一堆無用的知識，偏偏這刻派上用場。

「我們只要在這陣子留意一下那個人的生活，有沒有奇怪的樣子就行啦！壞蛋都會露出……露出腳的！」小寶嚷道。

珍珍本來想糾正弟弟誤用的成語，但她的心思都放在計畫上。只是打探一下，旁敲側擊，應該不會有什麼危險吧？如果能抓到壞蛋的辮子，就能確保爺爺的安全了。

「好吧，我們明天一起去。」珍珍點點頭。她想，房東的孫兒跟住客打個招呼，應該不會引起懷疑吧？頂多被當成頑皮的小孩子罷了。

小寶從床上翻落，坐在書桌前，打開圖畫簿，拾起色筆在上面畫畫。

「姊姊，我來計畫一下偵查的『步周』！」

珍珍不知道小寶打算有什麼「步驟」，她只擔心自己能不能鎮定地面對那個可怕的男人。

翌日上午，珍珍和小寶吃過早餐後，一起走到藍色房子前監視。泊在房子前的車子不見了，珍珍猜那男人不在家裡。她大著膽子，走到房子的窗前探視，室內沒有半個人影。

「糟糕，他會不會去賣贓物了？」珍珍說。

「不會，犯人不會剛犯案就立刻賣掉贓物喔，因為很容易被警察知道！」小寶又一次祭出他從卡通學到的偵探知識。

整個上午，珍珍和小寶都待在藍色和黃色的房子前，等待著男人回來。直到中午，仍不見蹤影。

「姊姊，我肚子餓了，我們要回去吃中飯喔。」小寶拉了拉珍珍的衣角。

珍珍看看手錶，回頭看著靜謐的道路彼方，牽著弟弟的手，回到祖父的家。

下午兩人再次走到藍色房子前，待了半個鐘頭後，珍珍聽到遠方傳來引擎聲。她連忙拖著小寶躲到黃色房子庭園一角，在樹叢後窺看著。

男人回來了。

那個人離開車子，提著兩袋像是裝滿日用品的塑膠袋，慢慢走向玄關。

珍珍和小寶目不轉睛地盯著男人。男人默默地掏出鑰匙，打開門鎖，走進屋子內。

「姊姊，我們靠近一點看看吧！」

珍珍點點頭，於是兩人從樹叢後走出來，慢慢走近藍色房子。

可是他們只走了三、四步，便遇上意料之外的情形。

男人從房子走出來，跟他們碰過正著。

珍珍大吃一驚，連忙抓緊小寶的手。她壓抑著不安的心情，裝出好奇的樣子，望向男人。

「還好我們還沒走進他的園子裡……」珍珍心想。

「哦，小朋友，你們是房東先生的孫兒嗎？」男人面露微笑，主動跟他們打招呼，一邊往車子走過去。

「嗯、嗯。」珍珍回報一個僵硬的笑容。她希望對方只把她當作怕生的小女孩，不會懷疑她有什麼企圖。

男人打開車門，再從座位取出兩大袋日用品。珍珍看到，不禁罵自己大意，沒想過對方要分兩次提東西回家。

「你們來爺爺家玩嗎？」男人仍然笑瞇瞇的，態度相當親切。

「我們來住兩個禮拜。」珍珍答道。她想，她沒必要撒謊。

「我聽過房東先生提起你們，妳叫……珍珍，而你叫小寶，對不對？每年春節他都會到市區探望你們吧。」

珍珍沒想過，原來自己和弟弟的名字早被對方知道。

「爺爺也提過，阿誠叔叔你一個人住在這兒，在家裡工作。」小寶像是不甘示弱，插嘴說。

「哦？」男人眨眨眼，笑著說：「對啊，我在家裡工作，所以你們最好別在這邊玩耍哪。」

「嗯，我們知道了。我們先回去，掰掰。」珍珍拉了小寶一把，深怕他會連「凶案」或「賊贓」之類都說出來。

珍珍拖著小寶回頭走，男人卻突然叫住他們：「等一下。」

男人的聲音就像冰冷的刀鋒，刺進珍珍的背脊。

「什麼事？」珍珍開始慌張，怕昨天偷聽的事情被拆穿。

「別叫我叔叔，我還沒那麼老啊。」男人大笑道：「叫我哥哥就好啦。」

珍珍舒一口氣，擠出笑容，說：「嗯，那再見了，阿誠哥哥。」

小寶跟著姊姊向男人擺擺手，然後一同回到祖父的家。

「沒有露出馬腳吧？」珍珍心想，「不過，對方知道我們是誰，又警告我們別走近他的房子，我們可不能繼續監視了。」

「姊姊，我們再去偵查吧！」剛回到房間，小寶便說出跟珍珍想法相反的提議。

「那個人已經留意到我們，他知道我們的事情比我們知道他的還要多！我們怎麼可以再去啊！」珍珍皺著眉頭說。

「如果我們不去偵查，就什麼也做不到啦！」小寶打開放在書桌上的圖畫簿，指著他畫的「偵查步驟」，說：「我們要先找到『賊倉』，拿給爺爺看，爺爺就會相信我們，找警察叔叔，讓警察叔叔抓那個壞蛋，就像卡通裡……」

「夠了！」珍珍聽到「卡通」二字，按捺不住，對小寶大罵：「別再玩這種愚蠢的偵探遊戲！說不定我昨天聽錯了，或者那個男人是個演員，他跟那個鬍鬚大叔在演戲呢！他是好人也好、壞蛋也好，我都不想再管了！」

小寶呆住，眼眶紅了。一直以來，珍珍從沒對小寶動怒，沒罵過他半句。這一刻姊弟之間出現了第一道裂痕，房間裡只餘下一片靜默。小寶沒有哭出來，他只是抽著鼻子，忍住淚水，拿著畫筆在紙上塗塗畫畫。

珍珍感到十分懊悔。她覺得自己把話說得太重，想跟小寶道歉，可是，她害怕道歉後小寶又會固執地繼續他的偵查遊戲，萬一有什麼意外，她會內疚一生。

晚飯時，祖父看出兩人有點不對勁，不過他以為是姊弟間因為玩遊戲之類發生的小爭執，也就不過問。

珍珍想，只要睡一覺，小寶便會忘掉他們之間的不和。但結果出乎珍珍意料。

早上，小寶沒有一如以往地跟姊姊親熱地說早安，亦沒有耍脾氣為難珍珍。珍珍起床時，發覺旁邊的床上空空如也。

「小寶！」珍珍大驚，向房間四處張看。她的第一個念頭是小寶被那個人抓住了，但細心一想，自己仍在房間裡就證明不是那回事，如果殺手真的潛進房子，她現在也不能活著找弟弟。接下來她猜想弟弟向自己報復，特意躲起來嚇她，於是她打開衣櫥，蹲下察看床底下，看看小寶是不是縮在一角鬧彆扭，可是小寶都不在這些地方。她無意間走到窗前，往窗外一看，發覺小寶正在庭園前方，沿著道路往左邊走去。

祖父房子的左方是斷頭路，再往前走便是往山丘的小徑。珍珍匆忙地穿上外衣，連臉也沒洗便衝出房子。當她走到路上，已不見小寶的蹤跡。

「小寶！」她呼叫一聲，四周沒有回應，就只有早晨的鳥啼和夏蟬的鳴叫。一股不祥的預感教珍珍背脊發涼，她沒再多想，沿著道路往山丘跑去。

經過道路的盡頭、小徑的入口，珍珍來到山丘的樹林之中。山丘小徑並不闊，而且愈往山上延伸，小徑就漸漸消失，和泥地、樹叢融為一體。珍珍喘著大氣，一邊跑一邊呼喚著小寶，沒理會衣服被泥土弄髒、手腕被樹枝割痛，心裡就只記掛著弟弟的安全。

「小寶！」走了差不多十分鐘，珍珍快要哭出來。

「姊姊！別這麼大聲啊！」小寶忽然從樹叢中竄出，拉住珍珍的手。

「小寶！」珍珍一把抱住弟弟，看到他平安無事，什麼爭執都忘掉了。

「噓！姊姊，別出聲，那個壞人就在我們前面啊。」小寶指了指山丘的另一邊。

「那個……人？」珍珍大吃一驚。

「我今早去偵查，看到那個人走出園子，四處望了一會後，就往山丘這邊走過來。我一直在後面跟著他，因為聽到姊姊妳叫我，我怕他發現，才走過來叫住妳喔。」小寶一臉緊張地說。

珍珍望向小寶所指的方向，面前是一片翠綠的樹叢。「難道那個人把贓物藏在山丘上？」珍珍暗忖。

小寶牽著珍珍，說：「再不走就要跟丟了啦！」

珍珍猶豫起來。

「不，小寶，我們不要去。」

「為什麼啊？姊姊，我們這樣做真的不是愚蠢的偵探遊戲，是真正的偵查喔！」

「不，不是那個原因……」珍珍回頭望向她走上來的路徑，說：「再往前走，我們就會迷路了。」

小寶張望一下，發覺周圍是模樣差不多的樹叢，他的眼神也露出一點疑惑。

「我們不懂這裡的地勢，萬一失去那個人的蹤影，我們便無法找到回頭路。」珍珍抓住小寶的肩膀，說：「你認不認得上來的路？」

小寶咬一下嘴唇，搖搖頭。他自己很清楚，剛才一直追著那個男人的尾巴，根本沒在意上山的方向。

「我們先回去吧。」珍珍說。

「但是……」小寶仍不死心。

「小寶，如果我們在這裡迷路，餓死了，沒辦法告訴爺爺我們所知道的事，有一天那個壞人要傷害爺爺，你說怎麼辦？」

小寶訝異地張開口，然後大力捉緊姊姊的手。

珍珍微微一笑，牽著小寶往回頭走去。樹木之間的樣子都差不多，他們走著走著，山坡漸漸變平，但風景卻非常陌生。

他們已經迷路了。

「姊姊，對不起……」小寶發覺事態嚴重，紅著眼跟珍珍道歉。

「不，都是我不好，我昨天不應該對你發脾氣……」珍珍安慰弟弟說：「如果我昨天沒罵你，你就不會獨個兒出去偵查了……」

小寶搖搖頭，擦擦眼睛，緊緊握著姊姊的手。

「我想我們好像往東邊走太遠了，」珍珍望向天空，看到早晨的太陽。「我們往這邊走，看看能不能找到路。」

珍珍內心其實相當不安，不過為了讓弟弟放心，她故作堅強。

而這份堅強，在她嗅到異樣的氣味後，漸漸粉碎。

空氣中瀰漫著一股怪異的臭味。珍珍和小寶起初沒有在意，但氣味愈來愈強烈，當他們發現氣味的源頭時，恐怖感就像野獸一樣，剎那間狠狠地咬住他們的咽喉。

那是一大堆動物的屍體。

在一片草叢之間，躺著十幾隻貓狗的屍體。有的已經腐爛，身上爬滿蛆蟲，看樣子已死了好幾個星期甚至幾個月；有的仍可認出樣子，似乎只死了幾天。這些貓狗的死狀恐怖，有的頭顱脹大，眼珠從眼窩脫下，有的四肢扭曲，以怪異的角度扭成繩結的樣子。有一具貓屍，前肢腫脹成球體，就像牠有三個頭，尾巴和後腳卻扭成脆麻花的圖形。

「姊、姊姊！」小寶駭然地指著旁邊一棵樹，珍珍抬頭一看，只見有一隻狗的上半身掛在樹杈上，紅黑色的腸子從破開的身體懸垂著。

「別……別看。」珍珍幾近反胃，但一想到小寶在身邊，便鼓起勇氣，拖著小寶從那個地獄般的場景逃跑。她不知道自己走的方向正確與否，她只知道，至少要離開那個恐怖的屠宰場。

他們不知道跑了多久。不過，當他們停下來時，他們發覺前方是山丘的小徑入口，不遠處便是道路的盡頭。

「回、回來了！」珍珍抱著小寶，小寶高興地點點頭。

不過，當珍珍想起那些恐怖的動物屍體時，便高興不起來。

那些是……那個人所做的？

珍珍想起表哥說的「氣球人」傳說。傳說中，這個恐怖的殺手能隔空殺人，有個外國人曾被他用魔法殺死，脖子像瓶蓋那樣子扭開，是至今仍未解決的著名懸案。

難道那是真的？

新聞裡說過，博物館的凶案中，警方認為凶手跟過去某些離奇的案件有關，搞不好真的如弟弟所說，是「氣球人」所為？

山上的貓屍狗屍，是「氣球人」用魔術殺死的？是為了取樂？還是為了練習？

珍珍感到一陣惡寒。如果以上的猜測屬實，那麼，爺爺的處境便很危險了。珍珍想，自己和弟弟只要待半個月就能回家，但爺爺要繼續住在這個殺人魔的鄰家。某一天那個「氣球人」狂性大發，爺爺便會像那些貓狗一樣慘死。

對一個小女孩來說，這些念頭實在太可怕，也太沉重了。

珍珍牽著小寶回到祖父家。祖父一臉嚴肅地坐在客廳沙發上，正在看電視。

「我說過，如果不準時就沒有早餐吃。」祖父說：「你們一早就去玩，現在只能餓著肚子等中飯了。」

珍珍和小寶沒有因為沒早餐吃而感到不快，事實上，他們現在沒有胃口吃任何東西。那股怪異的腥臭仍留在他們的鼻腔之中。

「對不起，爺爺，我們先回房間去了。」珍珍忍住擔心的淚水，說道。

「剛才你們去哪兒玩了？」祖父覺得她的反應有點怪。

「沒有，只是在外面逛一下。我們有聽你的話，沒有打擾阿誠哥哥。」珍珍一邊說一邊步上樓梯。

祖父看到他們沒有說什麼，就不再追問，繼續看電視。當珍珍和小寶回到房間後，祖父突然想起一點。

「誰是阿誠哥哥？」

午後的陽光格外燦爛，祖父戴著草帽，拿著小鏟子，在庭園打理花卉植物。珍珍透過玻璃窗，默默地看著爺爺的身影。她心亂如麻，不知道該怎麼辦。要跟爺爺說這三天的遭遇嗎？他會相信自己嗎？就算帶他去找那些可怖的貓狗屍體，能證明住在鄰家、笑容可掬的男人就是博物館凶案的犯人、以魔術殺人的神祕殺手嗎？

珍珍回頭望向小寶。小寶坐在書桌前，拿著色筆在畫畫。珍珍留心一看，卻教她幾乎尖叫出來。

小寶正在繪畫山上那亂葬崗的情景。

紅色的、黑色的，一片淩亂。雖然是小孩子的塗鴉，一般人看不出內容是什麼，但珍珍一眼就知道弟弟畫的是不久前他們遇上的可怕經歷。

「小寶！你別畫這些鬼東西！」珍珍驚訝地嚷道。她並不是發怒，而是對這些回憶感到嫌惡。

「不行啊！姊姊，這是紀錄！」小寶放下顏色筆，牽著姊姊的手，說：「就算我很害怕，我都要記下紀錄啊……」

珍珍感到弟弟的手心一片冰冷。即使她覺得自己的弟弟是個怪咖，但她從弟弟的手心知道，其實小寶也很害怕，一般的小孩早已嚇得哭著喊媽媽，小寶卻仍堅持把看到的記下來。現在支持著他的，是那份埋藏在小小身軀裡的正義感，以及對姊姊和爺爺的關懷。

這一點，珍珍也一樣。

只是，面對如此強大的敵人，兩個小孩可以幹什麼？

黃昏時，祖父弄了糖醋排骨、清蒸鱸魚、豆苗蝦球當晚餐，每一道都是珍珍和小寶喜歡的菜色，可是他們食不知味。祖父看到，還以為自己一時失手，調味技巧不好。

「叮咚。」

門鈴響起，珍珍和小寶幾乎嚇得跳起來。祖父放下碗筷去應門，兩小姊弟卻緊張得幾乎要把剛吃下去的飯菜都吐出來。

「房東先生！不好意思，我趕著外出，有一件事情想拜託您。」珍珍光聽到那聲音，就知道是那個戴著假面具裝作好鄰居的殺手。珍珍和小寶慶幸飯桌的位置在房間的另一邊，他們的座位剛好被架子遮住，不用跟那個壞蛋的目光接觸。

「哦？怎麼了？」祖父說。

「我有點要事不得不到市區一趟，但我網購了一些電腦零件，快遞公司說待會送來。那些東西我趕著明天用，可不可以麻煩您替我簽收？」

「沒問題，舉手之勞罷了。」

「那好極了，我今晚會晚歸，您幫了我一個大忙。」男人的語氣很是感激，「我會打電話跟快遞那邊說明，麻煩您替我保管，我明早過來取。過幾天請您喝酒報答您。」

「哈，不用客氣啦。」祖父笑道。

「我要先走，不然遲到了。再見！」

隨著大門關上的聲音，珍珍和小寶不禁放下心來。

晚飯後，小寶拉著珍珍，小聲地說：「姊姊，機會來了！」

「什麼機會？」

「進去那個人的家找『賊倉』的機會！」

珍珍大感錯愕，著急地說：「你還想闖進他的家裡！」

「姊姊，剛才他說今晚會晚歸，我們不用怕啊！」

「可是我們上哪兒找鑰匙？」

「爺爺是房東嘛！我在客廳架子的抽屜裡看到有一串鑰匙，那一定是後備的。」

「但是……」

「不要『但是』啦，姊姊，這樣下去，爺爺和我們都有危險喔！」

珍珍猶豫半刻，最後還是點點頭。

祖父在飯後坐在客廳中看電視，珍珍和小寶找不到機會偷鑰匙，好不容易等到祖父上廁所，他們小心翼翼，打開抽屜，找到藍色房子的鑰匙，再不動聲息地從後門離開。

二人很快來到藍色房子前。本來停在房子前的車子不在，他們更肯定那個男人不在家裡。

珍珍掏出鑰匙，緊張地插進匙孔轉動，門鎖應聲打開。她和小寶走進房子裡，把門關上，鎖好，再打開手電筒，往大廳的四方照過去。

大廳的擺設沒有什麼特別，牆邊有兩個櫃子，另一側有一張飯桌，客廳中央有一張沙發，沙發前放了一個小茶几。乍看之下，和一般普通人的家沒有不同。

「姊姊，我到房間裡找，妳找客廳。」

「該找些什麼？化妝盒嗎？」

「『賊倉』一定是放在包包裡！又或者放在架子的暗格……」

珍珍點點頭，二人分頭行事。小寶走進睡房，打開衣櫥，把身子探進去查看。珍珍則拉開廳中櫃子的抽屜，檢查著裡面的物件，不過她看到的都是普通不過的日常用品，以及一些銀行單據紀錄、廣告傳單之類。

在關上第三個抽屜時，珍珍覺得抽屜有點古怪。跟前兩個抽屜相比，這個抽屜好像特別短。她把沉重的抽屜整個拉出來，然後用手電筒往裡面一照，看到一個黑色的長方型盒子。盒子不算大，只有五、六公分厚，她把它取出來，心想這大概收藏了博物館凶案的贓物。

可是，她錯了。

盒子打開，裡面有一把手槍。珍珍不知道這把手槍的型號，甚至不知道這是一柄半自動的曲尺手槍，但她確信，這屋主一定不是好人。

他是個殺手。

「小妹妹，別碰這麼危險的東西喔。」

冰冷的聲音從背後響起，珍珍剎那間僵住。她頭皮發麻，難以置信地緩緩向後望，只見那男人一手抓住正在掙扎的小寶，一手捂著小寶的嘴巴，在手電筒的微弱燈光下猶如鬼魅，以冷峻的眼神瞪著自己。

「小寶！」

珍珍沒有多想，抓起手槍，指向對方。她不懂得用槍，不過她知道，這樣做或許可以拯救自己和弟弟的性命。

「哎，我就說，別碰這麼危險的東西，妳偏不聽。」男人一步步逼近。

「別過來！我會開槍！」珍珍大嚷。

「妳不怕傷害到妳的寶貝弟弟嗎？」男人沒有停下來。

「別、別過來！」

珍珍費盡九牛二虎之力，狠狠扣下扳機。

喀。

沒有子彈從槍管發出。

「哦，想不到妳真的有膽開槍。」男人鬆開捂住小寶嘴巴的手，抓住槍膛用力一扯，把手槍奪過來，再順勢以槍柄打向珍珍的臉頰。珍珍跌坐地上，左邊臉紅了一大片。

「我不准你打我姊姊！」小寶怒吼。

「呵，我已打了，你又能怎樣？」男人單手把子彈匣退出，說：「我老早把子彈取出，放到另一處了。我其實不愛用槍，這東西也是偶然之下到手的。」

珍珍按住火辣灼痛的臉龐，回頭望向玄關。大門仍然緊閉，男人不是在她專心找證據時回來的。

「別想逃走啊，妳的弟弟在我手上。」男人誤會了珍珍望向玄關的動機。

「你……什麼時候回來的？」珍珍不忿地問道。

「回來？我根本沒外出。」男人露出嘲諷的笑容。

「沒有……外出？」珍珍怔住。

「我把車子駛到路口，然後回來躲在寢室門後等著。我本來以為這次不會釣到你們，沒想到如此順利，嘿。」

「釣我們？」珍珍和小寶驚訝地反問。

「小鬼，我早就知道你們不懷好意。」男人把手槍丟到地上，說：「你們偷聽到我和那傢伙的對話，知道我幹了什麼吧？剛才你們說要找『賊倉』、『化妝盒』，我就確定我的猜測沒錯。」

「你……你怎會猜到我們知道你是誰？」珍珍追問。

「你們真是笨蛋，我們昨天碰面時，你們已經露出馬腳了。你記得我跟你們說了什麼？」

「你叫我們不要打擾你……」

「不，是那之後。」

「你……叫我們不要叫你叔叔，要叫你阿誠哥哥。」

「你們怎知道我叫阿誠的？」

「就……就是爺爺告訴——」

「我在房東老頭面前，用的是另一個假名啊。」男人露出不屑的笑容。

珍珍和小寶這時才發覺自己早犯了大錯。那天小寶衝口而出，說出「阿誠」這名字，對方還特意引導珍珍重複一次，確認有沒有聽錯。珍珍和小寶驚覺這個對手並不是兩個小學生能對付的。

「我之後在屋後找到腳印，我就知道，前天我沒有聽錯，在窗子下作聲的不是野貓，而是你們這兩隻小老鼠。」男人用力抓住珍珍的胳臂，「昨天開始，我就想方法要對付你們兩隻小鬼。本來以為今天早上可以先解決一隻，結果落空，枉費我一番心機。」

「今、今早？」珍珍駭然地問。

「今早我看到這小鬼在監視我，於是我想引他到山丘，在沒有人的地方把他幹掉。沒料到他跟到一半跑掉了。」

珍珍和小寶聞言，冷汗直冒。他們不知道，原來那時繼續跟下去，找到的不是賊贓，而是對方布下的死亡陷阱。只要在山丘樹林裡死亡，屍體很可能過很久才被發現，身上的證據也會消失。

「這……這是你引我們來你家找贓物，特意布的第二個陷阱？」珍珍感到絕望，問道。

「對啊。我跑到你們家，拜託你們的爺爺代收郵包，是為了讓你們知道我不在，好讓你們來我家找那些不存在的化妝盒。」

「『不存在』的化妝盒？」

「我手上根本沒有什麼賊贓。」

「沒有？」小寶詫異地說。

「拜託，如果我有門路出售那些幾千萬元的賊贓，我就不用當殺手，只要幹一票就行啦。」男人失笑道：「這是一宗殺人的委託，博物館館長跟情婦祕密投資，在股票市場上虧了一大筆，情婦又威脅他要把醜事抖出來，他就委託我殺人。當天那個情婦是其中一名參觀者，我是為了殺死她才把其他人解決，用來掩飾真正的目標。」

「主謀是館長？」

「對，所以他老早就把那些化妝盒藏好，我那天連半件財物都沒帶走。保險公司會賠償物主的損失，而館長又可以在黑市賣掉贓物換錢，來填補他在市場上的虧損，以及支付我的酬勞。他是館長，說展品被盜，難道還有人懷疑嗎？」

珍珍和小寶感到後悔。他們覺得自己太小看現實中的罪案，社會裡黑暗的面貌，不像卡通漫畫描繪的，名偵探跳出來表演一番，就能把壞人繩之以法。

「廢話說完了，你們是時候遇上『意外』而死了。」男人說。

「我……」珍珍感到一陣暈眩，努力思考脫身的方法。「你在這兒動手，會留下很多證據！」

「沒錯，所以我會先把你們綁起來，用車子把你們載到沒人找到的地方再殺死。雖然我擅長讓人意外致死，但在不得已的時候，我也能讓人消失在地盤、深山或大海之中。」男人一邊說，一邊取出麻繩，綑綁珍珍和小寶。

珍珍和小寶都有逃走的機會，可是，對方早已看穿他們的弱點——他們不會丟棄親人，獨個兒逃跑。就在他們猶豫的時候，兩人已被緊緊綁住，嘴巴被貼上膠布。

「珍珍！小寶！」

屋外傳來祖父的聲音。

珍珍和小寶聽到時激動起來，奈何動彈不得，嘴巴被封，只能在地上掙扎，流著淚發出「唔、唔」的叫聲。

「哦，看來今晚還要多解決一個人。真可惡，我挺喜歡這房子的，幹掉房東後，不得不搬家了。」

珍珍和小寶大驚，比起自己的性命，這時他們更擔心爺爺會不會遭毒手。男人打開大門，離開昏暗的客廳，往外面走去。

「房東先生，怎麼了？」男人裝出愉快的表情，離開房子。

「咦，你不是說會晚歸的嗎？」祖父詫異地問。

「事情解決了，所以就提早回來了。」男人笑道：「我剛打電話給快遞，我會自己收郵件了，剛打算去您家跟您說聲。」

「對了，你有沒有見到我的孫兒？」

「有啊。」

「在哪兒？」

「就在屋前，昨天中午我見過他們。」男人裝出無知的表情。

「不是哪，我是說現在啊。我以為他們在房間，怎知剛才發覺他們都不在，不知道他們會不會跑出來玩耍。」

「現在時間也不是太晚，或許過一會就回家了吧。」

「唔……我覺得有點不對勁，他們這兩天好像都有點心事。」祖父表情一沉。

「啊，」男人裝出一個忽然想起的表情，說：「剛才我回來時，發覺我家對面的空屋有點聲音，他們會不會走進去玩探險遊戲了？」

「喔？也可能喔。我去看看。」

「房東先生，你有鑰匙嗎？」

「以防萬一，我帶出來了。」祖父從口袋掏出一串鑰匙。

祖父和男人一前一後，踏進黃色房子的庭園。祖父抽出鑰匙，打開大門，屋子裡一片漆黑，只靠著窗子射進的路燈燈光，勉強看到室內的情景。

「看來沒有人……」祖父說。

「爺爺！」

珍珍竭盡全力的呼喊，從藍色房子的玄關傳出。她在殺手離開後，努力爬到大門前，從大門旁的窗子看到祖父與男人交談。她不理會臉頰的刺痛，以臉蛋不斷刮著窗框，慢慢把膠布一點一點地褪掉。當她成功撕開半張膠布，她對著室外發出淒厲的警告。

不過這一聲警告，不及男人的動作那麼快。

就在祖父回頭的一瞬，他被身後的傢伙用力一推，臉孔朝下仆倒。男人一下子衝前，跪在祖父背上，按住雙手，再用腳把大門關上。

「房東先生，您太大意嘍。」

「你……」

「您的寶貝孫子在我手上，我正打算幹掉他們。為什麼爺爺那麼內斂，孫兒卻如此多管閒事呢？他們沒聽過『好奇心會殺死貓』嗎？」男人用力掐住祖父的脖子。

「你對他們幹了什麼！」祖父臉孔貼在地上，大聲罵道。

「沒什麼，只是綁起來罷了，我不會在自己家動手這麼笨，留下證據，很容易惹禍。」

祖父突然沉默不語。

「您放心，我會讓你們爺孫三人死在一起，在黃泉路上有個伴兒。」

「我這就放心了。」祖父淡然地說。

「哦？」

「你還沒動手傷害他們，我就放心了。」

「有什麼……」

男人話沒說完，祖父突然奮力而起，男人往後跌坐。他訝異於自己竟然無法壓住一個老頭，但剎那間，他發覺並不是因為對方力量大，而是自己的四肢劇痛，完全使不上力。

祖父站起來，拍掉身上的塵埃，說：「真是諷刺啊，又是這間屋子。」

「你、你幹了什麼？什麼又是這間屋子？」男人忍住痛，說道。

祖父微微一笑，說：「我沒想過，我又要在這房子裡幹掉一個殺手。四十年前，我就在這兒解決了一個想對付我的傢伙……那傢伙叫什麼來著？好像是凱文還是卡文的，不過也沒關係吧，反正是假名。」

「媽的！你對我做了什麼！」男人倒在地上，痛苦地掙扎，但手腳不聽使喚。

「沒什麼，我只是輸入了一個令你手腳肌肉扭曲的指令而已。」祖父笑道。

「什……什麼鬼指令？」

「你沒聽過嗎？那個傳說中能隔空殺人的傢伙喔。」

「氣、氣球人？那、那個流傳了二、二十多三十年、騙小孩的都市傳說？」

「容我自我介紹一下，老夫就是那個騙小孩的氣球人。」祖父蹲下身子，盯著倒地的男人說。

「那……那個是真的？」

「當然是真的，而且我殺過的人一定比你還要多。」祖父回望四周一下，說：「說起來，這兒真是受某些人歡迎啊，當殺手的、潛逃的、躲黑道的，都喜歡來這兒隱居。三十年前，這兒的老房東兼地主病逝，我捨不得這個優美恬靜的環境，就花錢跟他的兒子買下所有土地和房子，當起房東來。我以前就是住你的房子呢，某種意義上，你可以說是我的接班人吧？」

「那、那把手槍是你留在廚房的牆洞的？」

「原來我把手槍留在廚房啊！」祖父拍一下額頭，說：「我搬到房東的家時，還煩惱了好一陣子呢！心想到底把槍藏到哪兒去了……不過順帶一提，我不用槍的，那槍本來屬於那個凱雲或是卡文，就算被警察發現也沒有關係。」

「我……我還以為你是個什麼都不知道的老頭……」男人辛苦地喘著氣，忿忿地說。

「幹這一行，當然要懂得偽裝嘛，不然會死得很早喔。就像我剛才已經知道你是個殺手，還是先引你進來才對付你。」

「你……已經知道了？」

「老實說，我以前就猜你是個有雙重身分的傢伙，不過只要你準時交租，我才不管你是殺人的還是賣毒品的。」祖父突然換了個認真的表情，「可是，你要對我的孫兒甚至我本人下手，我就不能不管了。小寶在他的圖畫簿裡畫了一堆沒人看懂的『偵查步驟』，但我卻猜到，他畫的是早幾天博物館命案的事情，也猜想他畫的那個青面獠牙的傢伙就是你。」

在祖父發覺珍珍和小寶不在房間的時候，他看到桌上的畫簿，於是把孫兒這幾天的異常行為聯想起來。當他看到樹林中貓狗屍體的塗鴉時，不由得眉頭一皺，他就是不想孩子看到那情境，才不准他們獨自上山的。

「自從二十幾年前退休，我就甚少殺人了，只偶爾上山宰些貓貓狗狗，確認自己的異能沒有消失，同時也當作鍛鍊，以防遇上像今天的情況，被你這種笨蛋殺個措手不及。」

「不過，就算你在這兒幹掉我，你也逃不掉條子的追查……」男人痛苦地笑著說：「你一動手，就會留下證據，你的身分就會曝光！」

「你說得對，為了解決這難題，我只好用上一些較極端的手段了。」祖父站起身，步向玄關，說：「我剛才下的指令，並不是只有扭痛你的手腳這麼簡單。我輸入的是『手臂和大腿肌肉水平扭轉三百六十度，五分鐘後眼窩充氣，再三十秒後胃袋充氣並在零點一秒之內膨脹十萬倍』。」

男人愕然地盯著祖父，搞不懂他說的複雜指令是什麼，不過他只呆住五秒，眼球突然從眼窩擠出來，像兩顆高爾夫球掛在臉上。

「哇！」男人痛苦地在地上滾動。

「這麼說，半分鐘後你便要爆炸嘍。」

祖父打開大門，裝作狼狽地連滾帶爬走出庭園，再衝到藍色房子前，假裝顫抖地打開大門。

「爺爺！」珍珍從窗子看到祖父無事跑出來，不禁歡呼，可是祖父衝進屋子後，一把抱住她和小寶，伏在地上。

「轟！」

一聲巨響，讓珍珍和小寶嚇一大跳，窗子的玻璃被震碎。震動過後，珍珍和小寶透過窗戶的破洞，看到黃色的房子塌了一半，庭園的矮樹被震波撞歪了，有幾盞路燈破掉。

「那傢伙藏了炸彈……說要把我們連房子一起炸掉……」祖父一邊說，一邊解開綑綁孫兒的麻繩。

「爺爺好厲害！你怎麼逃脫的？」小寶擁抱著祖父問。

「我趁他沒留意把他撞倒，他一定是小看我，以為老人家好對付嘍！我逃出來的時候聽到他說什麼同歸於盡，就怕他引爆炸彈了。到底那傢伙是什麼人哪？恐怖分子嗎？」

十分鐘後，消防員和警察來到，對於這麼嚴重的事件感到震驚。從珍珍和小寶的證言，他們找到博物館館長路博士的犯罪證據，確認在爆炸中粉身碎骨的死者是館長僱用的殺手。在死者的房子裡，警方找到大量特製的毒藥，其中有類似氰化氫等能令吸入者即時死亡的有毒氣體，相信殺手是用這個方法殺害博物館命案中的五人。另外，珍珍指出殺手殺害的中間人也被警方查出，那個鬍鬚男在與殺手見面當天晚上因急性中毒入院，搶救後不治。醫生估計，死者是從飲品中服用了某種生物鹼神經毒素，珍珍猜毒是下在咖啡之中，因為她看到殺手在鬍鬚男離開後，收拾咖啡杯。

「珍珍！小寶！」事隔兩天，珍珍和小寶的父母收到消息，中斷工作回來。看到珍珍的臉包著繃帶，他們都很心痛。相反，珍珍對這些小傷不以為然，對於爺爺和弟弟能逃過毒手，更感到暢快。

「爸，怎麼會發生這種事情啊？」珍珍的父親不禁責怪自己的老爸。

「不是爺爺的錯！是我們太胡來了！」珍珍連忙替祖父說話。

「對呀，爺爺好威風喔！他救了我們喔！」

看到兒女維護，珍珍的父親就沒再說下去。

「爸爸，既然我們已經回來，就接珍珍和小寶回家……」

「不，我要在這裡陪爺爺！」珍珍嚷道。

「我也要！」小寶跟著姊姊一起說。

珍珍的父親搔搔頭，說：「爸爸，你一向喜歡獨居，他們一定讓你很為難吧……」

「別胡說，」老祖父亮出一個深邃的微笑，「我一向最喜歡小孩子了，我很久很久以前，還指導過一個惹人嫌的小鬼，教他養倉鼠的技巧……」

十七 與你常在

「小朋友，怎麼一個人待在這兒，不去跟其他小孩子玩耍嗎？」

「對，大叔我不是本地人。哈哈，我以為我的偽裝很成功，您怎麼能一眼識穿呢？」

「大人們都看不穿，小孩子反而能看破真相呢……成年人老是誤會我是壞蛋，可是我真的不是喔。我可能很容易招來誤會吧。」

「我沒有故鄉，也沒有家，沒有目的地，就是四處漂泊……這樣的生活也滿愜意的啦。」

「對對對，就是自由。我嘲笑那些窮盡一生追求某事物的人，在我眼中，他們都很愚蠢。他們追求的成就，對其他人來說很可能不值一哂，假如他們發覺這一點，一定會絕望得想自殺呢。」

「以前我認識一個滿有學問的傢伙，他就是這種笨蛋。初相識時我倆挺投緣的，我足足當了他二十四年室友哩……本來以為他是個有趣的人物，但我幫他追求到原來的目標後，他的欲望一再膨脹，漸漸倚賴我替他幹一堆下三濫的勾當，像權力啦、女人啦……啊，這話題對您來說太早了。」

「我之後就決定不再跟他人深入交往、建立長期關係，只四處結交朋友，偶然碰面聊幾句便繼續旅程。我知道我在他們眼中是個難能可貴的泛泛之交，即使相處時間短暫，他們都可以從我身上獲得好處，或是受我啟發……小朋友，今天您我有緣，我們也來交個朋友好不好？」

「名字？我有很多個名字啊……嗯，您可以叫我提姆。我最近用的名字是提姆．休普，前陣子用的是密斯特．霍伯，也用過史密斯．波伊。」

「有幾個名字有什麼好奇怪的？名字只是一個代號，跟事物的本質毫無關聯。太陽不叫太陽便不會發光發熱嗎？麻雀不叫麻雀就不會飛翔嗎？所以有很多名字，或者沒有名字，都改變不了人和事的本質。」

「我來歷不明？哎喲，這句話太教我傷心了。」

「我說過跟我交朋友的人都有好處吧？我可以送您一件東西喔。」

「不，不是那些有名字的東西，我送您的，是一種無法以語言或文字代表的事物……或者可以說是一種『能力』吧……」

「既然你要結婚退休，我也不阻止你了。」坐在駕駛座的仲介人對我說，「畢竟這十多年來你替我賺了這麼多，我勸你繼續工作未免太貪得無厭了吧。我們這些地下業者，能平安退休可不容易啊。」

這天仲介人約我出來，本來是給我委託，但我才跟他碰面便告訴他退休的決定。我原以為他會反對，意外地他回答得爽快——我是有想過，假如他諸多刁難的話，我就讓他活不過明天。

「你同意就最好。」

我實在厭倦那種刀鋒舐血的生活了。「氣球人」的傳說愈來愈廣為人知，我每次行動便愈多顧慮，明明簡單的工作也變得複雜。也許只是我想太多，但小心駛得萬年船，我的能力始終就只有一項，一旦被人識破，我跟一般人沒分別……甚至比一般人更脆弱吧。

「我想你之後會改名換姓，搬離現在的住處吧？我倆以後就分道揚鑣，後會無期。別指望我會送你結婚賀禮，你也別請我喝喜酒。」仲介人笑道。

仲介人不愧是業界老手，他完全不問我未婚妻的事——他應該很清楚，一個殺手打算歸於沉寂告別前半生，就不該打聽他的下半生，彼此變成陌路人，便不會因為知得太多而喪命。

當然，說不定耳聽八方的他早對我的事情瞭若指掌，甚至知道我那個暱稱叫麗塔的妻子的來歷，只是裝聾扮啞，保障自己的安全而已。在地下業界，聰明而話少的傢伙活得最長久。

「那我們今天就此別過……」我瞄了瞄擱在他大腿上的公文袋，問道：「話說回來，你本來想委託我對付什麼人？」

「嗨嗨，才剛說退休的傢伙怎麼忍不住了？人家演員歌星好歹退下幾年才復出，你卻不用三分鐘便反悔了？」仲介人大笑。

「不，只是好奇，你很少約我約得那麼急。」

「因為對方指名要聘用你，還限定今天內回覆。」仲介人打開公文袋，「你說退休，我回去向委託人建議其他人選就好了……老實說，酬金沒特別高，目標難度雖然算簡單，但後續麻煩可能很多，是個燙手山芋。最理想的情況是所有人不願意接手，我退回委託就行。」

「什麼後續麻煩？」

「你自己看就了解。」仲介人將目標的照片和個人檔案遞給我。

目標是個二十出頭的年輕女生，乍看沒有什麼特別，我心想是半天可以搞定的對手，只要找個社交場所握一下手便成——可是，當我看到家庭背景一欄時，不由得倒抽一口涼氣，再重新望向標註目標人物名字的一欄。

——葛蔚晴。

那個追跡我多年的葛幸一警官的女兒。

「家屬遇害，條子們一定發飆，萬一走漏風聲我一定吃不完兜著走。」仲介人以拇指在脖子前揮了揮。「你是我手上最有把握偽裝意外死亡的從業者，所以假如你不接這委託的話，我想其他人也不敢接。」

「她是葛警官的女兒……」

「嗯，就是那個你很怕的傢伙的女兒。」

「我才不怕他咧……」我故意嘴硬道，「委託人是什麼身分？是跟葛警官有過節的黑道，想殺死他女兒來教訓他嗎？」

「應該不是。委託人找我時戴著墨鏡、口罩和帽子，但一看就知道是年輕女生，結結巴巴地提出委託。憑我多年看人的經驗，八成是爭風吃醋，報復被人家搶男友之類的。」

那些照片中，有不少是葛蔚晴跟不同帥哥吃飯逛街的偷拍照。資料上說，她是個資優生，十六歲便破格獲音樂大學錄取，不到二十歲便畢業，出道成為鋼琴家。在大學時期已拿過不少國際鋼琴演奏比賽冠軍，加上年輕貌美，難怪迷得一眾公子哥兒拜倒石榴裙下。意料之內的是，獲得無數愛意的同時，自然也會惹來強烈恨意，倒是部分人的恨意化成殺意，只能嘆句是她命中注定的不幸。自古紅顏多薄命，美女早死似乎是常態。

「嗯……或者我幹這最後一票再退休吧。」我想了一會，對仲介人說。

「哦？怎麼改變主意了？想向姓葛的復仇，還是來個下馬威？這不像你的作風吧？」

「雖然我想退休，但葛警官和他那個勞什子調查小組不見得會放過我。」我嘆一口氣，「萬一他們從舊案子找到線索，追查到我身上，那我的退休生活就完蛋了。反過來說，讓他的女兒死於非命，使他在私生活上充斥不安的情緒，那就能影響他的判斷，妨礙他的工作。假如失去女兒能令他一蹶不振最好；即使他能挺過去，也得花些時間，幾年後他退休，我就無後顧之憂了。」

「呵，好吧，那我回覆委託人說你接下委託了？」

「沒問題。」

「頭款我今天會匯進你戶頭，尾款待完成委託收妥後再給你。」仲介人伸出右手，「這就當是我們最後的合作，以後我們應該不會見面了，祝你好運。」

我打開車門，以公文袋拍了拍仲介人的手掌，一邊踏出車廂一邊笑道：「別給我來這裝感觸的一套，而且，你不會想跟我握手的，再見了。」

「什麼？您不需要我送您東西？您沒興趣？唉唉，別那麼絕情嘛，我保證送您的東西很有趣喔。」

「小朋友，您大概是我遇過最特別的人了……就算不是最特別，也是數一數二的吧，居然問我『有趣』是啥概念。有趣就是……嗯……似乎很難三言兩語解釋清楚……」

「想不到我會被您這小鬼頭難倒了。我先問您，您沒有想要得到的東西嗎？沒有想吃的美食嗎？人就是有欲望，才會對事物產生興趣，然後『有趣』這個概念才具備意義——」

「沒有？什麼也沒有？您不想在學校受歡迎嗎？或是有花不完的金錢？可以買很多玩具之類的。」

「想不到我會從一個孩子口中聽到這個答案呢，很好，很好……或者就是年紀小，反而能夠說出這答案吧。」

「小朋友，您滿有意思的，我更中意您了。請忘掉我說的什麼『有趣』，對，我是騙您的。」

「世上太多隨波逐流的笨蛋了，毫無意義地誕生於這個世界，然後汲汲營營地像蟲子般過活，最後莫名其妙地死去，化為塵土。縱使有人能達成某些成就，被稱為『偉人』，但一切終究皆為虛無，有形的世界不過是人類自以為是弄出來的假象。開拓文明的科學家、作品被廣為傳頌的藝術家、改革思想概念的哲學家，其實跟一事無成的乞丐沒有分別，毫無差異。」

「啊，這些內容對小孩子有點難懂吧。總之我想說，您跟其他人不一樣，本質上更接近我這種傢伙……上帝真愛開玩笑，竟然讓我今天遇上您哩。」

「我決定了，就算您不跟我交朋友，我也要送禮物給您。這禮物會讓您成為人外之人……

不，您本已是人外之人，我只是讓您跟我一樣，可以在本質以外來觀察這世界而已。」

「有形與無形、有趣和無趣，其實是相同的。」

「這個世界就是極端有趣地無趣，所以我才可以嘲笑一切、蔑視一切，哈哈哈。」

翌日我開車前往葛警官住所附近進行監視，開始準備工夫。葛蔚晴仍跟父母同住，這增加了盯梢的難度，畢竟我得注意她那個幹練精明的老爸。雪上加霜的是我近日睡得不好，老是做奇怪的夢，萬一行動中分心走神，身分曝光，我往後的第三段人生便會泡湯。

也許我就是因為太在意開展新生活，才會老是做夢，夢見一些小時候的模糊片段。

夢裡好像有個叫史密斯還是什麼霍伯的男人跟我說些什麼，內容細節我都忘記了，但似乎我真的曾跟這傢伙碰面，只是一直遺忘掉。大概因為我正打算捨棄這段擔任殺手的第二人生，才會讓再之前的那段黯淡回憶浮起，提醒我何謂活著。

我讀過某些研究反社會人格的書籍——我想我也該歸類為這些作者的研究對象吧——書中都聲稱「患者」的童年際遇對確立反社會的個性有著明顯的關係，暗示小孩子假如沒得到親人關愛、缺乏同輩認同等等，便可能導致病態人格發展。雖然我的確在孤兒院長大，但我覺得這種說法完全是狗屁。

我小時候所住的孤兒院裡，經營者沒有虐待、勞役孩子，或是將孤兒當作性玩具販賣給變態富翁之類，年長的院生們也沒有霸凌、欺壓不合群的小孩，就是一般人眼中很正常、很普通的慈善機構。院長和老師們受大部分孩子愛戴，他們也會追蹤被領養小孩的個案，確保他們在新家庭中健康成長。孤兒院沒有財政壓力，金主是個從事餐飲業的商人慈善家，院舍的土地屬於孤兒院，不怕地產商侵占。據我所知，從這所孤兒院出來的孩子，幾乎全都在社會各行業大展拳腳，有優秀的成就，符合院長和老師們的期待。

但很明顯地，我不是其一。

自從我有記憶開始，我就對他們的關愛無感。院生們向我示好，我也無意回應。我不喜歡也不討厭他們，對我而言，他們只是一個個「存在」而已，就像你不會覺得路邊的石子對你有任何意義一樣。

我在他們眼中是個孤僻的孩子，但我實在無意偽裝合群，跟他人打成一片。跟對自己沒好處的傢伙廝混，有何意義？

至少，我身邊從來沒有出現過任何能勾起我興趣、牽動我情緒的人。我只在乎他們跟我有什麼利害關係，他們會不會影響我的生存權利而已。

我第一段人生的頭十年就是在這所孤兒院度過。我不是在十歲時離開孤兒院，而是孤兒院離開了我。

它被一場火燒掉了。

大概是我在公園被搭訕後數天的事吧。那天半夜我莫名其妙地從睡夢中驚醒，心裡湧出一股無法壓抑的不安感，驅使我違反門禁，偷偷竄到外面。我在公園大樹下躺了半晚，結果清晨回去時卻看到一片頹垣敗瓦，以及一具具從廢墟抬出來的屍體。當時我在現場聽說起火原因有些可疑，五天後縱火的犯人便被警察抓到，那傢伙剛剛出獄不到一個月。據說他出獄後光顧一間餐廳時因為衣衫不整被拒於門外，於是存心報復——孤兒院的贊助者便是那間餐廳的東主。

我知道事實後沒有半分驚訝，反而覺得心安理得。這世界就是如此荒謬不合理，這才是常態，是現實的本質。我沒有為喪命的老師和同伴流下半滴眼淚，我們都是只是過客，活著只是處理麻煩的過程。好人、壞人、善人、惡人，殊途同歸，統統躲不過同一個終點。

之後我輾轉在不同的院舍生活，見識過很多惡意、貪婪、野心、欲望與謊言，漸漸適應這社會的生存法則，也讓我愈來愈覺得世事可笑。文明、制度、信仰、階級，諸如此類都不過是人類為了自我利益創造出來、冠冕堂皇的藉口，現實就是一個垃圾堆，而世人在裡面打滾，明明活在地獄卻硬拗自己活在天國。這不是十分可笑嗎？

在模糊雜亂的記憶中，我小時候常去的那個公園裡，某個小丑打扮的男人不時現身逗孩子玩耍。他的表演十分無聊，唯獨他用氣球扭出的種種動物緊緊抓住我的視線。我不了解那是什麼原因，也許它們表現了我對生命的看法——所有事物本質上都是相同的，任你扭曲、變化成不同的模樣，骨子裡都是一樣的一條長氣球，而且最可笑的是它們都同樣脆弱，輕輕一刺，有形的事物便在剎那間消失，只剩下一片小小的、不起眼的橡皮殘骸。

終有一天我也會變成那種殘骸，但在那天來臨之前，就讓我繼續披著一般人的外皮，嘲笑這個世界吧。

「咔。」

葛警官住所車庫電閘門打開的聲音讓我從沉思中甦醒過來。早上八點，葛幸一警官開車上班，接下來一個多小時也沒有動靜，只見到他妻子接過快遞送來的郵件。到晚上九點葛警官回家，葛蔚晴也沒有現身，只有偶然從屋內傳出的鋼琴聲。首天的監視，可說是一無所獲。

我發現我低估了這委託的難度。葛蔚晴是個鋼琴家，她不用上班，沒有外出規律。我盯梢的頭三天她只曾離家一次，而且她是開車到市中心的音樂廳跟樂團總監見面，大概是商談表演細節，會面後直接開車回家，我沒有半刻接近的機會。其餘時間她都留在家裡，要神不知鬼不覺地解決這種深居簡出的目標可說是相當棘手。

我翻查了她的公開表演行程，她未來兩個月都沒有活動，最近的一次在三個月後。我相信隨著表演日期接近，為了跟樂團排練她離家外出會愈來愈頻繁，但假如她仍是開車「點對點」地來往住宅與演練會場，那我也沒有什麼可以下手的時機。而且，在我研究她的背景資料時，發現了最最麻煩的一個關鍵。

在某雜誌的訪問裡，她透露自己有輕微的強迫行為——為了保護手指，她在日常生活中無時無刻不戴著手套。樂評家稱葛蔚晴擁有纖細而靈巧的彈奏技巧，她在訪談裡卻苦笑說自己粗心大意，連翻書也很容易被紙邊割傷，因為小時候一次手指割傷影響比賽表現的陰影，她立志當鋼琴家後就老戴著手套，只有練習和表演時才脫下。

這教我十分頭痛。

我原本想葛蔚晴是公眾人物，只要假裝成粉絲，請她握手便能完成任務，可是我現在要另覓辦法。我當然可以在她的演奏會上抓住完結的一剎那，借獻花為名碰一碰她，但我一來不想等到三個月後，二來我抗拒在眾目睽睽下接近對方——我不止害怕被攝影機拍下我的樣子，更要擔心她老爸會認得我的背影，畢竟數年前我差點被他抓過一次，天曉得他的「刑警直覺」有多強。

這一籌莫展的困局持續了五天，直至週末才露出轉機。

星期六下午五點，葛蔚晴開車離家。我尾隨她的車子來到西區柏楊廣場的停車場，只見她提著一個碩大的肩包離開車廂，走進停車場旁的大型購物商場。為了防止她離開我的視線，我只好下車跟蹤，而她登上商場的手扶梯後，筆直往二樓的洗手間走過去。我以為她人有三急，於是站在角落假裝瀏覽櫥窗，眼角緊盯著洗手間出入口，等候她出來——沒想到我差點大意犯錯。

她變裝了。

葛蔚晴出門時，穿的是一襲黑色的連身裙，跟她平日前往跟樂團中人見面的裝束差不多，然而十五分鐘後她從洗手間出來，身上的衣服全數換掉，上半身變成螢光綠色的背心和粉紅色的外套，下半身換上一條緊身黑色迷你裙和黑白條紋的過膝襪，鞋子也從原來的女裝布鞋換成鞋底足有五公分高的粉色短靴。她那頭黑色長直髮被淺灰色的雙馬尾假髮蓋過，臉上由原來的淡妝變成辣妹獨有的銀色眼影和藍紫色唇彩，脖子上還圍了頸圈，耳朵掛著心型的耳環，右腕戴著閃耀著藍色燐光的手環。假如我沒有留意到她揹著的肩包和手上的手套，我一定會以為是別人。

我以為她換衣服後會開車往下一個目的地，但她回到車子，只將肩包放進車廂，再次鎖上車門，回頭往停車場出口的方向走去。我不曉得她變裝的理由，但我知道就連她老爸老媽也不可能認得她現在的樣子。這是天才鋼琴家葛蔚晴不為人知的另一面嗎？

接下來看到的一幕更令我感到訝異。

站在停車場後方一條小路旁，葛蔚晴一邊滑手機，一邊望向兩旁車道。因為她站在路邊，我猜她是在等車，於是我坐回自己的車子，準備繼續跟監。這時天已黑，加上她的裝扮令我想起一些在路邊招客的廉價妓女，雖然我認為以她的身世和才能不會需要靠賣淫來賺錢，但這世上就是有性成癮的傢伙，或者她追求的是另一種滿足。假如這是事實的話，對我來說更是好消息，只要當一晚她的恩客，就鐵定能觸碰她的身體，輸入指令完成委託。

當我寄望皮條開車來接她、或是她主動向駛過的司機招生意時，卻沒想到接她的車子跟我預想的完全相反。

一輛紅色的貨櫃車在對面的車道停下來了。

開車的司機沒啥特別，跟一般常見的職業司機差不多，倒是坐在旁邊的人和葛蔚晴一樣，穿著色調誇張的螢光衣，頭髮染成綠色。他下車跟越過車道的葛蔚晴像熟朋友般擁抱一下，再打開貨櫃門，讓她登上去。因為貨櫃車迎面而來，我看不到貨櫃裡的樣子，但我瞧見葛蔚晴上車時揮手並露齒而笑，似乎貨櫃裡還有其他人，她向他們打招呼。

啥鬼？

看到那貨櫃我只想到人口販賣，可是我沒見過「賣家」跟「貨物」如此友好，後者看到貨櫃時更一臉歡喜。綠髮男登車後貨櫃車便離開，我除了繼續尾隨外別無選擇，車子一路往西區海岸駛去，最終目的地和我預測一樣，是西區貨運碼頭。

我沒有通行證，無法駛進碼頭貨櫃起卸區，只能停在外圍，透過鐵絲網觀察情況。貨櫃車駛至一個泊位停下，接著碼頭工人們熟練地讓吊臂扣上那二十英尺長的紅色貨櫃，將它吊起，移到旁邊一艘已經放著兩個貨櫃的接駁船上。綠髮男上船後便開航，我無法繼續跟蹤，只好眼巴巴看著它向漆黑的海洋駛去。

坐在車廂中的我一臉懵然，搞不懂什麼葫蘆裡賣什麼藥，幸好我有抄下紅色貨櫃上的標誌和號碼，費了一點工夫，在網路上找到答案。

Ｏ２派對：潮流尖端、全城起動！海洋中心的狂野舞會，獨一無二的超凡體驗！

一家叫「有機海洋 Organic Ocean」——簡稱Ｏ２——的派對公司早年買下一艘800TEU級的退役貨櫃船，將它改裝成派對場地，定期舉辦派對，每次招待約一千人。Ｏ２派對和一般的電音派對差不多，聘請一流ＤＪ刷碟混音，讓客人們狂歡通宵達旦，倒是這家公司很聰明，將場地移師到遠離人煙的海上，一來不用擔心噪音和燈光影響居民招來投訴，二來參與者可以更肆無忌憚地享用酒精和迷幻藥品。一般賓客只要在指定時間於西區或南區的碼頭登上接駁渡輪，便可以在半個鐘頭內到達派對場地「Ｏ２號」，而主辦單位更設有ＶＩＰ名額，讓一眾貴賓享受獨特的派對體驗——貨櫃接送。

根據網頁說明，O2用來接送VIP的貨櫃經過改裝，裡面就像夜店的貴賓房，不但有沙發、空調和音響，更有冰箱和小酒吧等等，部分VIP貨櫃甚至有調酒師和DJ，每個可以容納約十人。貴賓只要通知主辦公司接送地點，貨櫃車便會按時駛至，接過所有人後抵達西區貨運碼頭，直接由接駁船將貨櫃運送至O2號上。「走出家門開始派對，派對完結直接到家」是O2的行銷賣點，也就是說，貴賓離開會場時也是登上貨櫃，再由接駁船和貨櫃車送回家，務求直至到家前一刻都能狂歡盡興。O2說他們有十二個這種VIP貨櫃，行駛不同路線，接載各區的貴賓往返。

所以縱然葛蔚晴不是特種行業的工作者，也是個有著不為人知一面的雙面人，一面是氣質、高貴的天才鋼琴家，另一面是愛玩、放任的派對辣妹。回想起委託人送上的偷拍照，葛蔚晴跟不少帥哥約會，可見她本來就是個擅長釣男生的玩咖，所以她的「另一面」也不見得很意外。O2網頁指出，預訂VIP貨櫃名額不是光有錢便行，必須是O2的長期顧客，集滿參加點數才能從一般會員升級為貴賓。從葛蔚晴跟應該是O2員工的綠髮男的親暱舉動看來，她的VIP身分可是貨真價實。

不曉得葛警官知道女兒這祕密後有何感想？葛蔚晴特意到商場換裝，便代表她瞞著家人參加派對；考慮到她的年紀和成為VIP所需的年資，她很可能在未成年時已偷偷跑去玩。假如我能接近她下手，我該不該讓她不光彩地死在派對上，讓葛警官怪責自己一直沒好好認識女兒呢？說不定他還會發現女兒跟一堆毒蟲有關係，死前嗑了藥，極樂至死……

不，正所謂盜亦有道，委託人沒要求，我就姑且讓葛蔚晴於睡夢中「急病猝死」好了。

我是個很有職業道德的善良殺手嘛。

默讀著網頁的資料，我靈機一動，忽然察覺這個海上派對就是委託的突破口。雖然葛蔚晴換了衣服仍戴著手套，但這是我最佳的下手機會。在一般的社交場合，除握手外要觸碰一個女生的身體並不容易，但在派對上機會多的是，像是借跳舞碰一下肩膀、背部、腰間等等，也可以胡扯自己懂看手相，要對方脫下手套讓我看掌之類，甚至說不定能藉酒醉跟對方親熱時上下其手，輸入指令。

當然，我還要先解決好些困難。

最大的困難在於我沒有把握在一個燈光閃爍、音樂震耳欲聾、有著接近一千個衣著大同小異的男女混亂起舞的環境裡找出葛蔚晴。但只要克服這一點，其餘事情都好辦。

「喂，是我。」我打開手機，撥了一通電話給仲介人。「我需要支援。」

「嗯唔……沒問題，要準備什麼？」仲介人似乎在吃飯，說話有點含糊。

「我想取得一家叫『O2派對公司』過往所有海上派對的顧客名單和付款紀錄。」

「『O2派對』和海上派對……我記下了。我請駭客拿到後再寄給你，費用會在尾款扣除。」

我掛了電話，繼續坐在停在碼頭外的車子裡。我猜派對應該沒這麼快結束吧？姑且在車上小睡一會，看看我能不能抓到那個紅色貨櫃回程的一刻吧。

「我說遠了，言歸正傳吧。我要送您的禮物是一種能力。對，像天方夜譚似的，但我可沒騙您。只是能力的內容是什麼，我也不知道……我說過無法用文字或語言表示嘛。」

「嗯……用例子來形容就像『種子』吧。您拿到一顆無名的種子，種在泥土裡，直到發芽成長您也不曉得會長出哪種植物。有些種子的發芽期很長，有些很短，所以我也不知道送您的東西您何時才能運用、對您有何改變。」

「對，我也控制不了，一切都看命運。我這顆種子很奇妙的，成果只依據土壤的性質而定，您的想法決定了您會得到什麼能力。就像生物學，所有DNA都是由腺嘌呤、胸腺嘧啶、胞嘧啶和鳥嘌呤組成，卻因為組合編排不同而誕生了成千上萬個不同的物種。」

「很久以前我有朋友因為接受這禮物而能在一晚之內撰寫出涵蓋人類所有知識的書，也有朋友獲得治癒百病的能力，甚至有朋友能夠從歐洲大陸瞬間移動回到冰島。能力的強弱、特質全視乎您本身。」

「我沒有撒謊啦……雖然聽起來滿唬爛的，但我保證是真事。別問我為什麼有這些『種子』，我想，這是上帝故意跟我開的玩笑。」

「代價？我就說不用嘛，您願意跟我交朋友就最好，不願意也無妨。」

「您問的是能力本身造成的代價？我就說我不曉得喔。我以前結交的朋友之中，有好些人很迷信，以為代價是什麼『失去靈魂』之類的，我盡費唇舌也解釋不清……世上太多人拘泥於用前世今生、死後來世之類來解釋命運，那根本是多此一舉！要顧慮得失因果，著眼於當下已足夠了。得與失本來就是無形的，您得到一件寶物，放進箱子裡，您便失去了箱子裡被寶物占據的空間。對一個重視空間多於寶物的人來說，這便是失多於得了。」

「哈哈，您終於認同我了吧！您和我以往遇過的大部分傢伙不一樣。來，跟我握手，那就完成了。當然我無法保證您那顆種子何時發芽，但我相信，終有一天會開花結果。」

「您如何運用那能力由您自己決定，我不會也不能干涉，只會從遠方留意，以局外人的身分來冷眼旁觀我朋友們的一舉一動。對我來說，這個世界就是如此無趣地有趣，讓我繼續躲在角落嘲笑著人世間那些無聊的愛恨情仇來打發時間吧。我的時間有很多、很多啊。」

「有請我們今晚的特別嘉賓——DJ Kozz！」

那個戴著銀色墨鏡、一頭及肩散髮的大叔隨著音樂節奏舞動，雙手在混音台上飛舞，台下眾人狂熱地跳躍著，忘形地扭動身軀。

我發現葛蔚晴的祕密後的第二個週末，O2再次舉辦海上派對，我很輕易地混進這場派對之中——畢竟只要付錢就行——倒是打扮頗令我為難。我的確擅長偽裝，但要我穿上螢光橙色的T恤、豔紅的緊身褲、接上LED閃燈的鞋子等等，就有點教我吃不消。我還染了一頭橘色的頭髮，在左邊面頰塗上兩筆螢光塗料，希望不會讓人記得我本來的樣子。

「O2號」船上比我想像中更豪華更龐大。由於它原來是貨櫃船，船身大部分空間都用來載貨，O2公司就把本來的載貨空間改建分隔成上下兩層，連接甲板的上層是派對區，下層則是餐飲區，派對參加者餓了的話可以到下層光顧各式餐廳。派對區除了DJ台和台前的舞池外，還設有泳池和池畔酒吧，好些穿比基尼的女生在那邊盡情展露美好身段，甚至有豪放的辣妹乾脆扯掉上截讓在場男士眼睛大吃冰淇淋。DJ台旁有不少性感美女站在高台上跳舞，另一邊則有工作人員操作泡沫槍，不時發射白色泡沫讓台前的客人沉浸在奇妙的泡沫海之中。強勁的電子音樂和特效燈光此起彼落，在場男男女女瘋狂地隨節奏扭抱搖擺，就像忘掉理性，任由本能與慾望支配自己的身體。

在這個廣闊的場地裡要找出一個人實在太困難，尤其我不知道葛蔚晴今天的裝束為何。我無法購買VIP的門票，也沒有VIP友人邀請我同行，只能以一般人的身分購票。我在南區碼頭等候上船期間，葛蔚晴應該正在行駛至西區某處的「貴賓室貨櫃」中享樂狂歡。我有想過請仲介人替我進行監視，拍下目標人物今天的樣子，但一來他有可能跟丟對方，無功而回，二來即使我收到照片，也不敢保證能在燈光忽明忽暗的派對上找到她。既然如此，我還是依照我本來的計畫行事就行了。

我託仲介人找來的派對顧客名單很有用，除了讓我確認葛蔚晴從沒缺席這海上派對外，也讓我更了解VIP的確切人數和貨櫃分布。今晚的派對參與者共有一千零二十六人，其中八十四人是VIP，葛蔚晴在西區三號貨櫃名單之內，跟她同房的貴賓有六人。

我下手的機會，是在回程的貨櫃之內。

我瞧了瞧我右腕上的白色手環。O2派對以手環代替門票，不同顏色代表不同身分——白色是一般參加者，紅色的是購入套票的顧客，憑手環可以任飲啤酒或雞尾酒，而藍色的便是ＶＩＰ。我現在的首要任務，便是偷一只藍色手環。

「嗨帥哥，可以給我買杯酒嘛？」

我靠在池畔酒吧的吧檯旁，不時有女生跟我搭訕。她們都是戴白色手環的傢伙，對我的計畫毫無幫助，我自然不多理會。假如她們身邊有ＶＩＰ級的朋友，便不會寒酸地跑過來騙酒喝。我不斷留意在我眼前經過的人，注視他們的手環顏色——可惜的是我等了快兩個鐘頭仍只看到白色，紅色的只見過六個，藍色的從沒遇上。我開始懷疑ＶＩＰ們聚在派對現場的另一邊，我必須轉移陣地尋找獵物。

「啊，抱歉。」我往ＤＪ台的方向走去時，跟一個身材瘦削的男人差點撞上，他對我的道歉不置可否，只繼續跟身旁的女生熱絡地聊天。

然後我看到他手上的藍色手環。

太好了。

我尾隨對方，只見他走進人群之中，跟不同的圈子搭話，和男男女女勾肩搭背，狀甚熟稔。他似乎在派對中有不錯的人脈，而當我看到他和一個站在高桌旁落單的辣妹談話時，我便發現原因。

他從口袋掏出一個小包，暗中塞進辣妹的手裡。

這傢伙是賣迷幻藥的藥頭，剛才跟他聊天的，很可能都是他的顧客。本來我還在盤算我這個陌生人該如何接近對方才不會引起注意，但既然他是個「商人」，那便不用多想了。

「嗨，Daisy叫我來找你買貨的。」我趁著辣妹離開高桌，抓住機會過去跟那男人說。

「Daisy？」

「不是這個名字嗎？她說她叫Daisy。」我隨便胡扯。

「是Dizzy吧？」男人笑著反問。

我猜他說的那個女生大概人如其名，整天嗑藥嗑到頭暈目眩。

「應該是啦。」我從口袋掏出幾張剛才摺好的紙鈔，藏在手心向男人遞過去。「這價錢可以買到多少？」

男人假裝跟我握手，接過鈔票，低頭瞄了一眼，亮出笑容。我似乎付了一個比一般派對玩家高很多的價錢，但我倒不在意，反正從剛才的握手我已輸入了計畫中的指令。

「這足夠買光我身上所有存貨——嘔嗚——」男人臉色忽然一變，伸手掩著嘴巴，發出作嘔的聲音。

「欸，你沒事吧！我帶你到洗手間！」我裝模作樣地嚷道。我身旁的人都以為他喝多了要嘔吐，我則是扶著他離開現場的朋友。

我們走到位於派對區邊緣的洗手間外，但我沒進去，反而扶著他走到洗手間後的一個陰暗角落。洗手間後方不遠處便是船尾甲板，扶手圍欄外是漆黑的海洋。

「嘔——嗚呀！」男人扶著圍欄，向海嘔吐數秒後，忽然辛苦地掩著胸口倒在地上，掙扎十數秒後，便躺在甲板上一動不動。

他自然是死了。

我剛才輸入的是我擅長的複合指令，先令他胃袋持續緩慢充氣，讓他嘔吐大作，第二道指令便是三分鐘後冠狀動脈冒出氣泡，使他心臟衰竭而死。

我解下他的藍色手環，拿走他的皮夾和手機，用他的手指為手機解除指紋鎖，再將他從圍欄的空隙間踹進大海。在船上殺人真的很方便，要毀屍滅跡簡直易如反掌，就算他的屍體被發現，法醫也只會以為他是心臟病發墜海淹死而已。

「賀登翰……」在洗手間的廁格裡，我拿著從男人皮夾搜出的駕照，確認他的名字，再打開手機，核對他在VIP名單上哪一條貨櫃路線，祈求他不會碰巧跟葛蔚晴同貨櫃——O2容許VIP臨時更改搭乘的貨櫃，方便在派對上新結識的貴賓們在回程中繼續盡興，我只要將這個姓賀的傢伙的名額改到西區三號名單上，便能冒充他接近葛蔚晴。假如他本來跟葛蔚晴相同貨櫃反而有麻煩，因為那個綠髮男員工會認得他，一旦核查名單便會察覺我的身分有異。

「東區一號貨櫃。」看來我獲幸運之神眷顧。假如他和葛蔚晴同櫃，那我只好再找一個VIP下手，重複一次剛才的作業。

我使用姓賀的手機打開O2的APP，更改回程路線，不消一分鐘便完成。O2號雖然遠離岸邊，但它配備了獨立的無線電訊號轉換系統與強力天線，派對參加者仍能使用手機上網及通話，而且訊號不弱，讓我的計畫第一步順利完成。我曾想過另一方案——事前按圖索驥，憑著仲介人給我的顧客名單隨便找一個VIP殺掉，冒充身分到西區乘車接觸葛蔚晴；問題是殺掉那個被冒充的傢伙後要暫時藏起屍體，不讓他人發現有一定難度，那倒不如採用回程方案較保險。

我換上藍色手環，離開洗手間，四處蹓躂，嘗試找尋葛蔚晴的身影——假如幸運之神再度眷顧，我便不用執行那麻煩計畫的第二步——可惜遍尋不著。藍色手環威力驚人，我回到泳池旁邊便有不少傢伙主動搭訕，其中不乏那些穿比基尼的辣妹，有些更藉故以豐滿的胸脯磨蹭我的手臂來獻殷勤，我不由得暗想假如她們是委託目標，我便能輕鬆輸入指令讓她們橫死當場了。

凌晨三點派對結束，是時候執行計畫第二步。一般參加者陸續登上渡輪分批離開，而我們這些ＶＩＰ則前往船頭的貨櫃起卸點，準備進入貨櫃讓工作人員使用船上的吊臂將它們逐一放到接駁船上。

「啦啦——啦啦啦——」在紅色貨櫃外的甲板上，喝得酩酊大醉的三個男人正勾著手臂，在唱不成調的歌，兩個穿得花枝招展的女生則待在他們身旁笑成一團，還有一個女的躺在貨櫃裡的沙發上，不曉得是被大麻還是酒精弄得不省人事。

「您是賀先生嗎？」綠髮男拿著手機向我問道。我裝作半醉地點點頭，他接著問我打算在哪兒下車，我便口齒不清地報上路線圖上隨便一個地點。看來綠髮男跟姓賀的不相識，省去我臨機應變。我倒不擔心他日後會發現我不是那個賣藥的傢伙，因為他明天便會一命嗚呼，其餘那六個男女也會在這個月內一一意外暴斃。

待我在貨櫃裡對葛蔚晴輸入指令、確保她死期將至之後，我便會執行計畫的最後一步，將所有見過我的人解決掉。跟老戴著手套的葛蔚晴相比，要觸碰那些傢伙不難，回程過程有三十分鐘以上，我下手的機會多的是。綠髮男大概會隨貨櫃出發，下車時他會負責開門，到時我就可以跟他握手或擁抱話別。五人死於心肌梗塞，兩人死於腦溢血，就能瞞天過海。

我待在紅色貨櫃入口旁，等待葛蔚晴出現。我未必認得她，但戴手套的女生我一個也沒看到。

一個個貨櫃分別給吊到幾艘小船上，然而綠髮男久久沒指示我們進入貨櫃待機，反而跟好幾個跑來跑去、貌似工作人員的女生交頭接耳。我漸漸覺得事有蹊蹺，正想再裝醉問一下綠髮男發生什麼事，他卻主動走過來跟我們這些VIP說話。

「各位，請進『貴賓室』，我們要出發了。」他口中的貴賓室自然是指裝潢豪華的貨櫃。

「等等啊，Vincy還沒到。」一個女生說。我相信她口中的Vincy便是葛蔚晴。

「我們的工作人員也正在找她，不曉得她是不是醉倒在某處了。不過我們不能再等下去，其他VIP正在等我們。」綠髮男指了指泊在船邊、載著另外兩個貨櫃的接駁船。「我們找到她後，會安排她搭乘其他船隻回去。」

糟糕，我沒預料到這種情況。我該放棄今天的計畫，跟這些傢伙一起回市區，待下次再下殺手嗎？

「呃、呃，不好意思，我的手機好像掉了。」思前想後，我決定兵行險著。

「請問是什麼型號？我們同事發現後會通知您。」綠髮男有禮地說，雖然我猜他心裡應該正罵著怎麼一口氣發生這麼多突發事件。

「我明天有重要的工作，我現在一定要去找。」我指了指貨櫃，「你們可以先出發，剛才你說還有其他船隻，我找到手機後再搭那個回去就行了。」

綠髮男一臉無奈，但似乎只要不阻礙他的貨櫃行程他就沒有意見。他和載著其餘六人的紅色貨櫃登上接駁船，而我則往派對區跑過去。確認船上的工作人員看不到我後，我便躲在角落，留意著貨櫃區的動靜。五分鐘後，我看到一個女生扶著另一個女生急步前來。被扶的女生光著腳，頂著一頭粉紅色的長髮，上半身穿著露臍的黑色胸衣，下半身穿著一條包覆不了渾圓臀部的牛仔熱褲。工作人員替她拿著一件紫色外套和一雙金色涼鞋，假如我沒看到她腕上那只藍色手環和雙手上那格格不入的手套，我可認不出她便是葛蔚晴。

看樣子，葛蔚晴似乎酒醉未醒，步履凌亂，不過不至於完全醉倒。

眼見她們走進貨櫃區，我立即從後趕至。

「先生，找到手機了嗎？」一名守在那兒的人員問道。

「找到了。」我晃了晃剛才從姓賀身上偷來的那支手機。「還好它防水，它給埋到ＤＪ台前的泡沫裡了。」

我說話時不時瞄向不遠處的葛蔚晴。扶著她的人員正和貨櫃區的另外一人在談話，似乎是在說明情況。

現在只要我跟她同船，我就有充裕的下手機會，反正沒有人在意派對後飢渴的男人向酒醉的女生搭訕占便宜。

「我現在怎麼回市區？」我問道。

對方微笑著請我留步，然後跟葛蔚晴那邊的同僚談了幾句，再恭敬地對我說：「因為剛好有另一位貴賓錯過了回程班次，兩位又是相同路線的，我們準備了後備貴賓室送兩位回去。」

「後備？」

「房間的設備不及您平日使用的那麼完善，但我們保證舒適。」我循著他視線望過去，才發現貨櫃區尚有一個打開了門的二十英尺的貨櫃，裡面一樣有沙發和酒吧桌，但地上沒有鋪地毯，牆身也沒有特別裝潢，一如那員工所說，這貴賓室處處呈現著「備用」的特質。我回頭望向船邊，看到一艘小小的接駁船在等候。

葛蔚晴被扶著她的女生送進貨櫃後，我不由得打從心底笑了出來。沒有比這個更理想的情景了。我踏進貨櫃，工作人員從外面關上門，然後我感到一陣搖晃，貨櫃被移放到接駁船上。

「嗨，你好啊——」葛蔚晴半閉著眼，倚在房間盡頭靠近酒吧的沙發上，醉醺醺地對我說。她雙頰潮紅，胸衣左邊肩帶掉落，一雙長腿擱在几子旁，露出誘人的媚態。這副無防備的姿態著實讓我興奮——當然，我想我對「無防備」這三個字的考慮，和派對上那些男人的著眼點可不一樣。

「妳好，」我壓抑著笑意，慢慢靠近，坐在她身旁，「我姓賀——」

「哈，哪有人在派對上用姓氏來自我介紹的？」葛蔚晴打斷我的話，蠱媚地笑道。

「我知道妳叫 Vincy。」我再坐近一點。

「咦？」葛蔚晴張開眼，直盯著我，彷彿對我知道她的名字感到詫異。「你是聽法蘭還是海蒂說的？」

我笑而不語。葛蔚晴的手臂就在眼前，我只要借勢摸一下便完事，反正她半醉，對男性的親暱舉止不會抗拒吧？

「你要不要喝點什麼？」就在我要碰上她的肩膀時她突然站起來，逕自走到吧檯後，拿出兩個杯子和一瓶伏特加，斟了兩小杯，將其中一杯一飲而盡。

「我不喝了，剛才已經喝了很多，再喝我就要醉了。」我站起來笑著說。我是個很有職業道德的殺手，不會在工作中喝酒的。

「是嗎？那就讓我替你乾杯吧……」葛蔚晴舉起餘下的一杯酒。

然而接下來她的一句話讓我的笑容僵住。

「……來殺我的氣球人先生。」

「好，我們握過手，您之後身上會起什麼變化，我們只好拭目以待嘍。即使我們不再相見，我仍會關注您的，因為我們之間已經有一條無形的連繫了。」

「這個世界就是由無數的這種無形線糾纏而成，有人稱為命運，有人稱為因緣，我嘛，喜歡叫它作混沌。只有徹底離開這團混沌才可以獲得真正的自由。」

「對啊，自由……您讓我想起一位朋友呢，我遇見他時他也是個小孩子，不過當時他比您年長。他和您一樣獨特，愛憎喜惡異於凡人，內心就像無底洞似的。」

「不過他跟您有一點很不同，您的眼眸比他更純粹。他冷眼旁觀周遭一切，唯獨一件有形之物能引起他的注意—我是不知道我扭出來的那些氣球動物有什麼特別啦，但他就是會注視它們，彷彿生來就注定跟氣球有不可解的緣分。」

「那是十二年前的事了……我今天重遊故地，沒料到在這個我遇見他的公園裡碰上您這個小女孩。」

「或許有天兩位也會碰面呢。和我握過手的朋友們都是人外之人，彼此的命運有著無形的牽絆……」

葛蔚晴將第二杯伏特加喝光，空杯子在桌面敲出清脆的聲響，我仍無法反應過來。

「妳……妳說什麼氣球？」我勉強裝出鎮靜的表情。

「氣球人先生啊，你別勉強自己吧。」葛蔚晴放下酒杯，「我很清楚你的事喔。」

「我不知道妳在說什麼。」我繼續強裝，「妳醉了。」

葛蔚晴輕輕一笑，表情卻隨著笑容消失漸漸改變——縱使她臉上依然泛紅，雙眼卻炯炯有神，雙手放在吧檯上，腰板挺直，完全沒有半分醉意。她的一雙眼眸就像能夠看穿我似的——比起她的父親葛警官，她現在發出的氣勢更讓我感到畏懼。是出於本能的畏懼。

「我對你的所作所為瞭若指掌啊。你想我從哪兒談起呢？你和我父親在飯店交手那一役已經廣為流傳，我能說出來也不見得有意義吧……那麼，我們或者可以聊一下那個在羈留病房像扭麻花般死去的銀行劫匪，或是當年地下統治者洛氏家族意外沒落的經過？」

我聽得冷汗直冒。當年我有點少不更事，加上吃了那銀行劫匪的虧，心有不甘，故意用那種整人似的方式解決他，事後已料到這案子可能會被注意，但洛氏的事件可是無跡可尋，就算知道我參與了那個勞什子甄選，也斷斷不可能推論出我是讓家族消失的元凶。

「我不知道妳——」

「你別繼續裝啦，我連老金的事也知道啊。」

「誰？」

「嘖嘖，怎麼連你自己也忘了？你的異能所製造的第一個犧牲者呀。」

猶如打雷般的一擊直刺我的心臟。對，我真的忘了，那個猥瑣如豬、老是用手指戳我額頭的混帳老闆。

「想起來了嗎？那個派對公司的老闆。」葛蔚晴笑道，「之後便是一個專替黑道改頭換面的黑市整容醫生，你要我說出他的名字來證明我是真材實料嗎？」

「夠了。」我收起那拙劣的演技，從沙發站起來，和葛蔚晴相隔著三公尺，警戒著對方。

「是葛警官設的陷阱嗎？沒想到他連家人也用上，我太失策了。」

「不，不，不，」葛蔚晴搖搖頭，「跟他無關，我從沒跟第三者提過你的事，一切都只是我個人的興趣而已。」

我無法理解。

「我還知道你殺人的方法，你的能力是只要接觸到生物的肌膚，便能輸入指令，使對方身體局部變成『氣球』吧。」葛蔚晴直視我雙眼，就像能看穿我的靈魂般說道：「而且你能夠讓指令延遲發動，製造完美的殺人意外──唯一弱點，是無法覆蓋或取消已輸入的指令。」

我好不容易才壓抑下發自內心的抖震。

這女人知道一切。

「妳……不可能，妳不可能知道……即使妳發現我的身分，也不可能知道我的異能……」

「我跟你一樣，小時候在公園曾見過那個有很多名字的男人喔。」

公園？很多名字的男人？

記憶中那個叫史密斯什麼的男人再度浮現。

「我也和他握過手。」葛蔚晴攤開右手手掌。

「什麼意思？」

「你不知道嗎？你的異能是他給你的呀。」

什麼？

小時候跟那個男人碰面的記憶一口氣湧現。對，那個人便是化裝成小丑的男人，我從他手上拿過好些氣球動物……某天，卸了妝的他跟我聊天，說了一堆我完全聽不明白的鬼話，最後要我跟他「交朋友」，和我握手。

我從來沒有將我的異能跟那男人連結起來，畢竟我發現異能時，已經年過二十，而和那小丑握手是我十歲的事。

「你從他那兒獲得將生物變成氣球的異能，」葛蔚晴沒理會我愣住，繼續說：「我也差不多，不過我的能力不像你那麼神奇——我只是能夠理清這世上的『混沌』罷了。」

「混沌？」

「那是提姆——就是那個你見過的男人——的說法，一般人會叫作『命運』吧。我遇見他之後，隔天能力便『發芽』了……你花了十多年能力才出現，我卻只需一天，真是難以理解。」葛蔚晴把玩著吧檯上的酒杯，眼睛卻沒從我身上移開。「我的異能是能夠看穿所有人的命運，只要看到一件事物、獲知一項情報，就能推理出跟它相關的人的過去，甚至能預視未來。」

「這是什麼鬼話？那妳不就等同於『全知神』？」我反擊道。

「『全知』嗎？對，差不多，對我來說世上萬物就像一本本打開的書，即使我不想知道，書頁的內容也會映進我的眼簾，強迫我看。像我父親過去所查的每一起案子、你的仲介人所接受的每一項委託，我都知悉所有細節。就連剛才派對上的一千多人，我也能準確告訴你他們每一個的姓名、年紀、住處、性格、人際關係、過去的經歷，甚至是藏在內心深處不可告人的黑暗祕密。」

「那妳一定知道誰委託我殺妳吧？」我不曉得她是不是在胡扯，或許這也是她對付我的計策的一部分。

「當然。」

「那妳為什麼不先下手為強，制止我來殺妳？」

「哈，氣球人先生，你似乎誤會了。」葛蔚晴靠在酒吧桌上，眼神露出異常的笑意。「沒有人想殺我，那個戴墨鏡、口罩和帽子，跟仲介人洽談的女性委託人就是我。我對派對也沒有興趣，這一切都是我布的局。」

我啞口無言，只能驚訝地瞧著她。

「氣球人先生，你知道嗎，那男人欺騙了我們。我們得到的異能並不是『禮物』，而是『詛咒』。」葛蔚晴幽幽地說。

「詛咒？」

「我小時候從來不對周遭的事物感興趣，同學朋友鍾情的玩具、遊戲、努力爭取長輩的讚賞之類，我都覺得索然無味，我就像汪洋中的一片浮木，隨水漂流。然而，十六年前我獲得異能時，首次感到發自內心的興奮，因為我進入了一個『非常識』的世界——可是往後便發現這其實是『詛咒』，因為所有世事都像劇本上的文字，一切變得更無意義。我每天偽裝成普通人，在父母面前裝作一般的女生，就像囚犯一樣……演奏音樂讓我能放空自我，暫時逃離這些煩惱，可是世人的標準太低了，只要準確地依樂譜彈奏，他們就覺得我的造詣高超。」

葛蔚晴頓了一頓。她在談及音樂時表情稍微變化，但那變化轉瞬即逝。

「我本來打算自殺，因為只有死後的世界我無法看透，只要跨到那邊，我便能離開這片無意義的海洋，踏上未知的旅程。當然我也有點擔心，萬一死後的世界一如現世那般無聊，那我不過是從一個監獄逃進另一個牢籠而已……幸好，我後來發現，原來我的能力有一個缺陷，這燃起我一絲求生欲望。」

「缺陷？」

「縱使我能洞察世間萬物，就是有一種人看不穿——那些跟我同類的傢伙，和提姆握過手的『人外之人』。」葛蔚晴輕輕指了指我。「我們都處於混沌之外，跳脫於因果律。我發現世上有著跟我同類的人，我無法看穿他們的過去與未來，讓我重拾生趣。」

「嘿，別騙我，妳的說法自相矛盾。」我硬擠出一個笑容，「假如妳無法看穿我的過去，妳又如何查出我的身分和能力？」

「你的過去和能力，是我利用你所製造的死者們推理出來的——就像那個銀行劫匪，我無法看出他的死因，找不到殺死他的凶手，就確定他的『意外』背後有著你這個同類的存在。」葛蔚晴露出無邪的笑容，使我想到那些拿到糖果的饞嘴小孩。「就像抽撲克牌，假如要猜中你手上拿著哪一張牌，正確的機率只有五十二分之一，可是我能夠看穿其餘凡人所抽走的五十一張牌。只要用消去法，便能『推理』出你藏著的是黑桃J還是紅心Q。老金和整容醫生也是我逐年檢查舊新聞才注意到的，只要一一歸納那些我看不到犯人、動機、手法的案件，花數年整理推敲，就足以揪出『都市傳說氣球人』的正體。」

老天，這異能也太他媽的犯規了吧？為什麼我的殺人異能有一堆限制，這傢伙的能力卻只有一個微不足道的弱點？

「所以妳設局的目的是要讓我們能見面？」我按捺著不安，努力保持冷靜。

「見面？」葛蔚晴朗聲大笑，「光是見面閒聊犯不著花這麼多工夫呀。或者你該先問一下，這『局』到底有多大。」

她一語驚醒夢中人。

「妳……串通了O2的人讓我們獨處？」

「我就是『O2的人』，我是幕後老闆。」葛蔚晴露出惡魔般的微笑，「六年前我成立這派對公司的目的，就是為了今天。」

「六年？妳哪來的資金？六年前妳還在念書——」

「你忘了我的能力嗎？弄個假名字、開幾家空殼公司、透過網路在投資市場上賺錢，對我來說輕而易舉啊……對了，你還欠我一句謝謝吧，假如當年我沒在科創中心經營加密貨幣交易，警方事後要調查的對象會大大減少，搞不好你已經完蛋了。」

「妳……妳知道科創……」我呆住三秒，才想起當年科創中心那件吃力不討好的委託。

「當然知道，縱使不確定你的行蹤，但也能憑他人的行為推論出部分未來結果。假如沒有涉及我們這些『人外之人』，我便能夠百分百預視事件的未來；可是一旦跟你扯上關係，未來便出現不確定性，我會看到數個可能——假如當天警察們成功鎖定你，我父親被你殺死的機率大概有百分之七十，為了不影響我的計畫，姑且賣你一個人情。」

「妳為了保住葛警官一命所以插手？」

「不，你弄錯了，我在意的是剩下的百分之三十——那是你被我父親拘捕或殺死的機率。我可不容許我多年的部署泡湯。」

「部署？」

「跟你同歸於盡的部署。」

葛蔚晴說出這句話時，臉上流露著小孩子的爛漫純真。

「妳要殺我？」

「別說得那麼負面嘛。」葛蔚晴雙眼瞇成一線，笑著說：「你不覺得厭倦嗎？沒感到自己跟這世界格格不入嗎？我們這類人不屬於這裡，要獲得徹底的自由，就只有捨棄庸俗的生命。我很感激你，你的出現讓我感到這世界不至於索然無味，但我實在厭倦了，想開展新的旅程，既然如此，我想不妨找你當個旅伴。萬一我在死後的世界仍能看穿一切，陷進無止境的枯燥，我想到時我的能力一樣無法施展在你身上，那我在那邊至少有一丁點安慰。」

天啊，這傢伙太不正常了。

「妳忘了我的異能嗎？」我擠出一個笑容，這時候顯出緊張便輸定了。「在妳動手對付我之前，我只要碰到妳，妳便會立即腦出血而死。還是說，妳現在要穿上包覆全身的衣服？我肯定妳來不及。」

「我動手之前？我已經動手了啊。」

循著葛蔚晴的視線向下望，我驚覺腳邊已經開始淹水，與此同時貨櫃傳來一下強烈震動，地面向著吧檯的方向微微傾斜。

「我弄這麼多工夫，就是為了困住你啊。」葛蔚晴再度露出邪惡而甜美的笑容。「這貨櫃是無法從裡面打開的，而載著我們的這艘接駁船沒有人手操作，它離開O 2號三分鐘後機關便發動，會在船底打開一個洞讓它下沉。這是我們的棺木、我們的墳墓，讓我們一起沉沒在海底吧。」

看著水位不斷上升，我不由得方寸大亂，往出口衝過去，可是一如葛蔚晴所言，貨櫃門紋絲不動。

「妳——」我回頭望向葛蔚晴，考慮如何威脅對方阻止貨櫃繼續下沉，卻看到她坐回沙發上，拿著一個針筒，準備往右手打進去。

「這是氯胺酮，一般人知道它的毒品名稱『K他命』，卻往往不曉得它本來的用途是麻醉劑。」葛蔚晴一邊注射一邊說，「這貨櫃不用三分鐘便會完全淹水，雖然我不怕死，但我這副可悲的皮囊還是會做出本能反應，只好讓自己先失去知覺了。這是我送你的禮物，你現在有兩個選擇，我褲袋裡有另一份氯胺酮，你可以跟著注射，和我一起上路，也可以考慮將我變成氣球炸彈，試試能否炸開貨櫃門逃生——不過在這個狹小的空間，你有辦法控制適當的爆炸威力嗎？我勸你快點決定，因為……在水中爆炸的話，人體所受的衝擊波……破壞力遠大於……大於在空氣之中……」

葛蔚晴說完最後一句便軟癱在沙發上，我跑到她身旁，只見她昏迷不醒。我本來以為她只是嚇唬我，說不定這一切都是她的計謀，可是這一刻我不再懷疑她不是玩真的。水位急促上升，不一會已淹至我大腿，我連忙拖著葛蔚晴往貨櫃出口，思考是否如她所說，將她變成炸彈炸飛貨櫃門。

如何製造有方向性的局部爆炸？搬動沙發當成掩體，讓爆炸威力集中在貨櫃門嗎？可是在水壓之下，不見得一定成功……貨櫃門的構造如何？門閂的位置是？能否只炸斷門閂？不，我剛才沒留意貨櫃的結構，而且葛蔚晴有心布局，貨櫃門不一定和一般的相同——

水淹至胸口，我仍無法拿定主意。我還得暫時保住葛蔚晴的性命，她一死，我便連製造炸彈的材料都失去了。當我從後抱住她時，一個盒子突然在我面前浮出水面，打開一看，發現裡面有個針筒，那是她口袋中的第二劑氯胺酮。

氣球人的生涯從殺死一個派對公司老闆開始，結束於被一個派對公司老闆所殺，也許這就是所謂的命運？

看著上升的水位和針筒，我似乎沒有選擇了。

該死的，真是混帳的人生啊。

「再見了，我的小小朋友。」

「我想我們很難再相遇了，畢竟您我本質上相似，終究還是不一樣。我只是一個傳說，活在你們口中的傳說。」

「只有傳說能誕生傳說，當有形化作無形，才能蛻變成形而上的存在……」

「葛小姐，早安。」

葛蔚晴張開雙眼時，我正坐在她床邊的椅子上讀報。她對我的呼喚沒有反應，只是環顧著四方，看來是想搞清楚身在何處。

「妳在醫院，一間專門為地下業者提供服務的私人醫院。」我說，「妳昏睡了接近三十個鐘頭，我幾乎以為妳變成植物人了。」

「我們……沒死？」她一臉疑惑，從床上坐起，仍在張望。時間是早上九點多，窗外的陽光射進病房，微風吹拂著窗帘。從旁人的角度看來，她和我只像病患和探病的親人，沒有人會想到不久之前我們是互相追殺的對象吧。

「很可惜，是的。」

「怎麼可能？」

「我打電話求救了。」我從口袋掏出一支手機，「幸好那支我從藥販子身上偷來的手機防水，我發訊息給仲介人求援。只能說妳百密一疏，假如妳設定沉船的位置距離O2號再遠一點我便沒轍了，妳動手的地點還能收到O2號的天線訊號。」

我由衷感激現代科技，衛星定位讓我能告訴仲介人地點，使他調動潛水員破開貨櫃門救我逃出生天。不過這回我可真是顏面全無，三個禮拜前我們才說過後會無期，結果不到一個月我便要他出手拯救，真窩囊。

「不可能……」葛蔚晴不住搖頭，困惑地說：「時間上這不可行——我在貨櫃門動了手腳，關上後就算使用瓦斯切割，也得花上半小時才能打開，更別提從岸上出發要另外花半個鐘頭……拯救隊不可能來得及營救……」

「本來來不及的，但我沒選妳給我的那兩個選擇，選了最冒險的第三項。」

「第三項？」

「我在自己身上輸入了指令。」我淡然地說，「每隔四秒，肺部每一個肺泡充氣四百萬立方微米。如此一來，在水裡便能呼吸。」

葛蔚晴瞪大雙眼，一臉不可置信。

「你的異能可以在自己身上發動？」

「我也不知道能不能，姑且一試。結果成功了。」

「但你為什麼要救我？」葛蔚晴皺眉問道。

「我沒有故意要救妳，我是拿妳來做實驗。」我湊近她的臉龐，對她說：「我不確定肺泡的容量，萬一我記錯了，肺部便會即時爆炸。我先在妳身上輸入指令，確認妳能自發呼吸，我才在自己身上輸入相同的指令。」

「但你從沒試過對自己輸入指令吧？」

「當然沒有。」

「那你如何知道能成功？」

「不知道，那只是一場賭博。」我聳聳肩，「不過，無論我賭贏賭輸，我也能破壞妳的計畫，令妳無法如願。我成功的話就變成現在這情景，萬一我失敗，那妳捨棄生命、展開新旅程的願望也不能達成，只能眼巴巴看著我比妳早『獲得自由』，到『新世界』冒險。」

葛蔚晴先是一臉驚詫，再徐徐換上一副複雜的表情，就像是輸掉遊戲、不服氣的小孩。

她大概沒想到我會做到這種地步……事實上我也對自己感到不可思議，畢竟我十分愛惜自己的生命，沒想到在那一刻，居然被這個女生影響，做出這種賭氣的決定。

「你在這裡等我甦醒，就是為了讓我認栽吧？」葛蔚晴冷冷地說：「我知道你的所有祕密，留我一命對你很不利，現在我承認失敗，你可以殺我了。」

「我殺不到妳。」

「哈，地下業界最強殺手氣球人也有殺不死的目標？」

「因為指令無法覆蓋。」

葛蔚晴愣住，而我只能苦笑一下。

「妳和我現在不是由身體控制呼吸，每隔四秒，我們身體裡三億個肺泡便會自動充氣，持續到永遠。就算死亡，我們的屍體在墳墓裡仍會持續呼氣，直至腐爛為止。」

我無法預計仲介人要多久才能救我們離開，所以輸入了一道永久延續的指令。假如我早知道他只花大半天便能完成救援工作，我就不會這麼笨了。

「我雖然是個殺手，但我只懂一種殺人方法。」我搔搔那頭仍是橘色的頭髮，「假如要我用刀用槍下毒藥，我一定會遺留堆積如山的證據，我更不懂得毀屍滅跡，確保警察不能從屍體找上我。我可以委託仲介人聘用其他同業對付妳，可是那些傢伙都是凡人，妳的異能讓妳在他們下手前就已知悉一切，我不會冒證據曝光、讓麻煩回到我這個委託人身上的風險。所以，我對妳可是束手無策。」

「哈……多年部署，還是敵不過你啊……你就是不讓我如願以償……」葛蔚晴發出笑聲，可是我也知道那是苦笑。

我想，這是上天故意跟我們開的一個玩笑。想殺的人殺不了，想死的人也死不了，而我更莫名其妙地賭上一向重視的性命，只是為了一場毫無意義的勝負。

明明沒有意義，為什麼我的情緒會被牽動？

「提姆，你現在一定在某處暗中嘲笑我吧？我要繼續被困在這無聊的人生之中嗎？」葛蔚晴望向窗外，喃喃自語。

「其實妳怎麼不一走了之？」我問，「既然妳對原來的生活沒有留戀，那為什麼不乾脆消失，開展另一段人生？以妳的能力，走到天底下任何地方都能好好活下去吧？」

「一走了之？這個世界每個人的命運我也清楚，會發生的事情全是預料之內，跑到哪兒不都是相同的囚牢嗎？」

「不，這兒就有一段妳看不清的命運。」我指著自己。

葛蔚晴以不可思議的表情瞧著我。

「我不能讓妳回去，雖然妳沒有動機，但假如妳向妳老爸透露我的身分或能力，我的平靜生活就完蛋了。然而我也殺不了妳，這讓我陷入兩難……」我緩緩地說出在她昏睡中我反覆思考的怪異結論。「反過來想，其實妳不是一心尋死，也不是對我有什麼仇恨，只是想獲得自由，逃避命運束縛。那很簡單，妳跟我一起住就好了。我家的房東老頭不久前病逝，我向他兒子買下所有土地和房子，打算退休改行當房東，空房子多的是。就連仲介人也以為我退休後會搬家，沒想到我只是搬到隔壁……對了，妳不知道我打算退休吧？」

葛蔚晴搖搖頭，一臉訝異。

「看，這種小事已超過妳的能力範圍了，哈。」我苦笑一下，「這提議如何？我想我能為妳的人生提供一點趣味吧？」

葛蔚晴垂下視線，再抬頭瞧瞧我，輕輕咬唇，微微點頭。

「那……好吧。但如果我覺得沉悶，還是會再找機會跟你同歸於盡。」

「好，好，我一向認同『親近朋友，但更要親近敵人』這句名言，葛小姐。」我笑道，「不過反過來說，假如妳能饒我一命，讓我平靜地過活，我就替妳免費殺人，這叫一命換一命。」

「我可以考慮一下。」葛蔚晴意味深長地笑了笑。我好像做了多餘的承諾？

中午醫生檢查過後，葛蔚晴便出院。她坐上我的車子，準備展開她無法看透的新生活。她換回那件性感的黑色胸衣和熱褲，縱使她已經沒戴假髮，我猜葛警官現在看到她也不能認出自己的女兒。女兒突然人間蒸發，消聲匿跡，應該大大打擊他們夫婦吧？那正好，他沒空追捕我就行了。倒是天才鋼琴家葛蔚晴失蹤，很可能引起國際間的轟動……

「實在很難相信，神出鬼沒的殺手氣球人居然會退休當房東。」坐上副駕駛座的葛蔚晴說。

「很出奇嗎？我從來殺人只是為了討生活，賺夠錢便不用幹那些鳥事了。妳老爸是個難纏的對手啦。」我邊說邊發動引擎。「我還準備結婚，過看看平靜悠閒的生活……」

「你未婚妻知道你的身分嗎？」

「嘿！這個啊……」我伸手打開她面前的貯物箱，將一本中美洲某島國的護照拋給她。

「瑪加麗塔．岡薩雷斯……」她打開護照，瞧了瞧資料頁。「這是你太太？」

「嗯。她暱稱麗塔。」

「你的未婚妻是外國人？」

「我的未婚妻從來不存在，那是花錢買來的戶籍。為了退休，我創造了一個新身分，而為了將來省減稅款，我便一併弄個虛構的老婆出來。這社會的愚民認為已婚男人比單身漢更可靠，這比較方便我日後的生活。」看著跟我印象中判若兩人的葛蔚晴，我問道：「對了，妳也需要換一個新身分吧？雖然我相信妳也有門路，但我可以替妳弄一個。」

「那不如乾脆讓我用這個吧？」葛蔚晴揚了揚手上的護照。

「噯，那身分是我的虛構妻子啦，況且妳外表也不像拉丁美裔吧？」

「不打緊，名字或身分什麼的，不過是虛像。」葛蔚晴咧嘴而笑。「反正有很多名字，或沒有名字，都改變不了人和事的本質。」

這句話我似乎從某人口中聽過。

我不知道和一個想跟我同歸於盡的偽裝妻子共同生活，會不會令我有所改變，不過，看來我的第三段人生不會如我想像中平靜吧？

〈全書完〉

後記

這部作品既是舊作，亦是新作。

我剛投身全職寫作不久，亂槍打鳥參加一堆比賽後，有編輯主動聯絡邀稿，寫一些在便利商店販售、以國高中生為對象的通俗流行小說，類型主要為恐怖靈異、奇幻刺激之類，總之不求高深只求過癮。那年是二〇一〇年。當時的企畫案中有一個短篇合集，找不同作者以相同主題創作，字數要求只有一萬。那企畫的主題是「超能力」，我猜想同書其他作者很可能會撰寫超級英雄（當時電影「X戰警」系列正要重啟），我便決定開玩笑似的，以黑色幽默來寫超能壞蛋。那篇作品便是本書第0章〈氣球人〉。

作品出來後，編輯提出以相同角色撰寫單本的要求，於是我便再寫了四篇短篇，出版名為《氣球人》的單本小說作品，該四篇分別是〈這樣的一個麻煩〉、〈十面埋伏〉、〈謀情害命〉和〈最後派對〉。因為書系對象是年輕的恐怖小說讀者（只賣新台幣四十九元！便當價！），所以縱使我認為作品該歸類為「奇幻推理」，也不得不披上「恐怖懸疑」的外衣來行銷——對當年的目標讀者來說，「血腥」二字遠比「推理」有吸引力，所以我亦有意無意地讓主角殺人的手段凶殘一點、噁心一點。我想，既然書以「Pulp小說」的形式發售，我在內容也該寫成「Pulp小說」的樣子。

出版兩個月後，我幸運地獲得島田莊司推理小說獎，在這頭銜加持下，我終於「出師有名」，可以寫「名正言順」的推理小說，不用再將推理作品偽裝成其他類型小說來行銷。我當初有打算寫《氣球人》的續集，甚至寫下了一些概念和大綱，不過後來一直拖著沒排進寫作計畫裡，畢竟我想寫的東西實在很多。

坊間對《氣球人》的反應滿不錯，甚至有朋友說：「比起《遺忘．刑警》我更喜歡你這本《氣球人》。」不時追問會否有續篇；另外有懂中文的日本朋友將最初的短篇〈氣球人〉翻譯，在相熟的圈子中私下分享。數年前，奇幻基地的編輯主動邀請我合作，我們討論之下，決定重新推出這部作品——只是，即使加上短篇〈氣球人〉，五篇合起來也只有六萬餘字，直接出版未免過於單薄。於是我向編輯提出追加新篇的想法（反正已有部分點子），計畫便按此進行。

自從出版《山羊獰笑的剎那》後，我一直在寫不同的短篇和中篇，其中就有本書追加的四個篇章（〈遠在咫尺〉、〈傅科擺〉、〈Shall We Talk〉和〈與你常在〉）（這是撰寫次序）。因為不是一口氣寫——中間插了好多在其他媒體發表的短篇——所以時間變得非常長，首篇和尾篇的完成時間相差超過兩年，跟之前的五篇更是相差了九年。本書跟拙著《第歐根尼變奏曲》有點相似，讀者有可能在各故事間看到一些微妙的變化與差異，畢竟九年前的我和今天的我在寫作風格上已有所不同，我甚至有一種和昔日的自己在玩接龍小說的錯覺。嗯，或者最大的變化是篇幅吧，人年紀一大便變囉嗦了，舊的篇幅都在一萬字上下，新加的卻全在二萬字左右。

我近年被很多讀者當成社會派推理作家，我固然有寫社會派的故事，但那只是我這個作者的個別面向。本書的背景是架空的，除了角色有華人名字外，放諸任一國度也可以。我亦無意在作品中說什麼人生道理、社會責任，本作純粹是一部以娛樂主導的鬥智黑色幽默諷刺劇，個別篇章或者有些思想內容，但那不是創作意圖，只是我這個作者的某種內心投影而已。請各位別嘗試在故事中找尋教誨或中心思想，勉強要說的話，本作的核心大概就是建基於「諸行無常」這四個字之上。

本作可能有續集，只是故事發生在氣球人殺手生涯中哪一個時間點就不明確，我何時有空動筆就更不明確。我那些「續集空頭支票」已開得夠多了。

最後謝謝企劃編輯雪莉和責編何寧。我因為太忙碌，編校工作拖得好晚，實在辛苦編輯了。這本書能送到您手上，編輯和行銷的功勞好大，若您喜歡本作，請記得這本小說背後還有這些默默耕耘的幕後功臣。

期待下次再與您見面。

陳浩基

二〇二〇年三月十五日

BEST 嚴選 088

氣球人

作　　者／陳浩基
企畫選書人／王雪莉
責任編輯／何寧

版權行政暨數位業務專員／陳玉鈴
資深版權專員／許儀盈
行銷企畫／陳姿億
行銷業務經理／李振東
副總編輯／王雪莉
發　行　人／何飛鵬
法律顧問／元禾法律事務所　王子文律師
出版／奇幻基地出版
　　城邦文化事業股份有限公司
　　台北市 104 民生東路二段 141 號 8 樓
　　電話：(02)25007008　　傳眞：(02)25027676
　　網址：www.ffoundation.com.tw
　　e-mail：ffoundation@cite.com.tw
發行／英屬蓋曼群島商家庭傳媒股份有限公司城邦分公司
　　台北市 104 民生東路二段 141 號 11 樓
　　書虫客服服務專線：(02)25007718・(02)25007719
　　24 小時傳眞服務：(02)25170999・(02)25001991
　　服務時間：週一至週五 09:30-12:00・13:30-17:00
　　郵撥帳號：19863813　　戶名：書虫股份有限公司
　　讀者服務信箱 e-mail：service@readingclub.com.tw
　　歡迎光臨城邦讀書花園　網址：www.cite.com.tw
香港發行所／城邦（香港）出版集團有限公司
　　香港灣仔駱克道 193 號東超商業中心 1 樓
　　電話：(852) 2508-6231　傳眞：(852) 2578-9337
　　e-mail：hkcite@biznetvigator.com
馬新發行所／城邦（馬新）出版集團
　　【Cite(M)Sdn. Bhd】
　　41, Jalan Radin Anum, Bandar Baru Sri Petaling,
　　57000 Kuala Lumpur, Malaysia.
　　Tel: (603) 90578822 Fax:(603) 90576622
　　email:cite@cite.com.my

封面設計／高偉哲
排　　版／極翔企業有限公司
印　　刷／高典印刷有限公司
■ 2020 年（民 109）4 月 7 日初版
■ 2022 年（民 111）12 月 9 日初版 6 刷

售價／ 380 元

國家圖書館出版品預行編目資料

氣球人 / 陳浩基著 . -- 初版 . -- 臺北市 : 奇幻基地, 城邦文化出版 : 家庭傳媒城邦分公司發行, 民 109.04
面 ： 公分
ISBN 978-986-98658-4-5 (平裝)
857.7　　109003712

ISBN 978-986-98658-4-5
Printed in Taiwan.

廣　告　回　函
北區郵政管理登記證
台北廣字第000791號
郵資已付，免貼郵票

104台北市民生東路二段141號11樓

英屬蓋曼群島商家庭傳媒股份有限公司城邦分公司 收

請沿虛線對摺，謝謝

每個人都有一本奇幻文學的啟蒙書

奇幻基地官網：http://www.ffoundation.com.tw

奇幻基地粉絲團：http://www.facebook.com/ffoundation

書號：**1HO088**　　　書名：氣球人

請於此處用膠水黏貼

讀者回函卡

謝謝您購買我們出版的書籍！請費心填寫此回函卡，我們將不定期寄上城邦集團最新的出版訊息。

姓名：＿＿＿＿＿＿＿＿＿＿＿＿＿　性別：□男　□女

生日：西元＿＿＿＿年＿＿＿＿月＿＿＿＿日

地址：＿＿＿＿＿＿＿＿＿＿＿＿＿＿＿＿

聯絡電話：＿＿＿＿＿＿＿＿傳真：＿＿＿＿＿＿＿＿

E-mail ：＿＿＿＿＿＿＿＿＿＿＿＿＿＿＿＿

學歷：□1.小學　□2.國中　□3.高中　□4.大專　□5.研究所以上

職業：□1.學生　□2.軍公教　□3.服務　□4.金融　□5.製造　□6.資訊

□7.傳播　□8.自由業　□9.農漁牧　□10.家管　□11.退休

□12.其他＿＿＿＿＿＿＿＿＿＿＿＿＿＿＿＿

您從何種方式得知本書消息？

□1.書店　□2.網路　□3.報紙　□4.雜誌　□5.廣播　□6.電視

□7.親友推薦　□8.其他＿＿＿＿＿＿＿＿＿＿＿＿

您通常以何種方式購書？

□1.書店　□2.網路　□3.傳真訂購　□4.郵局劃撥　□5.其他

您購買本書的原因是（單選）

□1.封面吸引人　□2.內容豐富　□3.價格合理

您喜歡以下哪一種類型的書籍？（可複選）

□1.科幻　□2.魔法奇幻　□3.恐怖　□4.偵探推理

□5.實用類型工具書籍

您是否為奇幻基地網站會員？

□1.是□2.否（若您非奇幻基地會員，歡迎您上網免費加入，可享有奇幻基地網站線上購書75折，以及不定時優惠活動：http://www.ffoundation.com.tw/）

對我們的建議：＿＿＿＿＿＿＿＿＿＿＿＿＿＿＿＿

＿＿＿＿＿＿＿＿＿＿＿＿＿＿＿＿

＿＿＿＿＿＿＿＿＿＿＿＿＿＿＿＿

請於此處用膠水黏貼